# ガンパレード・マーチ

## あんたがたどこさ♪



榊涼介／芝村庸吏

Illustration/Junko Kimura

イラスト／きむらじゅんこ
デザイン／渡辺宏一（2725Inc.）

# プロローグ

●五月五日　早朝　速水厚志自宅

初夏とはいえ、まだ朝靄《あさもや》が立ち込めるこの時間の風は涼しかった。

速水《はやみ》厚志《あつし》のアパートの戸口で室内に背を向け靴《くつ》をはきながら、原素子《はらもとこ》が口を開いた。

「成り行きとはいえ、結局一夜を過ごしちゃったわね」

昨夜《ゆうべ》のふたりのことを払拭《ふっしょく》しようとするような、ことさら明るい口調だった。

「あ、いえ……そんな」

寝不足《ねぶそく》のせいか少し目を充血《じゅうけつ》させた厚志が、頬《ほお》を赤らめて反応する。

原が靴をはき終え、向き直った。厚志の反応のせいか原も少し照れくさそうに頭を掻《か》いた。

「もぉ、子供じゃないんだからあんなことくらいでそんな風にマジな反応しないの」

「それは、原さんが……一夜を……とか言うから……」

厚志は伏し目がちに言い返した。

そんな彼を目の前にして、サディスティックな面を持つ原が笑った。

「あら、昨夜のアレの後だってけっこう真剣《しんけん》に口説《くど》いてくれたじゃないの？」

はっ、として厚志が顔を上げる。

「口説いたって……」

「こうなったら僕と一緒《いっしょ》に逃げませんかって言ったのは、嘘《うそ》だったのね？　酷《ひど》い！」

ますます面白《おもしろ》そうに原が続ける。

「だって……だって、あんな原さんの姿を見たら……誰《だれ》だってそう言っちゃいますよ」

しかし、厚志はいたって真面目《まじめ》な対応だ。

「この身体のせいなのねっ、それで一緒に逃げましょうなんて言ったのねっ、だから部屋にまで連れ込んで、あんなことまで……ううぅ」

泣き真似《まね》までしながらも、原の顔は笑っている。

「あ、あんなことって！　そ、それにあの時は原さんも、うんって――」

原はついに笑い出してしまった。

「あはは。嘘よ、別に昨夜のことで速水君を責めたりしないわ」そこで一旦《いったん》言葉を切ると少し考えて、原が続ける。「それから、ふたりで逃げるって話だけど考えてみるから。私もあなたも男と女。何が起きても不思議《ふしぎ》じゃないんだし、他ならぬエースパイロットの誘い、イヤな気はしないしね。それじゃ」

冗談《じょうだん》とも本気ともつかない言葉を残して、原はそのまま足早《あしばや》に厚志の部屋を後にした。

原のいなくなった玄関《げんかん》に佇《たたず》んだまま、厚志は真剣に何か考えていた。

翌日《よくじつ》、ふたりは人知れず姿を消した。

# 第一章

## ●五月六日　午前八時　九州総軍司令部前

5121独立駆逐戦車小隊《くちくせんしゃしょうたい》三番機パイロットである芝村舞《しばむらまい》は、市電に揺られながら戦禍《せんか》の街を眺《なが》めていた。

壊《こわ》れ、傷《いた》んだ街——飽《あ》きっぽい子供が積み木を崩すように、建物は廃墟《はいきょ》と化し、そこかしこに瓦礫《がれき》が散乱している。

舞は座席に腰を下ろし、気難しげな表情で腕組みをし、制服のキュロットから伸びたかたちの良い脚《あし》を几帳面《きちょうめん》に揃《そろ》えていた。外見こそ小柄《こがら》でほっそりとした十代の少女だったが、その鋭《するど》い眼差《まなざ》しは彼女が歴戦《れきせん》のパイロットであることを物語っている。そんな舞の雰囲気《ふんいき》に気圧《けお》されたか両隣《りょうどなり》に座る学兵《がくへい》が、落ち着かなげに身じろぎした。

路上では多くの人間が復旧《ふっきゅう》作業に従事《じゅうじ》していた。路肩《ろかた》には作業用車両が停《と》まり、電柱には作業員が取りついて電気、電話の工事を行っている。道路は掘り返され、ガス・水道工事が行われていた。半壊《はんかい》しているビルには崩落《ほうらく》を防ぐためか、工兵《こうへい》が取りつき、解体作業を行っている。

十二日前——四月二十四日の熊本城攻防戦《くまもとじょうこうぼうせん》は、街を犠牲《ぎせい》にして、敵幻獣《げんじゅう》を包囲《ほうい》、殲滅《せんめつ》するという作戦だった。人類側は辛《かろ》うじて勝利を収めたものの、熊本市の半分は焦土《しょうど》と化し、街は深刻《しんこく》な打撃《だげき》を被《こうむ》っていた。

そうした光景《こうけい》はこれまで九州《きゅうしゅう》のどの街でも見られる日常だった。

しかし、その日市電の窓から見える街は、芝村舞の目にはいつもとはっきり違って見えた。

これまで、復旧に向けて疲れた身体にむちを打ち、必死になって働く人々の顔には悲愴感《ひそうかん》が漂《ただよ》っていた。

だがその日、街の復興《ふっこう》のために働いている人たちの顔には笑顔が浮かんでいた。よく見ると歩道には、戦時下《せんじか》では考えられないような赤や黄色、パステルカラーといったカラフルな色合いの服を着て歩く女性の姿もあった。

自然休戦期。

この休戦期があるために、人類側は辛うじて幻獣との戦争に持ち堪えてきた。

日本にとって今年の休戦期はとりわけ意味が大きかった。十万の自衛軍《じえいぐん》兵士が新《あら》たに戦線《せんせん》に配備《はいび》される。自衛軍の再建によって学兵の過半《かはん》は時間稼《かせ》ぎ、捨《す》て駒《ごま》としての役割から解き放たれ、除隊《じょたい》することだろう。

自然休戦期の五月十日まで、今日を入れたとしてあと五日。五日後には幻獣側は一切《いっさい》の戦闘《せんとう》行動を終了《しゅうりょう》する。事実上の終戦だった。

車両が大きく揺れ、線路が耳障《みみざわ》りなきしみ音をあげた。

それにしてもよくぞ市電が復旧したものだと芝村舞は車内に視線を移した。大したものだ。

攻防戦の翌日《よくじつ》から、避難《ひなん》していた交通局の職員が市内に舞い戻り、路上の瓦礫を取り除き、線路の交換作業を行って、わずか数日で復旧を果たしたのだという。

あらゆるインフラの中で最《もつと》も優先順位《ゆうせんじゆんい》が低そうな市電が、いち早く営業を再開したことが、ある意味で街に溢《あふ》れる笑顔の答えのひとつなのだろう。

戦闘にはまるで役に立たず、軍事輸送にも転用できない市電。

しかし今は違った。戦争が終われば仕事に行き、買い物をし、街へ繰り出すのに重宝される。これまで戦争を生き抜いてきた学兵である舞にとっては、少し皮肉《ひにく》めいてはいるが、そうした人間の営《いとな》みに触れることに悪い気はしなかった。そのせいか、なんとなく市電に乗りたくなってここ数日はなるべく利用するようにしていた。

とはいえ、乗っているやつらは相当にくたびれているなと思いながら他の乗客たちを見た。こうして偶然《ぐうぜん》に乗り合わせた乗客に負傷兵が目立つということは、それだけで戦いの激しさを物語っている。舞は、松葉杖《まつばづえ》をついた学兵に気づくと席を譲《ゆず》った。

「ありがとうございます、万翼長殿《まんよくちようどの》」

十翼長《じゆうよくちよう》の階級章《かいきゆうしよう》をつけている戦車兵《せんしや》は、生真面目《きまじめ》に敬礼《けいれい》をした。舞はそっけなく頷《うなず》くと十翼長の体を支えて席に座らせ、自分は吊革《つりかわ》に摑《つか》まった。

「その傷は熊大《くまだい》陣地でか」

部隊章《ぶたいしよう》から類推《るいすい》して、舞は言葉をかけた。十翼長の顔に笑《え》みが広がった。

「はぁ、Lに乗っていたんですけど被弾《ひだん》しまして、脱出する時に。あの、万翼長殿はもしかし

「て5121でしょうか」

十翼長は遠慮《えんりょ》がちに舞の部隊章を見た。猫をあしらったエンブレムである。舞が再度《さいど》領くと、十翼長は年相応《そうおう》の目になった。

「熊大から撤退《てったい》する途中《とちゅう》に見ましたよ。灰色の……複座型《ふくざがた》っていうんでしたっけ？　敵を片づけてくれたお陰で逃げることができたんです」

それはわたしの乗機だと言おうとして、舞は口をつぐんだ。戦場の光景がふっと脳裏《のうり》をかすめ過ぎたのだ。死闘《しとう》。そう表現するのが一番正しいだろう。

速水厚志《はやみあつし》。天才的な操縦《そうじゅう》技能を持つ彼は士魂号複座型突撃仕様《スピリット・オブ・ナイトとつげきしよう》を駆って市街《しがい》を縦横《じゅうおう》に走りまわり、そして自分は夢中《むちゅう》で敵をロックし、撃破《げきは》していった。

あやつがいたからわたしは生き残ることができた。厚志は常にわたしの期待に応《こた》え、最善《さいぜん》を尽くしてくれた。あの戦いで我《われ》らは真のパートナーとなったのだ。

しかし──舞は顔を曇《くも》らせた。熊本城攻防戦後の厚志の様子《ようす》を思い起こしていた。生還《せいかん》したことを喜び、浮き立つ隊員たちとは別に、厚志は口数が少なくなって、ひとりで考え込むことが多くなっていた。

「万翼長殿……？」

「あ、ああ、すまん。思い出してしまってな」

「……ええ、わかりますよ。俺もこうして生きているのが不思議《ふしぎ》なくらいです。けど、もう戦争も終わりなんですよね。除隊したら思いっきり遊んでやりますよ」

「今はゆっくり体を休めることだ」

　舞が穏《おだ》やかに言葉をかけると、十翼長はほっとしたように目を閉じ座席にもたれた。

　次は九州総軍司《し》令部《れいぶ》前とアナウンスがあって、ほどなく市電が止まった。停留所《ていりゅうじょ》に降り立つと総軍司令部の正門が目の前にあった。衛兵《えいへい》から少し離れたところに見慣れた姿があった。小隊司令の善行忠孝《ぜんぎょうただたか》がタバコを吸っていた。

「そんなところで何をしている？」

　舞が尋《たず》ねると、善行は気まずそうにタバコを揉み消した。

「待っていました」

「それならば、ロビーあたりで待っていればよかろう」

「まあ、そうなんですが活気のある街を眺めるのも悪くないと思いましてね」

　善行の言葉を聞いて先ほどの市電の車窓《しゃそう》から見た風景を思い出した。その気持ちもわからないではなかったが、舞には何か腑《ふ》に落ちないところがあった。

「それはわかるが、それだけか？」

　敵《かな》いませんねとでも言いたげに善行は苦笑《くしょう》すると、言った。

「私にも休戦を祝《いわ》う気持ちはあるんですよ。とはいえ、ロビーは何かと面倒《めんどう》と思いまして」

　面倒という言葉を聞いて、舞は「そうか」と顔をしかめた。

　5121小隊は今、軍で最も注目される存在になっていた。軍広報《こうほう》は、これまで厄介《やっかい》者扱いしてきた5121を、めざましい戦果《せんか》を挙《あ》げた二十四日の戦闘の後英雄《えいゆう》として讃《たた》え、テレビなどのメディアを通じて宣伝《せんでん》活動を行っていた。舞が大尉待遇《たいいたいぐう》の万翼長に二階級特進《とくしん》した他、隊員たちは洩《も》れなく階級が上がっていた。

だが、ロビーにいたくない理由は他にもあった。そしておそらくはそれが本題だった。

舞は不機嫌《ふきげん》に頷くと、話題の核心《かくしん》へ矛先《ほこさき》を向けた。

「上層部《じょうそうぶ》は本気で士魂号《しこんごう》部隊を増設《ぞうせつ》する腹づもりのようだな」

舞が言うと、善行は頷いた。

「ええ、本気でね。実現に向けていくつかの勢力が動いているようです。士魂号さえ揃えれば隷下《れいか》の軍が戦果を挙げられると無邪気《むじゃき》に考えている勢力もあれば、軍内部での芝村の勢力がこれ以上強くなっては困ると考えている勢力もありますね」

「我らも人気者になったものだ」舞はにこりともせず、つぶやいた。

人型戦車・士魂号を開発したのは芝村一族《いちぞく》である。芝村一族が持つ人工筋肉《じんこうきんにく》の技術を芝村系の機関が研究し、実用化したものだ。が、完成した試作機《しさくき》は欠陥《けっかん》が多く、稼働率《かどうりつ》は極端《きょくたん》に低かった。反芝村派はここぞとばかりに士魂号を無用《むよう》の長物《ちょうぶつ》、金と資源の無駄《むだ》と決めつけ、芝村攻撃《こうげき》のための材料としてきた。5121他、ごく少数の部隊に士魂号が配備《はいび》されてからも、大した戦果を挙げられず失敗するだろうとたかをくくっていた節がある。

しかし大方《おおかた》の予想に反して5121小隊はめざましい戦果を挙げ続け、士魂号の兵器としての有用性は揺るぎないものとなっていった。以来、士魂号が欲しいと駄々《だだ》をこねる手合いが増えた。反芝村派は芝村による士魂号の独占《どくせん》状態を崩そうと、機体に関する情報公開を求め、人員を要求してきた。曰《いわ》く、士魂号は芝村のものではなく軍のものである、と。自然休戦期を五日後に控《ひか》え、士魂号を巡《めぐ》る軍内部の政治の季節が始まっていた。

軍司令部のロビーなどに座っていると、そういった政治好きが群《むら》がってくるであろうことは簡単《かんたん》に予想できた。

「この一週間で接待《せったい》を三度受けましたよ。政治好きとはいえ、軍人とは無邪気《むじゃき》なものですね。我々に寝返れば云々ということは決まっている」善行は苦笑して言った。

「接待など断《ことわ》ればよかったろう」

「まあ、主に食費《しょくひ》節約のため、ですね。それと彼らの考えを知っておきたかったのです」

「人事《じんじ》はどうなっている?」善行流の冗談《じょうだん》を無視して、舞は単刀直入《たんとうちょくにゅう》に切り出した。

「芝村さんが持っている以上の情報はないかと。まだ流動的《りゅうどうてき》ですよ。5121ないしは新設《しんせつ》される隊の司令に芝村さんが就任《しゅうにん》するという展開《てんかい》も十分あり得ます」

「それは承知《しょうち》している」

「わたしの立場も流動的でしてね。この先、どうなるかわかりません」

善行は苦笑交じりに言った。

舞はふっと口の端《は》を吊り上げた。相変《あいか》わらず用心深い男だ。が、それは保身《ほしん》のためではなかった。士魂号という軍事機密《きみつ》のかたまり——爆弾に触れてしまった隊員たちを守るためだった。

そして舞も心を決めていた。

善行は自分を信じてはいないかもしれないが、そんなことは承知の上で5121の連中《れんちゅう》を守るために動こうと思っていた。それは多分に感情的で不合理で、芝村一族の末姫《すえひめ》としての立場を逸脱《いつだつ》するものだったが、それが自分の選択《せんたく》だった。

「原《はら》はどうなる？」

舞に尋ねられ、善行は静かに息を吸った。

整備班主任の原素子《もとこ》は士魂号の開発スタッフだ。ここ数年の間に、開発スタッフの多くが謎の死を遂《と》げている中、彼女は数少ない生き残りのひとりでもあった。

「原さんはわたしの手許《てもと》に置こうと思っています」

「なるほど。そなたは原が苦手《にがて》なのだと思っていたが？」一拍《いっぱく》置いて舞が尋ねた。

「それは……」と一瞬《いっしゅん》言葉に詰まった善行だったが、舞の顔を見て心得《こころえ》たように苦笑する。

自分の言った軽口《かるくち》を真《ま》に受けて口ごもる善行を見て舞の目は笑っていた。

「芝村さんが冗談を言うなんて……本当に休戦なんだなという気がしますよ。それにしても人が悪い」

「それはさておき、協力しよう」

舞の言葉の意味を、善行はしばらく考えていた。

「無条件でだ。わたしも、原はもとより５１２１の連中を守りたいと願っている」

「特に速水君を、ですか？」

その言葉に、ぱっと頰《ほお》を染めた舞が善行を睨《にら》んだ。

今度は逆に善行が、してやったりという顔で眼鏡《めがね》を押し上げながら微笑《ほほえ》んでいた。

「たわけっ！」

そう吐き捨てながら、舞はさっきの善行の言葉を思い返した。こんな風に自分と善行が軽口《かるくち》をたたき合うなど、本当に休戦が近いのだなと。

善行は時間を確認した。

「……そろそろ時間のようです」

舞は頷くと、笑顔の善行と肩を並べて歩き出した。

## ●五月六日　午前八時十五分　尚敬校一組教室

上官《じょうかん》であるふたりが軽口をたたき合っているのと同じ頃《ころ》、5121小隊の面々が揃う尚敬《しょうけい》校《こう》も終戦ムードの和《やわ》らいだ空気に包まれていた。

陽射《ひざ》しが燦々《さんさん》と教室に降り注《そそ》ぎ、早くもどこからか濃厚《のうこう》な夏の花の香《か》が漂い、流れてくる。開け放たれた窓からは、のどかな生徒たちの喧噪《けんそう》がこぼれる。

四月二十四日の熊本城攻防戦以来、出撃《しゅつげき》もなく授業も丸一日の自習続きだった。黒板隅《すみ》の日直《にっちょく》の欄《らん》は二十三日で時が止まっていた。真ん中には誰が描《えが》いたか精細《せいさい》な士魂号の脚部《きゃくぶ》のイラストがあった。

士魂号二番機パイロットの滝川陽平《たきがわようへい》は登校以来、何度めかの大あくびをしていた。

「ふ。虫歯がないことはわかったよ。君の番なんだけどな」

三番機整備士臨時《りんじ》補佐《ほさ》の茜大介《あかねだいすけ》の声がした。ふたりは机の上にそれぞれ方眼紙《ほうがんし》を広げ、真ん中に鞄《かばん》を置き、互《たが》いの紙が見えないよう衝立《ついたて》替わりにしている。近頃ふたりの間でブームとなっている、レーダー作戦ゲームにいそしんでいた。

「悪《わり》ィ。そんじゃLの2を攻撃」

「外《はず》れだ。Dの8」

「うっ、空母撃沈《げきちん》。けど、おまえってこの手のゲーム、強いよな」

「だから、君の配置パターンは単純すぎるんだよ。まず、船の配置《はいち》が盤面《ばんめん》の隅に片寄る傾向がある。真ん中に配置するのが不安なんだろうな。それで負けたら今度は逆のパターンだ。僕はランダム係数《けいすう》を使っているから心理的要因《よういん》は——」

茜が得意げに言いかけた時、足音がして茜の血の繋《つな》がっていない姉の森精華《もりせいか》が姿を現した。

滝川は顔を赤らめ、思わず腰《こし》を浮かした。

「大介、こんなところで何サボっているの？　あんたのクラスはここじゃないでしょ」

森にずけずけと言われて、茜はむっとして姉を睨みつけた。

「サボっているって？　今は自習時間だろ。差し迫った仕事もないしさ」

「だから遊んでいるわけね」

呆《あき》れたというように森はため息をついた。

「くそっ、少しくらいの息抜きは許されるはずだ。善行司令と芝村は出かけているし、原さんはいないし、何をやったって文句《もんく》は出ないだろ？」

茜が切り返すと、森は軽くかぶりを振った。

「ま、いいわよ。それより実は中村君から緊急提案《きんきゅうていあん》があって、一組の人たちにも協力して欲しいんだって……」

「緊急提案？　なんだかよくわからねえけど、暇《ひま》だからいいぜ」

滝川はゲームを中断すると、立ち上がった。

「壬生屋《みぶや》さんもお願いできるかしら」

教室の隅で読書をしていた一番機パイロットの壬生屋未央《みお》が顔を上げた。

「協力、と申しますと？」

生真面目に尋ねる壬生屋に、森は向き直った。

「わたしもよく知らないの、中村君に言われただけだから。とにかく、二組の教室にみんなを連れてこいってだけ。それじゃよろしくね」

それだけ言うと森は一組の教室を出ていった。

## ●五月六日　午前八時二十六分　尚敬校二組教室

何人か欠けてはいたが整備班の面々と、戦闘班からは滝川と壬生屋が集まっていた。教壇《きょうだん》に立って彼らを見回しているのは士魂号一番機整備士の中村光弘《なかむらみつひろ》である。

そしてその傍《かたわ》らには、ごつごつと膨《ふく》れ上がった巨大な麻袋《あさぶくろ》がいくつも転がっていた。

「一組の戦闘班には初耳だろうが、たんぱく燃料ば発注《はっちゅう》したつもりが、間違って整備班にジャガイモが大量に納入《のうにゅう》された。俺らが一カ月かかっても食い切れん量たいね」

そう切り出すと、中村は茫然《ぼうぜん》としているふたりのパイロットの顔を見回し、そのままその視線を麻袋に向けた。

中村の視線を追ったふたりの顔が驚愕《きょうがく》のそれに変わった。その量はまさに暴力的と言えた。

「はい！」何を慌《あわ》てたのか滝川が律儀《りちぎ》に挙手《きょしゅ》して発言する。「ま、待てよ。どういうことだよ、それ」

「そうです。たんぱく燃料がどうしてジャガイモになるんですか？」

壬生屋も首を傾《かし》げ、中村を見つめた。

「一応ジャガイモにもタンパク質は含《ふく》まれとるばってん、壬生屋が言うのももっともたい」

中村は、重々《おもおも》しく頷いた。

「そうですよ、ジャガイモで士魂号が動くなら苦労しません」

壬生屋は真剣に怒っている。

「ばってん、今さら発注・納入の過程、責任問題ばあれこれ詮索《せんさく》しても始まらん。問題は、今現在、ここに大量のジャガイモが存在しているこったいね。こん現実ば目の前にして、滝川、壬生屋、アタたちゃあどぎゃんする？」

ピッと指を突きつけられ、滝川と壬生屋は顔を見合わせ、黙り込んだ。

黙っているふたりを見て、普段《ふだん》は滅多《めった》に発言することのない二番機整備士の田辺真紀《たなべまき》が立ち上がった。

「食べないと……一生懸命《けんめい》、食べないといけないと思います。このままだと芽が吹いてジャガイモが駄目になります。すぐにふかして代用マーガリンをつけて……」

「待て！　ちょっと待て、田辺。いきなり方法論に突入するのは性急《せいきゅう》すぎる。食べる、というのは確かに有効な方法だけれど、その前に何故《なぜ》、ここにジャガイモが存在するのか議論《ぎろん》を尽くしても無駄《むだ》じゃないと思うけど」茜が皮肉な笑みを浮かべて言った。

「発注ミスの犯人捜《さが》しをしたってしょうがないでしょ？」

整備班副主任《ふくしゅにん》の森が気まずそうな顔になって反論する。義理の姉に反論されて、茜は不機嫌に口許を歪《ゆが》めた。

「ふ。まず言っておくが、犯人は僕じゃないから。僕としては犯人捜しをすべきと思うけど。犯人を見つけて、例《たと》えばそいつにジャガイモを買い取らせれば問題は解決するよ」

「馬鹿大介、そんなことできるわけないでしょ！　第一、そんなお金ないわよ」

「金がないって……姉さんが犯人なのか？」

「違う！　そうじゃないわよ。学兵でそんなにお金なんてあるわけないいし、それに犯人を捜してその人をみんなで責めるの？　それで、誰が何を得るのよ？　発注ミスだって初めてってわけじゃないのに、そんなイジメみたいなことしたら整備班はばらばらよ」

「えっ？　初めてじゃないのか？」

整備班の実状《じつじょう》を知らないパイロットらしく、滝川が素直《すなお》に驚く。

「い、いや、ごくたまにですよ！　それに今回みたいなことは初めてですっ！」

森が頬を赤らめながら慌てて訂正《ていせい》した。

「確かに森さんの言う通りですね。和が乱れるような気がします」

森に賛成して壬生屋が発言した。

「なんでもいいけど、俺さぁ、ジャガイモは食べ飽《あ》きたよ。売るとかできねぇのか？　あ、そうだ！　遠坂《とおさか》なら金持ちだから買い取ってくれるじゃん」

滝川が名案だというように、ポンと手をたたいた。

「遠坂君は休暇《きゅうか》で家に帰っているの」森が言うと、場はしんと静まり返った。

「時間の無駄ぞ。話ば元に戻さんね。犯人捜しとか方法論とか、ごたごた言わんで、そこにジャガイモがあるけん食う。そっが天然自然の人間の姿ぞ。そこで俺はこんジャガイモでカレーばつくるこっば提案《ていあん》する！」

教室内がざわめいた。カレーとはなんと甘美《かんび》な響《ひび》きであることか。二十四日の熊本城攻防戦以来、市内の食糧《しょくりょう》事情は極端《きょくたん》に悪化していた。

「ふ。大風呂敷《おおぶろしき》を広げるのはけっこうだが、ジャガイモだけでカレーはつくれないぞ。カレー粉、肉、たまねぎ、米……さまざまな材料が必要となるはずだ」

茜が甘いな、というように薄笑《うすわら》いを浮かべた。

しかし、中村は不敵に笑って言い放った。

「話ばしまいまで聞かんね。カレー粉は我が恩師《おんし》である本田《ほんだ》先生に頼んですでに入手《にゅうしゅ》済みである。こんなこともあろうかと俺が手配《てはい》した。肉、野菜はパーツや小隊機銃《きじゅう》と引き換えに、とある部隊から譲《ゆず》ってもらっとる。じきに軽トラで到着《とうちゃく》する。そして米だが……」

もったいぶったように中村はそこで言葉を止め、人差し指を立てて天高く腕を伸ばしたかと思うと、そのまま腕を回して傍らにある麻袋に入ったジャガイモを指差した。

中村を凝視《ぎょうし》する学兵たちは、中村の意図《いと》を理解できないまま全員が唖然《あぜん》としている。

「……中村君、それジャガイモだけど……」

恐《おそ》る恐《おそ》るといった様子で森が言った。

「そげんこつは知っとったい。ぬしゃ俺ばバカて思っとるど！」

「バカとは思ってないけど、ちょっと電波が入ったようには見えるね」

中村の反論を茜が混ぜっ返した。

「アタたちゃジャガイモば見くびっとる、うんねジャガイモば見損《みそこ》なっとる。ジャガイモばただの澱粉《でんぷん》野郎て思ったら大間違いぞ」

「いや、思ってないから……澱粉野郎なんて……」滝川がつぶやいた。

教壇の上で熱弁《ねっべん》を続ける中村。呆れる学兵たち。その構図はさっきと変わらない。

「よく聞け凡夫《ぼんぷ》どもめっ」中村が学兵たちを見渡し言葉を続ける。「ジャガイモは各種ビタミンなどをバランスよく含んでおります。また澱粉質も多く含むことからご飯のような澱粉のある食べ物の性格を持っているのです……なのだ」

勢い良く切り出した割に、後半は「なのだ」以外はまったくの棒読《ぼうよ》みだった。だが、中村本人の顔は、どうだと言わんばかりに自信満々だ。

「要は、ジャガイモの入ったカレーをジャガイモにかけて食べるってことか？」

男勝《おとこまさ》りのさすがの田代香織《たしろかおり》も、今回ばかりは呆れ顔で中村に聞いた。

「お、見かけによらず田代は頭ンよかね」

「うるせぇ！」

やっと本意が伝わり嬉《うれ》しげな中村に田代が怒鳴る。

「まぁまぁ聞いてくれ。カレーの中のジャガイモは溶くるけん心配いらんぞ。そのために工業用バーナーで一気に加熱《かねつ》すっとよかたい」

「カレーは弱火でコトコト煮ないと焦《こ》げちゃうわよね」

森が、誰にともなく口を開いた。

「も、もちろんコトコトたい、コトコトせんといかん……」と慌てて中村が訂正する。

「それに、カレーをかけるにしても、せめてマッシュポテトとかにしないとね」

森から女性らしい意見が飛び出した。

「あ、それいいかも！　それなら色もカレーライスっぽいしな！」

「マッシュポテトとは気づきませんでした。さすが森さん」

滝川と壬生屋が森に賛同《さんどう》した。

「そ、そりゃそうたい。もちろん最初からスマッシュのつもりたい、こうビシッと……」

妙《みょう》に動揺《どうよう》する中村の間違いには誰も突っ込みを入れなかった。

その時「ちょっと待った」と冷たい声が教室内に響き渡った。

全員の目が二番機整備士の狩谷夏樹《かりやなつき》に集まった。

「原さんがいないのに、そんなことを勝手に進めていいわけがないだろ。ジャガイモとはいえ小隊の物資《ぶっし》なんだから。茜は自分が犯人じゃないことをアピールするために犯人捜しを主張しているけどさ、原さんにしたってミスした張本人《ちょうほんにん》を徹底的《てってい》に――」

正論《せいろん》をぶつける狩谷の言葉を遮《さえぎ》るように、中村はニヤリと不敵《ふてき》に笑って話し出した。

「まだ気づかないのか狩谷クン？　だからこそ今、原さんがいないことが重要なのだよ……原さんが到着する前にジャガイモの加工《かこう》を終え、すべてを胃《い》の中に……」

狩谷は、はっと目を見開いた。目論見《もくろみ》のすべてに気がついたのだ。ついで声を荒らげる。

「そ、それは証拠《しょうこ》の、発注ミスの隠蔽《いんぺい》工作だぞっ！」

「バカめ、死体のない殺人《さつじん》はないように、ジャガイモのない発注ミスは有り得ないのだ」

中村の言葉がまるで合図《あいず》であったかのように、「豚肉《ぶたにく》ゲットォォォ」と能天気《のうてんき》な声が響く。

一番機整備士の岩田裕《いわたひろむ》がひと抱えの包みを手に、教室内に駆け込んできた。

「おまちどー、裏マーケットの親父《おやじ》さんからニンジンとたまねぎ、その他諸々《もろもろ》ゲットだよ！」

同じく一番機整備士の新井木勇美《あらいぎゆうみ》と事務官《じむかん》の加藤祭《かとうまつり》も続いて駆け込んできた。中村は救われたように、ほうっと息をついた。さっきのしどろもどろはどこへやら、雄叫《おたけ》びをあげる。

「そって、どぎゃんする？　アタたちがが求むっとは――？」

「カレ――！」

森のマッシュポテト案がすべてを解決したとばかりに、滝川はあっさりと声をあげた。

「つけ合わせは？」

「マッシュポテト――」

一部を除《のぞ》いて、全員がわっと唱和《しょうわ》した。

「よしゃ～、絶対決むっぞ！　カレー、ア～ンド、スマアッッシュ！」

……中村の雄叫びに、教室中が凍《こお》りついた……。

かくして、一組有志《ゆうし》を巻き込んだ整備班の発注ミス隠蔽作戦、ミッションネーム・C&Mプロジェクトが開始された。

**●五月六日　午前八時三十分　九州総軍司令部準竜師執務室**

殺風景《さっぷうけい》な部屋だった。

部屋の奥にはスチール製の事務机《じむづくえ》と椅子《いす》がひとつ、机上《きじょう》には巨大な砂時計が置かれている。壁《かべ》には九州中部域戦線《ちゅうぶいきせんせん》の地図が貼ってあり、敵味方を表すピンがびっしりと刺されていた。室内は薄暗く、窓にはブラインドが下ろされ光を遮っていた。

芝村準竜師《じゅんりゅうし》が座る事務机の傍らには美貌《びぼう》の副官《ふくかん》が彫像《ちょうぞう》のように佇んでいた。

「本日は忙《いそが》しい中、時間を取ってくださり、感謝《かんしゃ》しています」

善行が挨拶をすると、準竜師は組んだ手に顎《あご》を乗せたまま、にやりと笑いかけた。

「用件を聞こう」

「５１２１の今後について、ですね。隊員たちの安全について、隊員たちの件に関しては百パーセントの保証をいただきたいのです」

善行が柔《やわ》らかな声で切り出すと、準竜師は薄笑いを浮かべたまま頷いた。

「今後のことが気がかりというわけだな。例えば俺が取引の材料に使ったりはせんか、とな。今なら反対派へ売ればけっこうな高値《たかね》がつく」

準竜師の言葉に、善行は苦笑を浮かべたまま答えた。

「心にもないことを。今や5121はそんなに安くはありませんよ」

「うむ」準竜師はあっさりと頷いた。「士魂号の秘密は芝村一族だけのものだ。それゆえ売らぬ。芝村に忠誠《ちゅうせい》を誓《ちか》う者に恩恵《おんけい》として供与《きょうよ》するだけだ。おまえのようにな。ああ、それと隊員の件に関しても了解《りょうかい》した」

そう言うと、準竜師は椅子にもたれた。安っぽい事務用のチェアがきしんだ。舞は黙ってふたりの「挨拶」を聞いていたが、やがて静かに口を開いた。

「そんなにあっさりと手のうちを見せてよいのか？　わたしとしてはもう少し歯ごたえのある展開を期待してきたのだがな」

「従妹《いとこ》殿よ、おまえは政治小説の読みすぎだ。くだらん駆け引きをするほど俺は暇ではないのだ。それで、用事はそれだけか？」

準竜師は澄《す》ました顔で言うと、憮然《ぶぜん》とする舞の目の前で砂時計をひっくり返した。

勢い良く流れる砂を目で追いながら、善行は率直《そっちょく》に切り出していた。

「原素子は従来通りわたしの手許に」

「安全は保障しよう。しかし従来通りというのはどうであろうな」

準竜師は言葉を切って善行の顔をのぞき込んだ。

「研究所に収容《しゅうよう》し、監視下《かんしか》に置くことが最良と俺は考える。これ以上、外に出しておくのはリスクが大きすぎる。あの女は軍事機密《ぐんじきみつ》のかたまりゆえ、な」

善行は表情を殺して準竜師の視線を受け止めた。

「……それは理解していますが、彼女は有能《ゆうのう》な整備主任でもあります。士魂号は強力な兵器ですが、ご存じの通り他隊の士魂号の平均稼働率は一桁《ひとけた》台に過ぎません。それが百パーセント近い稼働率で戦いを続けることができました。5121小隊の戦果は、彼女なしでは一割も達成《たっせい》できなかったでしょう。彼女のことはわたしに任せていただけませんか？」

善行が話し終えると、準竜師は「ふむ」とうなって考え込んだ。副官――ウィチタ更紗《さらさ》が準竜師の耳に何やらささやいた。

「反対派が原に興味《きょうみ》を示しているらしい。まあ、当然と言えば当然だがな。それでもおまえはあの女に責任が持てるか？」

「ええ」善行は冷静《れいせい》に答えると眼鏡に手をやった。

「それと報告がひとつあります。実はリクルートを受けましてね」

「ほう。人気者というわけだな」

準竜師に冷やかされ、善行は苦笑した。

「まあ、休戦期も近づくといろいろあります。詳細《しょうさい》はこれに」

善行は内ポケットから紙片《しへん》を取り出すと机の上に置いた。

「うむ」準竜師は頷くとウィチタに合図をした。ウィチタは黙って紙片を取ると隣《となり》の副官室へと消えた。

「士魂号部隊の増設が検討《けんとう》されているそうだが」

今度は舞の番だった。尋ねると準竜師は頷いた。

「うむ。本格的な話は自然休戦期に入ってからだ。もっともすでに気の早い連中が見よう見まねで妙なものをつくっているがな」

「自衛軍がすでにつくった士魂号の実験小隊のことだな？」

「うむ。一種のショーウィンドウだな。パイロットも整備員も間に合わせゆえ、ものの役には立たんとは思うが。軍のお偉方《えらがた》と産業界の要請《ようせい》があってでっち上げたものだ。安心しろ、おまえにはそんな隊は任せん」

「わたしは５１２１をそのまま受け継《つ》ぐか、それに近いかたちで隊の運営《うんえい》に携《たずさ》わってゆくことを希望する」

「希望はかなえられるだろう」準竜師は即座《そくざ》に言った。

「……ついては速水厚志を副官役として確保《かくほ》したい。あの男の経験と才能は貴重《きちょう》だ」

「ふむ」準竜師の顔に好奇《こうき》の色が浮かんだ。

「あの速水厚志をな」

舞は努《つと》めて無表情に準竜師の視線を受け止めた。

「確かに速水は優秀なパイロットだ。しかし、あれは危険だぞ。身許《みもと》にも不詳《ふしょう》、不明な部分が多い。切り捨てたほうが賢明《けんめい》だ。なんならこちらで処理《しょり》しても構わぬが」

「よくもぬけぬけと……できもせぬことを口にするでない」

舞の瞳が細められた。準竜師を見つめるその目は平静だが怜悧《れいり》で冷たい光を湛《たた》えている。まるで、そのまま人を殺せるとでも言いたげに。

準竜師は平然《へいぜん》と舞の視線を受け止めた。しばらくの間、ふたりは無言《むごん》で睨み合っていた。

「……わかった、わかった」やがて準竜師は破顔すると、手を挙げて降参《こうさん》の仕草をした。

「冗談が過ぎた。許せ、従妹殿。そなたをからかうのが面白《おもしろ》くて。つい、な。それにしてもそなたは芝村というには随分と表現がストレートだな」

「やるとなったら行動もストレートだ」

「ふ、確かにわかりやすい。よかろう、速水のことはさほど大きな問題ではない。……時に、あれを副官に欲しいというのは、私がウィチタを副官にしているのと同じ意味なのか？」

その台詞《せりふ》には、舞も一瞬怯《ひる》んだ。同じ芝村である舞は、準竜師とその美貌の副官がただならぬ仲であることを知っていた。

舞の反応を見て、準竜師は再び《ふたた》好奇の目を向けニヤリと笑った。

「従兄殿と一緒にするではないっ！」

舞はそれだけ言うと、足早にその場を辞《じ》した。

## ●五月六日　午前九時八分　九州総軍司令部

ロビーに戻った舞は不機嫌な顔で長椅子《ながいす》に座り込んでいた。そのまま帰ってしまおうと思ったが、さすがにそれも大人《おとな》げないと思い直し善行を待つことにした。

5121の部隊章に目を留《と》めた将校がちらちらと舞を見たが、険《けわ》しい表情を見て話しかけるのをためらっていた。

ロビーに設置《せっち》されたテレビから女性の声が流れてくる。何気なく目を向けると、前線の塹壕《ざんごう》陣地《じんち》で若い女性レポーターが学兵に囲まれ、満面の笑顔で映っていた。彼らの背後《はいご》には見覚えのある草原の風景が広がっていた。

「今日は阿蘇《あそ》戦区で戦っている学兵の皆《みな》さんにお話をうかがいます。ここは九州中部域戦線でも有数《ゆうすう》の激戦地《げきせんち》だったそうですが、いかがでしょう？」

レポーターの声に、舞は忌々《いまいま》しげに口を歪めた。熊本城攻防戦の時にまるでちんぷんかんぷんなインタビューをしてきた勉強不足の大たわけレポーターだった。

「ええ……と、ここ数日は暇でした」

消え入りそうな女の声が聞こえてきた。女性用ウォードレスを着た百翼長が緊張した面持《おも》ちで答えている。内気《うちき》そうな丸顔に見覚えがあった。熊本城攻防戦では憔悴《しょうすい》していたが、今は顔色も良く、肌にも張りが戻っていた。

島村《しまむら》とかいったな、と舞は百翼長を注視《ちゅうし》した。

「暇だったんですか？」意外そうな声。

「ええ、わたしたち熊本城攻防戦の後、市内から移動してきたんです。ですから、ここではほとんど戦闘は行っていません」

島村百翼長はおどおどしながらも、受け答えを続けていた。レポーターは、あら、という顔で恐る恐る尋ねる。

「……あのォ、こちらは5223小隊ですよね？」

「いえ、わたしたちは3077独立混成《こんせい》小隊です。5223は隣の陣地ですけど」

「あ……」

レポーターの顔色が変わった。振り向いてスタッフに何やらささやいたかと思うと、マイクを下ろし、途方《とほう》に暮れたように立ち尽くした。

ロビー内で失笑《しっしょう》が起こった。

「あのレポーター、よくミスるんだよな。これが楽しみなんだ」

「まあ、元アイドルだからしょうがないさ」

「それが可愛《かわい》いってけっこう人気あるみたいだぜ」とお気楽《きらく》そうな話し声が聞こえてくる。

「まあ……いいか」レポーターの声が聞こえてきた。

「予定を変更《へんこう》して、独立混成《こんせい》小隊の皆さんにお話をうかがっちゃいましょう！」

再びロビー内で失笑。「よしっ、立ち直ったぞ！」と誰かが叫ぶと、笑い声は広がった。

たわけめ、と舞は唇《くちびる》を噛《か》んだ。5223は精鋭《せいえい》中の精鋭だぞ。戦歴《せんれき》も長く、取材《しゅざい》すれば有益《ゆうえき》な話がたくさん聞けるものを。勝手に予定を変更するな。女性レポーターの一挙手一投足《いっきょしゅいっとうそく》が舞の不機嫌さに拍車《はくしゃ》をかけていた。

「島村百翼長は戦争が終わったらまず何をしたいですか？」レポーターはにこやかに尋ねた。

「え、ええ、自宅に帰って掃除《そうじ》をしたいと……」

「掃除ですか？」

「ええ、長い間留守《るす》にしていたもので。あと布団《ふとん》も干《ほ》さないと」

百翼長は律儀に答え続ける。ロビー内でわずかに笑い声が起こった。

怒りに任せてテレビを見ていた舞は、レポーターの周りでVサインを出して騒いでいる学兵たちの中に見慣れた巨体を見つけた。四本腕の重ウォードレス可憐《かれん》に身を包んでいる。

５１２１小隊付きの戦車随伴歩兵《スカウト》の若宮康光《わかみややすみつ》だった。現在は訓練教官《くんれんきょうかん》として、来須《くるす》銀河《ぎんが》とともに阿蘇戦区に派遣《はけん》されていた。さすがにVサインこそ出していないが、若宮は学兵を注意するでもなく、苦笑を浮かべて佇んでいるだけだった。その姿は実に目立っている。

「ああ、こちらの学兵さん、戦争が終わったら何をしたいですかぁ？」

レポーターにマイクを向けられ、若宮の照《て》れ笑いを浮かべた表情がアップになった。

「は、自分は次の戦いに向けて訓練をしたいと考えております」

「彼女とデートするとか？」若宮の模範回答《もはんかいとう》をあっさりと無視《むし》してレポーターは追及《ついきゅう》する。

「はぁ、残念ながら相手がいません」若宮はわずかに顔を赤らめる。

「若宮教官は彼女募集《ぼしゅう》中っす！」学兵の中から声があがった。わっと歓声《かんせい》があがって、画面はVサインの学兵のアップで埋《うず》め尽くされた。

「まったく。何をやっているんだか……」

ため息が聞こえて、善行が舞の前に立った。衛星携帯電話《えいせいけいたい》を手にしている。一度屋外《おくがい》へ出て電話をかけていたようだ。

「若宮も随分と甘くなったものだ」

舞は立ち上がると不機嫌に言った。まるで自分の不機嫌が若宮のせいでもあるように。

「まあ、好かれているようですし、よしとしましょう」善行は苦笑して、眼鏡を直した。そのままふたりは九州軍司令部を出た。

●五月六日　午前九時三十三分　熊本市街路上

隊に戻る道すがら、善行は隣を歩く舞に思い切って切り出した。

「ところで速水君のことなんですが……」

舞は顔をしかめ「なんだ？」と続きを促《うなが》した。

「彼を副官にするのですか？」

「そなたまで、そのような下衆《げす》な勘繰《かんぐ》りをっ！」

さっきの準竜師との会話から、その副官という言葉がとてつもなくいかがわしいもののように感じ出しているようだった。

「違いますよ。純粋《じゅんすい》に副官という意味で聞いているんです」

舞の気持ちを察したかのように善行が言った。

「ふん……名目《めいもく》はなんだってよいのだ。事務官でも衛生官でもよい。そなたが原についてそう思うように、やつを手許に置くとわたしは決めたのだ。あのたわけには……」

舞は言いかけて、憂鬱《ゆううつ》な面持ちになった。

「速水には行くところがないのだ。それゆえ、わたしがやつの居場所《いばしょ》をつくる」

「なるほど」善行は冷静な表情で頷いた。

速水厚志の素性《すじょう》・経歴については不明な部分が多かったが、善行は敢《あ》えて詮索を控《ひか》えていた。

速水は天才的なパイロットだった。とはいえ、それがすべてではなかった。速水は骨惜《ほねお》しみせず、献身《けんしん》的だった。味方のため、友軍《ゆうぐん》のため、そして5121の隊員たちを守るために危険を顧《かえり》みず、数々の死闘《しとう》を戦い抜いた。有事《ゆうじ》に、しかもすぐ隣に死が横たわる人外《じんがい》のものとの戦争の中で、それができるのは希有《けう》と言ってよかった。

速水ほどではないにしろ、才能豊かな者なら他にもいるだろう。

いうなればそれが一番の理由になるだろう。そんな速水の過去をどうして詮索など、ましてや大人の政治の中で処理などさせられようか。

速水の今後に関しては、芝村舞に一任《いちにん》しようと善行は考えていた。

そんな善行の心を知ってか知らずか、舞はぽつりとつぶやいた。

「……なれど、わたしには速水が何を考えているか、わからぬ」

舞の言葉に寂しげな響きを感じて、善行は意外に思った。

「そうなのですか？」

「近頃のやつは何か様子が変だ。わたしが何を言っても上《うわ》の空で――」

こんな芝村舞を見るのは初めてだった。善行は言葉を探した。

「……この二カ月間、我々は出撃の連続でした。二十四時間、常に戦闘待機の状態にあり、心《しん》身《しん》とも緊張感を維持していなければなりませんでした。そんな日々からやっと解放されて、これまでの疲れが出たのでしょう」

善行としては、今言えることはそれが精一杯《せいいっぱい》だった。

速水厚志が士魂号パイロット。そして学兵としては優秀な人材であることは十二分《じゅうにぶん》に承知《しょうち》しているものの、私生活やその精神状態までは善行は把握《はあく》していない。司令として、軍務《ぐんむ》をさぼっていたわけでは決してないが、速水についてはそのほとんどをパイロットとしてもパートナーである芝村舞に一任してきたところがあった。さらにいえば戦車学校時代から速水は彼女に対して妙に懐いているところがあったことも事実だった。

今後も彼のことは芝村舞に任せようという判断も、その辺から来ていた。

そんな善行の言葉を舞は腕組みをして聞いていたが、やがてゆっくりと頷いた。

「そういうものか」

善行は、そんな舞の様子を穏やかな眼差しで見守った。

「ともあれ、隊に戻ることとしましょう」

## ●五月六日　午前九時四十七分　尚敬校食堂

尚敬校の門を抜けると、善行と舞の鼻《はな》を香辛料《こうしんりょう》の匂いがくすぐった。

ふたりは何事かと顔を見合わせた。そのカレーとおぼしき匂いは食堂の方から漂ってきていた。次の瞬間、ふたりの足は申《もう》し合わせたように食堂に向かっていた。

善行と舞が食堂の扉《とびら》を開けると、濃厚《のうこう》なカレーの匂いとともに隊員たちの楽しげな喧噪が押し寄せてきた。

調理場《ちょうりば》には炊《た》き出し用の巨大な鍋《なべ》がでんと置かれて、新井木が鍋の番をしている。

「珍しいですね、全員で炊き出しですか？」

笑顔で善行が話しかけると、新井木がカレーを食べるのをやめて立ち上がり、皿にマッシュポテトを乗せカレーをかけて善行に差し出した。

「はいど～ぞ。本日はお代はいりませ～ん」

善行が受け取ると今度は舞の分を皿に盛《も》り始めた。

受け取った皿をしげしげと眺めながら、善行が誰にともなく言った。

「これまた珍しいカレーライス……いや、カレーポテトとでもいうんですかね？　ま、いただきます」礼儀《れいぎ》正しく誰にともなく一礼すると、最初の一口を口に運んだ。

「なかなかいけますね」というと、その後は黙々《もくもく》と食べ出した。

「おおぉ芝村、戻ったか？」

善行の様子を隣で眺めていた舞に、中村が声をかけた。

「中村よ、これはどういうことだ？」

舞が訝《いぶか》しげに問うと、小太《こぶと》りの一番機整備士はにやりと笑った。

「ふっ、見ての通り。カレーばつくった。俺の庖丁《ほうちよう》人生のすべてば懸《か》けて材料ば揃え、料理したつぞ。つべこべ言わんと、俺の作品ば味わってくれ。新井木、大盛りだ」

「ま、待て……そうではなく……」

戸惑《とまど》う舞の手に新井木がカレーポテトがこんもりと盛られた皿を渡した。ジャガイモがほどよく溶けて、トロトロした純和風《じゅんわふう》なカレーである。

再度、どういうことなのかと中村に問いただそうとした瞬間、怪鳥《かいちょう》のような奇声《きせい》が舞の鼓膜《こまく》を直撃した。

「ノォォォォ、わたしの皿はジャガイモばかりなのに、何故あなたの皿にはそんなに肉が入っているんです？　これはヒイキです。ヒイキですゥゥゥ！」

岩田裕が大げさにのけぞって、田辺の皿を指差し奇声を発した。田辺は申し訳なさそうに岩田に目をやったが、やがてそっと肉のかたまりを岩田の皿に移した。

「あっ、マッキー、だめだめ。こんな変態《へんたい》に肉食べさせちゃ。ますますけだもの化しちゃう。マッキーは粗食《そしよく》だから栄養摂《と》らなきゃって思ったのに！」新井木が口を尖《とが》らせる。

「にしても……俺の倍は肉が入ってるぞ。なあ、新井木、おまえって俺に恨《うら》みでもあるの？」

鍋を守っている新井木に向かって滝川がカレーを口一杯に頬張りながら抗議《こうぎ》を始めた。

「シャーラップ！　ヒイキは給食係の特権《とっけん》なの。文句《もんく》を言うとお代わり受けつけないから」

新井木はささやかな権力に酔《よ》いしれているようだ。

「けど、中村君って意外な才能があったのね。しっかりかつお節で出汁《だし》取って。お蕎麦屋《そばや》さんのカレーが食べられるとは思わなかった」

森は幸《しあわ》せそうに皿のカレーを頬張った。

「姉さん……姉さんったら。がっつきすぎだよ。恥《は》ずかしいじゃないか……」

茜が小声で注意するが、森の意識はカレーに集中しているようだ。香《こう》ばしくまろやかな味。しかもどことなく懐かしさを湛えた味である。

と、ここまで考えて森の目は茜の皿に向けられた。森の表情は凍りついた。なんと――茜は丹念《たんねん》に豚肉を取り分け、残そうと目論んでいる。

「こら、大介、お肉残しちゃ駄目でしょ！　こんな美味《おい》しいお肉、久《ひさ》しぶりに食べるんだから。あんたもよく味わいなさい」

公衆《こうしゅう》の面前《めんぜん》で姉に叱られ、茜はふてくされた表情になった。

「ふ。カレーはちゃんと味わって食べてるさ。僕の体が肉を受けつけないことぐらい、姉さんは知っているはずだと思うけど」

「そうか！　おまえって肉が嫌いなのか。なら俺がもらってやるよ」

滝川のスプーンが素早く伸びて、茜の肉をかっさらった。

「滝川さんっ、そんなことをしてはいけません！　茜さんも好き嫌いはなくさないと！」

壬生屋は立ち上がると、生真面目にふたりを叱りつけた。

少し呆れ気味に隊員たちのやり取りを見入っていた舞は、こうなっては質問どころではないと判断し、自分もカレーを頬張り始めた。

そんな舞の脳裏《のうり》をひとつの疑問がよぎる。

速水はどこだ？

## ●五月六日　午前十時三分　尚敬校裏庭

現在の作業場《さぎょうば》となっている裏庭《うらにわ》では狩谷夏樹がぽつねんとパーツ類の手入れをしていた。他に人影《ひとかげ》はない。

「結局《けっきょく》、食べなかったんですね？」

背後《はいご》から声がした。首だけ回して確かめる。田辺だった。

「あいつら……堕落《だらく》してるよ、まったくっ！」顔を正面に戻し、誰にともなく言い捨てた。

「……その意味では私も共犯者ですね」悪びれもせず田辺がそう言った。

狩谷は、別に田辺を責めるつもりで言ったわけではなかったので、少しバツが悪い気がした。

だが、そうは言わずに、「それは、そうだ……」とだけ言った。

「そうですね、私も良心の呵責《かしゃく》を感じてはいるんです。でも空腹《くうふく》には勝てなくて」

「空腹はわかる。でも、田辺みたいに良心の呵責があることが大事なんだ。ミスが生じたのをわかっていながらそれを平気で誤魔化《ごまか》そうとする。軍規違反《ぐんきいはん》も甚《はなは》だしい。そのうえ、あんなにはしゃぎまくって……」狩谷は苛立たしげに唇を噛んだ。

田辺は狩谷の背後から動いて、そこらここらに散らばった小さなパーツを集め出した。そうしながら、狩谷を見ずに恐る恐るといった様子で切り出した。

「あの……呵責と言っても、そういったものじゃなくて……街の人たちは今復旧に追われていて、戦時中も食べるものも食べずにいて……私たちは確かに戦ってはいたけど、その間は一応軍《ぐん》から食事は提供《ていきょう》されていて……今回みたいに発注ミスとはいえ、頼めばあれだけの食料が軍費《ぴ》から賄《まかな》われて……街の人たち、というか民間の人たちも頑張《がんば》っていたのに、何か凄《すご》く申し訳ないというか……それなのに、意地汚《いじきたな》く自分だけ食べてしまって………」

狩谷は黙って聞いていた。というよりは何も言い返せなかった。驚いていたからだ。

自分では考えたこともないロジックだった。自分が持つ規範《きはん》は軍規であり、仕事の完遂《かんすい》であり、上官の命令だった。そこに甘えは許されない。足が悪いということで中途半端《ちゅうとはんぱ》な同情をする者たちと対等に渡り合うために自分で決めた不文律《ふぶんりつ》だ。

田辺の発言はそんな狩谷には理解できないことだった。なのに不思議と不快感はなかった。

パーツを拾う手を止め田辺が顔を上げる。狩谷と視線が重なる。しばらく見つめていた。

「驚いた……そんな考え方があるんだな……」

狩谷はなんとかそれだけ言った。田辺は、この人は何を言っているんだ？　とばかりにきょとんとした顔をしている。狩谷は恥ずかしくなり目を逸《そ》らした。

戦争の最中《さなか》、稼働率が一％に満たないと言われた人型戦車を整備し、戦いが激化《げきか》すればそれこそ寝る間もなく働き続けてきた。死地《しち》へ赴《おもむ》くのは確かにパイロットだが自分たちも同じ気持ちで、いや自分では行けないからこそもっと強い気持ちで、絶対にミスのないように務めてきた。そして、その対価《たいか》を手にする。給料《きゅうりょう》、食事、宿舎《しゅくしゃ》。それは当たり前すぎるほど当たり前のことだ。自明《じめい》の理《ことわり》だ。

しかし目の前の女性は、違うことを言った。発注ミスの隠蔽工作ではなく、カレーを食べたことに良心の呵責を感じると。他人が食べられない物を自分が食べたことが辛いのだと。

彼女の言葉には優しい匂いが含まれているような気がしていた。

女性というのはそういう考え方をするんだな。女性……。

物思いに耽《ふけ》る狩谷に慌てて田辺が声をかける。

「ごめんなさい、わけのわからないこと言って……なんか怒らせてしまったみたいですね」

はっとして狩谷は顔を上げた。

「いや、違う。怒ってなんかいないよ。ただ……少しビックリしただけで」

「ビックリ……ですか？」田辺のほうも狩谷の言葉の意味がわからず、問い返す。

「その……僕はそんなこと考えたことがなかった。なのに、女の人というのはこんな戦時下にあっても、他人を思いやる……というか、優しいというか……」

狩谷は自分の顔が少し熱を持っていると感じた。自分が口にしたことに気恥ずかしさもあり、くわえて、女性、女の人、優しい……と、さっきから考えていたことを口に出した瞬間、田辺が急に女性として認識《にんしき》され出していた。

「あ、いえ、あの、そんなに大したことじゃないんです。そんなこと言ってもお腹が空けばやっぱりカレーを食べてしまうんですから、優しいというか卑《いや》しいというか……ははは」

いつも厳《きび》しい狩谷が自分のことを優しいなどと表現したことで、照れた田辺ははにかみながら慌ててお茶を濁《にご》した。

「あぁ、そうか、そうだよね……ははは」

　田辺がはにかむ様に狩谷も釣られて、珍しく笑いながら顔を赤らめた。

## ●五月六日　午前十時十二分　尚敬校食堂

　何よっ、デレデレにやけてっ！

　両手にカレー＆マッシュポテトが盛られた皿を持ったまま、加藤がドタドタと大股《おおまた》で食堂に戻ってきた。その勢いのまま残飯《ざんぱん》用のポリバケツに近づくと、右手に持っていた皿を投げつけるようにそのまま落とし込んだ。

「何やってんだ加藤、もったいねぇ」

　滝川が手つかずのカレーが捨てられるのを見て思わず声をあげる。

「うるさい、そんなに食べたければ食べればええやん！」

　そう言って加藤はポリバケツを指差した。そして、おもむろにスプーンを取り上げると、カレーが口の周りにつくのも構わず、自分の分をがつがつと食べ出した。

　滝川と壬生屋、そして新井木が、ぽかんと口を開けてその様子を見守った。

　カレーが出来上がり、全員が一杯めのカレーを食べ終わる頃を見計《みはか》らって、加藤はふたり分のカレーを用意してそこにいない狩谷を捜しに出たのだった。

　今は銃器《じゅうき》などの物置《ものおき》になっている体育館をのぞいた後、裏庭に向かった加藤は、話し声が聞こえたところで足を止めた。

校舎の角から出ても狩谷と田辺は加藤に気づかないようだった。

そして田辺が何か言うと、狩谷は声を出して笑ったのだった。

いつも側《そば》にいる自分も、しばらく狩谷の笑顔を見ていなかった。さらに笑い声など、数カ月もしくは何年も聞いていないかも知れない。

それなのに今、自分の目の前で自分以外の女と談笑《だんしょう》している。なっちゃんが笑っている。

そのまま声もかけずに踵《きびす》を返すと、食堂へと引き返した。

腹が立った、悔《くや》しかった、悲しかった、切なかった。田辺に対してなのか狩谷に対してなのかわからないまま感情を持てあまし、加藤はどうすることもできずにカレーをむさぼった。

いつもむっつりしている狩谷が笑うことはいいことだ。周りと衝突《しょうとつ》してばかりの彼が他人と談笑するのはいいことだ。戦争が終わるのだから、なっちゃんも少しは気を抜くことを覚えたほうがいい。

頭ではそう考えているのに、感情のコントロールが利《き》かない。

皿を持って立ち上がった加藤は、二杯めのカレーを山のように盛りつけると、また黙って食べ出した。

全身から私に話しかけるなオーラを放つ加藤に、誰も近寄ろうとしなかった。

カレーを口の中に次々と掻き込みながら、加藤は考えている。

もう、なっちゃんなんか知れへん。他の男とイチャイチャして見せつけたるんや。何か言わ

れても知らん顔してやるんや。誰かと喧嘩《けんか》してももう止めへんから。

可愛さあまって憎さ百倍の言葉通り、加藤の感情は燃え盛《さか》っていった。周囲《しゅうい》の冷たい視線とは裏腹《うらはら》に……。

※

加藤以外の全員が和気《わき》あいあいと楽しんでいたカレーパーティは、放送室からの突然のアナウンスで幕を下ろすことになった。

教官の坂上久臣《さかうえひさおみ》の抑揚《よくよう》のない声が食堂のスピーカーを通じて響く。

「……全兵員は作業を中断《ちゅうだん》、すみやかに戦闘態勢《せんとうたいせい》に移行《いこう》せよ。繰り返す。全兵員は作業を中断、すみやかに戦闘態勢に移行せよ」

食堂がどよめいた。そこにいる全員の顔に、まさか……といった表情が浮かんでいる。あと五日で自然休戦期というこの時期に、どういうことなんだと言わんばかりの顔だ。

そのざわめきを圧倒《あっとう》するように、声が飛んだ。

「原さんは？」

「速水は？」

善行と舞が同時に叫んでいた。

その問いに答えたのは中村だった。

「ふたりとも朝から見かけんね。ま、こんな時期だけん少し気が抜けとるかも知れんばい」

「そうですね、これまで激務《げきむ》でしたから。それに多目的結晶もありますから、おいおい顔を見せるか、何かあったのなら連絡が入るでしょう」

　善行の意外な冷静さに、舞が嚙みつく。

「何をのんきなっ。出撃命令だぞ」

「わかっています。でも出撃といったところで、今日はできることがあまりないですから」

　そう言われて、舞ははっと何かに思い当たったようだった。

　熊本城攻防戦で小隊は深刻《しんこく》な被害《ひがい》を被っていた。戦闘指揮《しき》車《しゃ》を失い、壬生屋の一番機と速水、芝村の三番機も損傷を受け、現在、メーカーで総点検《そうてんけん》、オーバーホールの最中《さいちゅう》だった。くわえて、これまでに蓄積《ちくせき》した戦闘データを収集《しゅうしゅう》するという目的もあった。今の小隊には、二十四日の戦闘で従来機《じゅうらいき》を失い、新品に交換《こうかん》された二番機だけが隊に残されていた。

　善行の言いたいことを理解した舞は、次の質問をした。

「ならばどうするのだ？」

　ふむ、ひとつ頷くと善行は、「やれることはきちんとやりますよ」と舞に言いおいてから全員に指示を出し始めた。

「これより出撃します。滝川君はウォードレスを着用《ちゃくよう》して二番機の前で待機。森さんは狩谷君と田辺さんを捜して、急いで二番機の出撃準備をしてください。準備でき次第《しだい》、滝川君にはその場で二番機に搭乗《とうじょう》してもらいます」

「あの……」滝川が続ける。「四月二十四日の戦闘で幻獣軍はたたきのめされたんじゃなかったんですか？」

どうして急に、と尋ねようとして思いとどまった。

「今の時点では詳細は不明です。わかっているのは出撃命令がかかったということだけです」

滝川はぶるっと首を振った。

いつもはしっかり者の森もこの出撃には驚いていた。

「……一番機と三番機は出撃できないわ」それだけぽつりと言った。

滝川は目を見開いて森を見つめた。

「俺だけってことか、出られるの」

「ええ、来須さんと若宮君は新設小隊の助《すけ》っ人《と》として阿蘇戦区に行ってるし、まともに戦えるのは二番機だけ。わたし……原さんに連絡しないと……」

突然の出撃と原がいないことで森はかなり動揺しているようだった。その動揺を見透《みす》かしたように善行が喝《かつ》を入れる。

「一刻《いっこく》を争います。いない人の心配はしないで、狩谷君と田辺さんを捜してすぐに出撃準備！滝川君も急いでください」

了解、と滝川が答え動き出す。森もはいと返事をして駆け出した。

善行の声を聞いていた壬生屋が近くにいる一番機の整備士である中村を見つめた。

「中村さん、わたくしたちも！」

しかし、中村とそのすぐ横に立っていた岩田は揃って肩をすくめただけだった。

「といっても一番機は動かん。メーカーで総点検をしとる真っ最中たい」

壬生屋は少し考えて、善行に向き直った。

「司令、わたくし、何をすれば……」

問いかける壬生屋を善行の声が遮った。

「その必要はありませんよ。今回の出撃で使えるのは滝川君の二番機のみですから」

しかし、壬生屋はなおも食い下がる。

「けれど、わたくしだけ楽をするみたいで。あの、やっぱりわたくしも……」

「ええ、気持ちはわかりますよ。しかし、事実上今回の出撃は二番機しかできないですから。何かあった時のために、待機していてください。それと中村君、岩田君はすぐにメーカーに向かってください。意味はわかりますね？」

「わかっとりますたい」中村が請《う》け合うと、岩田もぬっと顔を上げた。

「フフフ、四の五の言ったら、工場に火をつけてやりますゥウゥ」

善行は、ではよろしくと言って、他の隊員に指示を出すために三人から離れた。

壬生屋が小さなため息をつく。

これまでずっと死闘の連続だった。出撃命令が下れば即《そく》、生死を懸けた戦場が待っていた。

「なんだか変な気持ちです」壬生屋はため息交じりに言った。

「フフフ、慣れないといけませんね。戦争が終わったらどうするんですゥウゥ？」

岩田に指摘されて壬生屋の顔に憂《うれ》いの色が浮かんだ。

「そうですね、もうすぐ戦争が終わるのに実感が湧かなくて」

どことなく悲しげな壬生屋の言葉に、中村と岩田はにやーりと顔を見合わせた。中村も岩田も一番機整備士として、この数カ月、壬生屋のことはずっと見守ってきた。戦死した兄の敵《かたき》を討《う》つと思い詰めた雰囲気《ふんいき》を漂わせていた頃の壬生屋も知っていれば、自信をつけて押しも押されもせぬ士魂号のパイロットとして活躍《かつやく》を始めた頃の壬生屋も知っている。そして熊本城攻防戦の時の壬生屋は、気力を振り絞り、限界を超えて最後まで戦い抜いた英雄だった。あの戦いで壬生屋は輝いていた。

あれからほんの二週間足らず。訪れたこの終戦ムードに戸惑っている壬生屋の気持ちが中村、岩田にはわかった。

戦士としての壬生屋は役目を終え、代わってごく普通の女子が誕生《たんじょう》する。

この純粋すぎるほど純粋で、とてつもなく優秀なパイロットを、ふたりはまるで本当の妹を見るような優しい眼差しで見つめた。

※

食堂の入口前でばったり会った指揮車オペレータの瀬戸口隆之《せとぐちたかゆき》と東原《ひがしはら》ののみにとりあえずの指示をした善行と舞に、二番機整備士の狩谷夏樹が近づいてきた。今日は珍しく事務官の加藤祭ではなく田辺が狩谷の車椅子《くるまいす》を押している。

加藤の不機嫌な理由はこれかと、善行は得心《とくしん》した。

二十四日の戦闘で隊は整備テントを失った。以来、整備班は屋外での不便な作業を強《し》いられている。善行は防水カバーをかけられ、トレーラーに積み込まれた二番機を目で示した。

「二番機の状態は？」

「状態は良好《りょうこう》ですが、本当に出撃するんですか？」狩谷は不安げに首を傾《かし》げた。

「どういう意味です？」

「一番機と三番機はメーカーに行っていますから単独での出撃になってしまいますけど？　それと、指揮車も届いていません。ですから本当に……」

「出撃命令は絶対です」

善行に言われて、狩谷は下を向いた。

舞は狩谷に向き直り目を見開いた。

「そなたらはそんなことを言いに来たのか？」

舞の言葉の意味を察して、狩谷の顔が赤らんだ。指示を待っている、と言い訳するほど狩谷は愚《おろ》かではなかった。それが言えるのは二番機の出撃準備が整ってからだ。最低でも武器の点検、弾倉《マガジン》の装着《そうちゃく》は終えておかねばならなかった。ところが——整備テントを失ってから、装備・物資は裏庭と体育館に乱雑《らんざつ》に積み重ねられているだけだった。その間、出撃がないせいもあったが、どこに何があるのかを把握している者はいないだろう。

気が緩《ゆる》んでいるんだ。狩谷は忌々しげに後ろにいるはずの加藤を睨みつけた……しかしそこにいるのは、田辺だった。

「え……？」狩谷は一瞬戸惑ったものの、出撃命令が未《いま》だ信じられない様子でのんきに校庭に佇んでいる整備兵たちを指差して言った。

「田辺さん、あいつらを呼んできてくれ。何をぼんやり突っ立っているんだって」

はいと答えて走っていく田辺を見ながら、狩谷は二番機の方に車椅子で移動し始めた。舞も学兵たちを集めるために校庭へ向かった。

離れていく舞と狩谷の背中に「十分以内に出撃準備を整えてください」と言い放ったあと、善行は司令室へ向かった。椅子に座り端末《たんまつ》を起動《きどう》しながら、これまでの指示を再確認した。

まず来須、若宮は呼び戻すにも距離が離れすぎていた。ふたりへの連絡はあきらめた。

滝川の二番機グループだけに出撃命令を下した。

壬生屋は待機。中村と岩田には、一番機と三番機の小隊復帰を早めるために、メーカーに直《ちょっ》行《こう》してオーバーホールを手伝ってくるように指示を下した。なんのかんのと言ってメーカーが納品《のうひん》を引き延ばすことは目に見えていた。一番機と三番機は限界まで戦い抜いた貴重な機体であり、データだった。メーカーにしてみれば、何カ月でも手許に置きたいところだ。中村と岩田ならなんとかしてくれるだろう。

瀬戸口には原と速水が出撃までに隊に戻らなかった場合の指示を出していた。

そして東原《ひがしはら》には出撃中の隊からの無線《むせん》連絡のため、司令室でのるす番を頼んだ。

それにしても間《ま》が悪い——と善行は苦笑を浮かべた。一番機、三番機もないのに。

ことによったらこの出撃命令は陰謀かと考えたが、すぐに打ち消した。

これが意図的なものとしたら、陰謀というよりは嫌《いや》がらせだ。なんの意味もなかった。

端末が起動して、ディスプレイに芝村準竜師の顔が現れた。善行はヘッドセットを取ると、準竜師に向き直った。

「今回の出撃は自衛軍の要請《ようせい》によるものだ」

準竜師は善行の内心を見透かしたように先んじて言った。

「おまえらには実験小隊のフォローをしてもらいたい。何分、性急《せいきゅう》な連中でな、手に入れた士魂号を動かしたくて堪らんらしい」

「……そんなことだと思いましたよ」

善行は苦笑して、ため息をついた。自衛軍の友好《ゆうこう》的派閥《はばつ》とやらに対するサービス。古典《こてん》的でしかもけちくさい政治による軍事行動だと思った。

「呆れているな」

「ええ」

善行がしぶい顔で頷くと、準竜師はふっと真顔になった。

「現場の――視野《しや》の狭い下《か》級《きゅう》将校《しょうこう》までならばそれもよかろう」

「わたしは一応、下級将校ですがね」

「一応な。しかし、おまえは油断《ゆだん》をしてはならぬ。実のところ、我々の情報収集能力は極端《きょくたん》に落ちている。予想外の事態《じたい》が起こりうる可能性が高くなっているのだ。単なる支援とたかをくくると痛い目を見るぞ」

善行は黙って眼鏡を直した。迂闊《うかつ》であった。熊本城攻防戦の爪痕《つめあと》はいたるところに残されている。通信、交通、電力といった基本的なインフラの復旧は遅れ、軍の指揮系統は混乱を極めていた。原隊《げんたい》を失って再編成されずにいる遊兵《ゆうへい》が溢れ、脱走兵もまた増えていた。書類上でこそ軍は健在《けんざい》だが、その内実《ないじつ》は惨憺《さんたん》たるものだった。

情報収集はこうしたインフラ不良の影響《えいきょう》を直接受けてしまう分野だ。

極端に言えば、味方は不確実な視認《しにん》によって空港《くうこう》方面に出現した敵を把握しているだけかもしれないのだ。報告された敵の数も正確とは限らなかった。こうした情報がまともなチェックを受けずに上がってくるとなれば、事態は深刻《しんこく》である。現在の状況《じょうきょう》では、そうした事態は大いにあり得ることだった。

「了解しました。ネジを巻き直すことにしますよ」

そろそろ時間だ。善行は司令室を出た。

**●五月六日　午前十時二十九分　尚敬校裏庭**

二番機パイロットの滝川を始め、多くの隊員が外に出ていた。

ここに滝川以外のパイロットが駆けつけたとしても意味はないが、舞の目は知らず厚志の姿を探していた。

「あれ、速水君は一緒じゃないん?」

さっきと変わらず不機嫌そうな加藤に声をかけられ、舞も不機嫌に口許を引き結んだ。

「速水は……まだだ……」

「やっぱりなぁ、男なんてみんなそうやっ」

加藤の言っていることの意味がわからず舞が尋ねる。

「そなたは何を言っている？」

　ふんっ、と鼻を鳴らして加藤が話し出した。

「だってそやんか、今まで芝村さんにべたべたしてたと思たら、いきなり原さんと行方《ゆくえ》くらまして。なっちゃんかて、あんな女とべたべたして、まったくもぉ！」

　原と行方をくらます……あんな女とべたべた？

　加藤の話を聞いていた舞は、なおさら頭が混乱してきた。

「速水は原と一緒なのか？」

「だってそやろ？　出撃やっていう時にふたりでおらへんなんて絶対怪《あや》しいやん。それに、なっちゃんもあんな女とふたりきりでこそこそ逢《あ》い引《び》きしてからにぃ～」

「おい加藤、狩谷のことはどうでもいい。それより速水と原が一緒のところを見たのか？」

「なっちゃんのことがどうでもいいとはどういうことやねん？　自分かて速水君のこと気にしてるやん。でもな、信じたらあかんでぇ男は。金輪際《こんりんざい》優しくしてやらへんねん、あんなやつ。これからは自由恋愛や自由恋愛！　ね、芝村さん？」

　舞は、さっきの狩谷の車椅子を田辺が押している姿を思い浮かべた。加藤はそのことを言っているに違いない。正直なところ、あの危なっかしい男、速水のことは気にかかる。しかし舞が今加藤に求めているのは隊の現状把握についての情報なのだ。

「今はそんなことを言っている――」

「速水君はまだですか？」ふたりに近づいてきた善行の声が舞の言葉を遮った。

善行は珍《めずら》しい取り合わせだとばかりにふたりを見た。

「すまん」

舞が謝《あやま》ると、善行は「あなたが謝ることはありません」とかぶりを振った。

「そうや、男なんて薄情《はくじょう》な生き物のために頭下げることなんかあれへんて」

「加藤さんはここで何を？」善行は苦笑しながら加藤に言った。

怪訝《けげん》な顔で善行を見たあと、加藤が口を開く。

「芝村さんと切ない胸のうちを慰《なぐさ》め合ってました」

こいつはいったい何を言っているんだ……舞は困り果ててかぶりを振った。

「加藤さん、狩谷君との間に何があったか知りませんが、今は出撃に全力を注いでください」

眼鏡を押し上げながら抑《おさ》えた声で善行が言うと、急に我に返ったかのように、はいと答えて加藤は校舎の方に走り出した。

「困ったものですね……」誰にともなく善行がひとりごちる。

「まったくだな」吐き捨てるように舞が言う。

「でも、今回の出撃はちょっとした小競《こぜ》り合い程度みたいですし」

「それにしても、原といい速水といい……」

口に出してみて、ほんとにここにいないのだなと実感した。

厚志は何をしているのか？　舞は唇を噛んだ。

この二カ月、パイロットである自分たちは出撃に備《そな》え、常に戦闘待機の状態にあった。外出するにせよ近場《ちかば》に限られ、二十四時間以上、姿を見ないということは絶えてなかったことだ。

案ずるな、すぐに何気ない顔をして駆けつけてくるだろう、と舞は自《みずか》らに言い聞かせようとしたが、ほどなく俯いてしまった。ぽややんとした見かけによらず、やつは責任感のかたまりのような男だ。そして用心深かった。出撃前でも誰よりも早く到着して、来《きた》るべき戦闘に備えていた。そういうやつだ。なのに――。隊に来た当時の厚志であったら、姿を隠したとしても不思議はなかった。しかしやつは生まれ変わったと舞は確信している。

事故にでもあったか？　それとも何か事件にでも巻き込まれたのか？　出撃命令が出ているというのに姿を見せないとなれば深刻な問題となる。たわけ、厚志のたわけめ、何があったというのだ？

原と――さっきの加藤の言葉が脳裏に浮かんで、舞は顔をしかめた。

「病欠《びようけつ》ということに」

善行に声をかけられて、舞は我に返った。

電話が不通の上に急病という条件が重なれば、自室に孤立《こりつ》したとしても言い訳が成り立つ。厚志の部屋に飛んでいって確かめたかったが、その前に出撃命令が下ってしまった。これで時間を稼ぐしかあるまいと舞は腹をくくった。

「まあ、状況が状況ですから。あとは原さんですが、彼女の姿も見えません。今回に限っては病欠ということで処理《しより》します」

いつもとまるで違う出撃準備の風景だった。

狩谷が指示を下し、他の整備員が大わらわで弾薬《だんやく》や装備をトラックに積み込んでいる。

「けど、どうして原さんから連絡が来ないのかしら」

森が不安げにつぶやくと、隣で作業していた田辺も下を向いて考え込んでしまった。

滝川はといえば、単独での出撃に浮かぬ顔である。これまで単独で出撃したことなんてなかった。手強《てごわ》い敵は速水・芝村と壬生屋が引き受けてくれた。単機出撃となれば、壬生屋みたいに敵の真っただ中に乗り込まないといけないんだろうか？　滝川は込み上げる不安をなだめようと深呼吸《しんこきゅう》を繰り返した。

「馬鹿か、ミサイル弾倉を積み込んでどうするんだ！　アサルトだよ、アサルト。アサルトの砲弾帯は確か——」

狩谷は気の毒なくらいイライラして新井木に怒鳴った。ここ数日、整備班は変だった。再建《さいけん》に向かって動いているものの、仕事ぶりはどことなくちぐはぐで、ミスが多く、空回《からまわ》りしていた。

そして狩谷を最も呆れさせたのが、今日のカレーパーティである。

原さんがいないとこいつら野放《のばな》し状態だ、と狩谷は苦々《にがにが》しく思っていた。

「ヒステリー起こすんじゃないよ、陰険《いんけん》眼鏡！」

反発《はんぱつ》した新井木が怒鳴り返すと、狩谷は手にしたスパナを地面にたたきつけた。ふたりのやり取りを見守っていたヨーコ小杉が間に入った。

「ふたりともそんなに怒らないでクダサイ。弾薬ならワタシ、運びますネ」

「よけいなことをするな」

「デモ、急いだほうがいいデス。善行司令、イライラしてマス」

イライラしているのは僕のほうだ、と言おうとして狩谷は口をつぐんだ。

補給車の傍らに佇んで、善行は気難しげな表情で腕組みをしていた。無意識の動作だろうが、善行には似合わぬ仕草だ。内心の焦りが表面に出てしまっている。狩谷はヨーコを呼び寄せると小声で耳打ちした。

「善行司令に言ってくれ。あと五分で準備完了します、と」

## ●五月六日　午前十一時八分　楡木近郊

こうして二番機のコックピットに身を沈めるのは熊本城攻防戦以来だった。

しかも、初めての単機出撃。戸惑いながらウォードレスに着替え、滝川はコックピットに飛び込んだ。士魂号との神経接続《しんけいせつぞく》の際に見るグリフと呼ばれる夢は淡《あわ》く、慌ただしかった。

七夕《たなばた》だろうか、教室の隅に立てかけられた笹《ささ》の葉につけられた短冊《たんざく》の願い事を滝川は一枚一枚読んでいた。「逆上《さかあ》がりができますように」「パイロットになれますように」「算数の時間がなくなりますように」などなど、クラスメイトの願い事をただ読んでいるだけだった。そして自分はというと、ポケットに入れたはずの短冊をなくしている。探さなくちゃと思ったところで夢から帰ってきた。

二番機を載《の》せたトレーラーと、補給車《ほきゅうしゃ》、そして一台の軽トラという陣容《じんよう》で、５１２１小隊は前線へと向かっているところだ。

「足の具合《ぐあい》はどうですか、滝川君？」

善行から通信が入った。善行は補給車から指揮を執《と》ることになっていた。

四月二十四日の戦いで滝川は右足に重傷を負っていた。整備主任の原の応急処置《おうきゅうしょち》が良かったことと、パイロットに対して優先《ゆうせん》的に施《ほどこ》される最先端医療《さいせんたんいりょう》のお陰で、日常生活に不便がない程度には回復していた。

「なんとか。感覚はまだ戻り切ってないんですけど、ウォードレスの人工筋肉が補正《ほせい》してくれているし大丈夫です。……あの、瀬戸口さんは？」

「彼は参加しません。今回はわたしが直接、指示を下します」

善行の生真面目な声を聞いて、滝川は落ち込んだ。瀬戸口隆之は指揮車オペレータとしてパイロットをナビする役目だったが、軽口・冗談を交《まじ》えた独特なオペレーティングはいつだって滝川らパイロットの緊張《きんちょう》を和らげてくれた。指示が的確《てきかく》なのはもちろん、精神面でずっと支えてきてくれた。善行を隊の頭脳《ずのう》とすれば、瀬戸口は心臓《しんぞう》と言っても言いすぎではないだろう。

「滝川。声に元気がないぞ」

補給車のハンドルを握る舞の声が割り込んできた。無愛想《ぶあいそう》でぶっきらぼうな口調《くちょう》だったが共に戦ったパイロットの声を聞いて、滝川はほっとした気分になった。

「な、なんかさ、久しぶりだから緊張しちまって」

「たわけ。そなたは何カ月戦っているのだ」そう言いながらも舞の声はどこか優しかった。

気を遣ってくれてるのかな、と滝川は言葉を継《つ》いだ。

「それはそうなんだけどさ、ひとりで出るのは初めてだから。なあ、俺、どうやって戦えばいいんだ？　壬生屋とかおまえらみたいに戦えないけど」

「そんなことはわかっている。ゆえに火力を充実させた。ジャイアントバズーカを補給車及びトラックに積んである。今日は実験小隊の支援《しえん》を主とすることになるだろう」

「そういや速水って昨日《きのう》から、学校来てないみたいだけど――」

結局、速水も原も出撃には間に合わず、病欠ということになっていた。

「一昨日《おととい》の夜、あいつを見かけたんだ。けどなんだか声がかけづらくてさ。原さんが一緒だったから……」

「……速水と原が一緒だったのか？」

しばらくして舞の声がコックピット内に響いた。

「ああ。ムーンロードの近くの瓦礫に座り込んで、原さんと話していた。あ、けど普通に話していたんで心配ないぜ」

「普通に話していたとはどういうことだ？　心配はないとはどういう理由でか？」

言い終わらぬうちに舞に尋ねられ、滝川は気まずげに押し黙った。

営業《えいぎょう》している屋台《やたい》はないかと夕方、滝川はムーンロードの近辺《きんぺん》をうろついていた。そこで厚志を見つけたのだ。厚志は倒壊《とうかい》したビルの瓦礫の山の上に腰を下ろして何やら考え込んでいるようだった。声をかけようとすると、女性の声がした。滝川が瓦礫をそっと迂回すると、原素子が腕組みをして佇んでいた。

速水はにこやかに微笑んでしきりに頷いていた。速水のそんな表情には見覚えがあった。強いて言えば――自分の心にバリアを張り巡《めぐ》らしている時、速水は満面《まんめん》の笑顔をつくる。そんな時は鈍感《どんかん》なフリして話しまくってきた。速水の顔から繕った笑みが消えた時、初めてこいつの親友になれた、と滝川は感じたものだ。

滝川は迷ったが、速水とは後でゆっくり話そう、と自分に言い聞かせてその場を離れた。

それにしても、どうしてよりによってこんなことを芝村に話しちまうんだ、と滝川はおのれの口の軽さを呪《のろ》った。

「……なんかさ、たまたま会って、世間話《せけんばなし》しているって感じだったから」

「ならば声をかけてもよいだろう。そなたの言うことは矛盾《むじゅん》しているぞ」

「俺……原さんが苦手なんだよ」

滝川が辛うじて言い訳をすると、舞は沈黙《ちんもく》した。代わって新井木から通信が入った。

「ハロハロー、君は今、大変なスクープを言っちゃったのだよ」

新井木の馬鹿、と滝川は忌々しげに舌打ちした。

「ちぇっ、何がスクープだよ」

「ふっふっふ、実はふたりとも今日は風邪《かぜ》でお休みなんだよね。これって出来すぎじゃん。あ……痛っ、何すんのさ、陰険眼鏡！　最初に言い出したのはあんたの彼女の加藤さんなんだからねっ」

何をやってるんだか、と滝川はため息をついた。

「あいつとはそんな仲じゃない……と、そうじゃない。滝川は無駄口《むだぐち》が多すぎる。黙って戦闘に備えるべきだな」狩谷が珍しく通信を送ってきた。

「どうして俺が言われなきゃならねえんだ？　がいこつ女が悪いんだろ」

「新井木も君も、子供で空気が読めないから無神経にぺらぺらしゃべる。忠告《ちゅうこく》させてもらえば、もっと考えてしゃべったほうがいいな」

狩谷の忠告、に滝川はかちんとなった。確かに自分は空気は読めないかもしれないけど、悪意を持って人を馬鹿にする狩谷よりはましだろう。

「偉そうに」

「そうよ、いっつも偉そうに！　自分とこの痴話《ちわ》喧嘩の八つ当たりするな～」

滝川を味方につけたと思い、新井木がまくしたてる。

そのすぐ後に、ごつっと鈍い音が聞こえた。

「痴話喧嘩なんかするかっ……まぁ、忠告はしたからね。どう取ろうと君の勝手だ」

狩谷の言葉に、滝川は憮然として黙り込んだ。

でも、あれはなんの音だ？

※

「滝川君に厳しすぎない？」

森は助手席の狩谷に声をかけた。トレーラーの運転席で森はハンドルを握っている。助手席には狩谷が座り、ふたりに挟《はさ》まれるようにして新井木が座っていた。容赦《ようしゃ》なくグーで殴《なぐ》られて新井木は頭を押さえて憮然としている。

新井木は当然の報《むく》いだが、滝川はそんなに悪くないだろうと森は思った。

「滝川は戦闘のことだけ考えていればいいんだよ。ただでさえ気が抜けているんだから、油断していると危ない」

狩谷は車窓の風景に目を向けたまま、答えた。車窓には市近郊《きんこう》の住宅地の風景が広がっている。このあたりは戦禍《せんか》を免《まぬか》れたらしく、道路沿《ぞ》いには無人《むじん》の住宅が延々《えんえん》と連《つら》なっている。路肩に一台のパトカーが停まっていた。追いはぎにでも遭《あ》ったのか、半裸《はんら》の兵が警官《けいかん》になだめられながら車に乗り込んでいる光景が狩谷の視界を通り過ぎた。

「気が抜けている？」

「うまく表現できないんだけど、気持ちが戦闘に向かっていないってことかな。ここ数日、雰囲気が明らかに変だ。整備もパイロットもさ」

「戦闘に向かってないって……だって、もうすぐ戦争終わるんだよ」

狩谷の言葉に森は少し驚いていた。確かにこの出撃命令は意外だったものの、この数日間、熊本城決戦以降は大きな戦闘もない。さらに言えばあと五日で休戦なのだ。そんな毎日で気持ちが戦闘へ向かっているなんて……彼は戦争が好きなのだろうか？

「ふん。雰囲気をおかしくしてるのは君なんだよ。終戦前のこのタイミングでまだ戦争したいなんて言ってるなんて、この戦争マニアっ。だいたい女の子の頭をグーで殴るとこからも好戦《こうせん》的な人間だと知れるね」

森と同じことを考えたのか、新井木も異口同音《いくどうおん》に狩谷に噛みついた。

瞬間、狩谷が新井木の方に顔を向けた。新井木がまた殴られるかと思って頭を押さえながら慌てて身を引いた。

狩谷は思っていただけの効果があったことを確認して薄笑いを浮かべた。そして落ち着いた口調で話し出した。

「それはそれで光栄《こうえい》だね。それだけ皆に影響力があるってことだからね。けれど残念ながら僕の影響力なんて知れたものさ」

森は、ちらと狩谷の澄まし顔をうかがった。誰のことを言っているのかはすぐにわかった。反対に、新井木は狩谷の言葉の意味がわからずきょとんとした表情を浮かべている。

「……原さん、ほんとにどうしたのかしら？　連絡もなくて、おかしいよね」

森はぽつりとつぶやいた。心配だった。自分から見ても、原は情緒《じょうちょ》不安定なところがあり、放っておくと自爆《じばく》するタイプだ。本当に風邪だというなら安心だけど……さっきの滝川と新井木の言葉が気にかかっていた。後で見舞いでも行けばはっきりするかしら。

「原さんのことはわからないけど、おかしいって言えば全員がおかしいのさ。ただ程度の差があるだけだ」

「狩谷君だけが正常というわけ？」

森が皮肉を込めて尋ねると、狩谷は黙って考え込んだ。

「そんなことを僕は言ってないさ。けれど、最近はいろいろなことを考えるよ。……例えば、僕が整備班を任せられたらどうなるんだろうとか、ね。そうなったらこれまでの自分ではいられないだろう、とか」

「狩谷君が整備班を……」

そんな話があるんだ、と森は狩谷をちらと見た。

確かに狩谷君は能力はあるけれど、人間的にどうかな、と思った。独善的《どくぜん》だし。いらつく狩谷を見ていると、気分が悪くなる。ちょっと見には冷静なタイプを装っているけど、実は感情的で自分を抑えることができない。しかも発言する内容は理屈《りくつ》っぽくて正論《せいろん》風だから始末《しまつ》に負《お》えないと思っていた。

「例えばの話だよ。もしそうなったら原さんほどの影響力を持てるだろうか、とね。それに、君が整備班を任されることだって有り得ない話じゃないだろ？」

「……馬鹿なこと言わないで」森は頬を膨《ふく》らませ、不機嫌に遮った。

「けれど状況は動いているんだよ。僕たちだって例外じゃないさ」

「そうそう、状況は動いているの。速水君と原さんがラブラブになったって不思議じゃないよ。速水君って母性本能くすぐりそうな感じだし」

新井木が強引に会話に割り込むと、森は、はぁっとため息をついた。

「狩谷君、独立する時は新井木さんを連れていってね」

「……それだけは勘弁《かんべん》してくれ」

狩谷もため息をつくと車窓に目を凝《こ》らした。

## ●五月六日　午前十一時十五分　尚敬校

善行に指示された時刻になるのを待って、瀬戸口は廊下に出てきた。前庭に立つ見慣れた胴《どう》衣《ぎ》・袴姿《はかますがた》が目に入った。何を考えているんだか、校門の方を見つめて佇んでいる。

瀬戸口は口許をほころばせると、足を止め、しばらくその様子に見入った。

あんな彼女を見るのは久しぶりだった。

「壬生屋――」

声をかけると、壬生屋がきょとんとした顔でこちらに目を向けた。手を振ってやると、ぱたぱたと草履《ぞうり》の音を響かせ、窓下《まどした》に駆け寄ってきた。

「どうしてこちらに？　出撃は……」

「おまえさんと同じで居残《いのこ》りだ。そんなことより、何をしてるんだ？」

瀬戸口が冷やかすと、壬生屋は顔を赤らめた。

「え、ええ、なんだか取り残されたよう気がして」

「だって一番機はレストア中なんだろ？　行ってもやることがない」

「それはそうなんですが……」顔を伏せながら壬生屋が答える。

「まさかまだ戦いたいわけじゃないんだろ？　あの激戦から何日も経《た》ってないってのに……もうすぐ休戦期に入るんだ、おまえさんも先を見ないとな」そう言って瀬戸口は笑った。

瀬戸口のそんな反応に、壬生屋は顔を赤らめた。

「瀬戸口さんまでそんな……別に戦いたいわけじゃありません。でも、先のことと言われても今は何も思いつかなくて……」

なるほどね、と瀬戸口は苦笑して壬生屋を見つめた。自分以外の人間にも同じようなことを言われたのだろう。

出撃の居残りだけではなく、今後のことも壬生屋の頭を悩ませているらしい。

「あ、あの……どうして瀬戸口さんが居残りなんですか？　オペレータなのに」

話題を変えるように壬生屋は質問を発した。

「指揮車もないしな。それと善行司令に野暮用《やぼよう》を仰《おお》せつかってね。これから向かうところだ」

じゃあな、と瀬戸口が手を振って歩き出すと、「わたくし……！」と甲高《かんだか》い声が響いた。

「わたくしもご一緒します！」

瀬戸口が再び窓の下に目をやると、真《ま》っ赤《か》な顔をした壬生屋が見上げていた。これ以上ないというくらい真剣な表情になっている。

「けどな……」瀬戸口はしばし考えた。もしも加藤が八つ当たり的に話していたことがもしも事実なら、壬生屋には少し刺激《しげき》が強いような気がしたのだった。

しかし……壬生屋の今後《こんご》を思うとそれもいい経験《けいけん》なのかも知れないと思い直した。

それと、壬生屋の顔がやけに赤く真剣なのも気にかかる。

「ここにいなくて平気なのか？」

「はい、善行さんからはこれといって指示は受けていませんから」

「そうかい、んじゃ行くか」

「はいっ」

やけに嬉しそうな返事が返ってきた。これでは連れていかないわけにはいかない。

瀬戸口も壬生屋との外出は嫌ではなかった。いや、むしろ歓迎《かんげい》でもある。

ほどなくふたりは校門を出、肩を並べて歩き出した。

しばらく進むと、さっきから俯《うつむ》きがちに歩いている壬生屋に瀬戸口は話しかけた。

「すっかり終戦ムードだな。活気《かっき》がある」

街中には、カラフルな洋装をした女性や学兵たちの笑い声なども聞こえ、明るい雰囲気がそこかしこにあった。

ふたりの目の前を歩いているのは、手を繋いだカップルだ。

「ええ、そうですね……」

そうですねと言いながら、まったく周囲を見てない壬生屋の態度を訝しんだ。

「どうかしたか？」

伏し目がちの壬生屋の顔は、さっきと同じく少し赤らんでいる。

「いえ、あの、わたくしなんかと……ご迷惑《めいわく》じゃありませんか？」

瀬戸口は納得《なっとく》した。街の活気、特にカップルたちが発散《はっさん》する雰囲気と、自分と一緒にツーショットで歩いているこの状態が壬生屋をぎこちなくさせていたのだ。

それならばとばかりに「迷惑って？」と、瀬戸口はことさらにこやかに反問《はんもん》した。

「その……わたくしなんかと一緒に歩いていて……」

「これは任務。そんな風に勘違いするなんて不潔《ふけつ》です」

自分をマネたその言葉で我に返ったかのように、壬生屋は慌てて顔を上げた。

「そ、そんな、わたくしはただ……」

歩《ほ》を進めながら、瀬戸口は涼《すず》しそうに笑っていた。

「冗談だ。それに、どうせならこうしたほうがデートっぽい」

瀬戸口は壬生屋の手を握った。

「あ、ちょっとっ……」壬生屋は慌てて抵抗《ていこう》するが瀬戸口は放さない。

次《つ》いで、手を繋いだまま真剣な声で壬生屋に言った。

「なあ、おまえさん、他に何か聞くことはないのか？」

「あ……」と声が洩《も》れた。壬生屋は瀬戸口を見上げた。

「す、すみません。あの、どのような任務《にんむ》なので……」

その質問と、自分の迂闊さのせいで壬生屋はすでに手を繋いでいることを失念《しつねん》したようだ。

瀬戸口は心の中でほくそ笑む。

「任務っていうのも大げさだけどな。原さんと速水の件なんだ。ふたりとも今日の出撃に姿を見せていなかっただろ？　そこで、しばらく待って連絡もなかったら念《ねん》のために様子を見てきてくれと」

言葉の意味を反芻《はんすう》して、壬生屋の顔に真剣な色が宿った。

「あの、おふたりともどうしたんでしょう？」

瀬戸口は前を向いたまま、冗談とも真面目とも取れない口調で答える。

「加藤がさっき芝村にまことしやかに駆け落ちだって言ってたよ」

「か、駆け落ちっ。あのふたりがですか？　そんなことって……」

瀬戸口はそれには応えず、肩をすくめる仕草をした。

「だからそいつを確かめに行くのさ」

ふたりは先を急いだ。もちろん手を繋いだまま――。

**●五月六日　正午　菊陽地区**

「現在、戦車小隊を含む三個小隊がドライブインを拠点《きょてん》として防衛ラインを形成《けいせい》しています。滝川君は所定《しょてい》の射撃《しゃげき》位置について敵を迎え撃ってください」

善行の声がコックピットに響いた。

滝川の視界には片側二車線の道路と、広大《こうだい》な駐車場《ちゅうしゃじょう》を持つドライブインが映っていた。敵はこの道路沿いに市街地をめざすだろう。道路は積み上げられた土嚢《どのう》で封鎖《ふうさ》され、機銃《きじゅう》を構えた戦車随伴歩兵が来るべき敵に目を光らせている。駐車場には装輪式《そうりんしき》の士魂号Lが二両、車体とは不釣り合いに長大《ちょうだい》な砲身を連ねていた。

滝川の射撃位置は道路上。戦車随伴歩兵の真後ろだ。ここで砲台《ほうだい》代わりになって襲《おそ》ってくる敵を迎え撃てば良かった。念のために左右を見渡すと、左は急な斜面《しゃめん》で塞《ふさ》がれ、右側道路下に広がる枯《か》れ田《た》には最近新設されたという自衛軍実験小隊の士魂号が三機、距離《きょり》をおいて展開していた。要するにこれまで速水たちの支援《しえん》役だったのが、今回は実験小隊を支援する役に置き替わっただけだ、と滝川は自分の任務を解釈《かいしゃく》した。

二番機の傍らにはジャイアントバズーカを積んだ軽トラ二号が停車《ていしゃ》している。攻防戦の翌日、路上に放置されていたのを「接収《せっしゅう》」したものだった。ナンバープレートをつけ替え灰色の都市型迷彩《めいさい》を施して、小隊の車両として生まれ変わっていた。ドアが開いて指揮車整備士の田代香織が滝川に呼びかけてきた。

「滝川ぁー、派手《はで》にぶっ放そうぜ」

二番機は頭を巡らして田代の姿を捉《とら》えた。滝川は拡声器《かくせいき》のスイッチをオンにする。

「危ねぇから後ろに下がってろって」

「バカヤロ、俺は手伝《てつだ》ってやろうと言ってるんじゃねぇか」

手伝うって何を手伝うんだ？　滝川は呆れる思いで、しぶしぶと言った。

「気持ちは嬉しいけどよ、人手《ひとで》は足りているみたいだから下がっていてくれよ」

「嫌だ。俺はここにいるっ！」

後方から森以下、整備員が走ってきて田代を取り囲んだ。何人もの手に強引《ごういん》に掴《つか》まれ、田代は何やらわめきながら連れ去られていった。

まったく……整備員はもう戦わなくていいんだぜと遠ざかっていく田代のわめき声を聞きながら滝川はため息をついた。ほんとは俺だってやりたくはないんだから。

尚敬校を出発前に善行司令から聞いた情報では、ナーガが五、小型幻獣が百ということだった。士魂号が四機にLが二両、それと戦い慣れた戦車随伴歩兵の二個小隊があれば余裕《よゆう》で敵を撃退《げきたい》できるだろう。

前方で砲声が起こった。視界の右、カントリークラブのあたりだ。滝川は心持ち機体を右に転回すると左手のジャイアントバズーカを構えた。距離およそ五百。視点をズームすると、生《お》い茂《しげ》る樹木《じゅもく》の間からナーガのムカデのような姿が見えた。引き金《トリガー》を引く。どん、と腹に響く砲声がこだまして、弾丸は一直線にナーガの胴体《どうたい》に吸い込まれた。

ナーガが爆発を起こし、四散《しさん》した。二番機の足下では小隊機銃の銃声が立て続けに起こった。二番機も右手に持ったジャイアントアサルトで援護《えんご》する。道路を進んでくるゴブリン、ゴブリンリーダーなどの小型幻獣がばたばたとなぎ倒される。

順調《じゅんちょう》な滑り出しだ。

「よおし、ナーガ一撃破だ」田代の声が受信器から飛び込んできた。

「下がってろって言ったろう」滝川が憮然として言うと、田代はへへっと笑った。

「補給車の屋根の上でおとなしくしてるって。指揮車がねえから、双眼鏡《そうがんきょう》で戦果を確認しているんだ。ま、ボランティアってやつだな」

「田代さん、今回は自己申告《じこしんこく》で行きますから」と善行の声が聞こえたが、「いえ、可能な限り戦果を確認します」と田代は強引に言い張っている。

田代のやつ、なんか変だなと滝川は思った。

戦闘なのに妙にはしゃいでいる。自分のことを気にかけてくれるのはいいが、そうだとしてもここは最前線だ。整備員は後方《こうほう》に待機しているべきだろう。

整備する指揮車がなくなってから、他の整備を手伝うでもなく、ぶらぶらしている田代の姿は何度か見かけた。声をかけようとして滝川はためらった。田代の目つきは鋭《するど》く険しかった。なんというか、元の不良《ふりょう》姉ちゃんに先祖《せんぞ》帰りしたような、そんな感じの目だった。

滝川は、もう一度ため息をつくと次の敵を探した。戦術画面《タクティカル・スクリーン》を詳細表示すると、残る四体もカントリークラブに固まって展開していた。これなら楽勝《らくしょう》かな、と新たなバズーカを軽トラ二号の荷台から取り出し、構えた瞬間――。

耳障りな風切音がして、轟音《ごうおん》と同時に実験小隊の軽装甲《けいそうこう》が炎上《えんじょう》した。何が起こったかわからず、滝川は炎上する士魂号に目を凝らした。

待てよ……機体を風切音が聞こえてきた方角に転回《てんかい》しようとすると、再《ふた》び閃光《せんこう》が起こって兵たちの悲鳴《ひめい》が聞こえた。道路上の防御陣地《ぼうぎょじんち》が跡形《あとかた》もなく消え去っていた。

「生体《せいたい》ミサイル……?」

滝川が茫然としてつぶやくと、善行から通信が入った。

「益城《ましき》方面よりミノタウロス一が接近《せっきん》しています。側面《そくめん》からの攻撃で防衛ラインを粉砕《ふんさい》する意図のようです」

　ミノタウロスは士魂号の宿敵《しゅくてき》ともいうべき中型幻獣だった。スピードこそ大幅《おおはば》に劣《おと》るが、パワーはミノタウロスのほうが上だ。近接《きんせつ》戦闘での打撃力《だげきりょく》、破壊力《はかいりょく》には恐るべきものがあり、さらに中距離戦用に腹部《ふくぶ》から発射《はっしゃ》される生体ミサイルを保有《ほゆう》している。

　道路上の歩兵がドライブインの建物内に退却《たいきゃく》してゆく。二両の士魂号Lも後退して遮蔽物を探していた。

　ミノタウロスは嫌だなと滝川は思った。あんなのに突進され激突されたら、軽装甲など一撃で吹き飛ばされる。

「どうしますか？」当然、後退命令が下されるだろうと滝川は思った。

「このままでは味方は一方的に標的《ひょうてき》になります。実験小隊の司令と相談したのですが、滝川君がメインとなってミノタウロスを迎撃《げいげき》してください。実験小隊機はバズーカで支援します」

「へ……？」滝川は耳を疑った。迎撃だって？

「前方の地形を参照《さんしょう》してください。丘、雑木林、ビル、遮蔽物には事欠《ことか》かないはずです。高速で移動し、敵を前方《ぜんぽう》で迎撃するのです」

「けど、後退して遮蔽物に隠れ、敵を待ち受けたほうが……」

「その間に味方《みかた》は多くの損害《そんがい》を出すでしょう。それにメインの戦力である士魂号が下がっては防衛ラインは崩壊しますよ」

善行は静かな口調で滝川の言葉を遮った。

「士魂号はこうした状況に対応するための兵器です。そして主力《しゅりょく》として敵を引きつける役目は実験小隊の新人ではなく、あなたにしかできないことはわかっているはずですよ」

重ねて善行に言われ、滝川はがくりと肩を落とした。その通りだ。俺はなんて臆病《おくびょう》になったんだ、とほぞを噛む思いだった。安全なところに居座《いすわ》って射撃をくわえているだけなら士魂号に乗っている意味はなかった。これまで速水や壬生屋がこうした役目を引き受けてくれたお陰で自分は生きているのだ。新人たちも同じように守ってやらないと、と思った。

「了解です」

「あなたは自分が思っているより、ずっと才能があるパイロットです。煙幕弾《えんまくだん》で援護しますからよろしく頼みます」

生体ミサイルが二番機の足下で爆発した。アスファルトがめくれ、破片《はへん》が宙に舞う。二番機は枯れ田に降りると雑木林を第一目標として走った。手には軽く、使い慣れたジャイアントアサルトを構えている。士魂号Lから発射された煙幕弾が煙を曳《ひ》いて飛んでいく。滝川は二番機を鬱蒼《うっそう》と茂る雑木林に潜《もぐ》り込ませた。

「滝川。右手の四階建てのビルだ。遮蔽物として使える」

舞の声が聞こえた。うん、やっぱり善行さんより芝村のほうがいいや、戦争してるって感じになるんだよなと滝川は口許に笑みを浮かべた。

「へっへっへ、わかってるって。んで、ビルの後は、五十メートル先の窪《くぼ》んだところだろ？」

「駄目だ、あの窪地は沼《ぬま》になっている。はまり込んだら身動きが取れなくなるぞ」

「わ、わかった。けど、おまえよく知ってるな」

「補給車に端末を持ち込んで地形データを呼び出している。わたしがオペレータの代わりを務めてやろう。実験小隊機も動き始めた。行け」

ほどなく二番機はビルの陰に張りついて、ジャイアントアサルトを構え、ミノタウロスを待ち受けた。敵との距離は四百。後方で実験小隊機のバズーカの発射音が聞こえ、一六〇㎜砲弾が敵の遥《はる》か頭上を通り過ぎた。続いてもう一発。これも大きく外れた。

新人が移動しながら射撃するなんて百年早いんだって……。

滝川は舌打ちをした。実験小隊の二機は滝川機から三百メートルほど後方に展開、なおも射撃しながら追随《ついずい》してきている。ミノタウロスはなおも接近を続けていた。距離二百五十。二番機のジャイアントアサルトが火を噴《ふ》いた。二〇㎜機関砲弾がミノタウロスの体に吸い込まれてゆく。しかしミノタウロスはびくともせず、悠々《ゆうゆう》と向きを変えた。

「気をつけろ。実験小隊機が弾《たま》を使い果たした」

舞の声が耳に届くと同時に、戦術画面上で味方を表す青い光点《こうてん》が遠ざかってゆく。何事かと振り返ると、二機の実験小隊機はあたふたと逃げ出していた。

「ふむ。どうやらバズーカの攻撃はあてにできぬようだ。そなたが仕留《しと》めるしかないな」

「俺だけでミノタウロスなんてやれねえよ……」

滝川が自信なさげに言うと、「案ずるな」と舞はこともなげに言った。

「速水とわたしが初めてミノタウロスをやった時は、今のそなたほど戦い慣れてはいなかった。そなたは単にその意志がないだけなのだ」

単に意志がないだけ？　滝川は、くっと下を向いた。それは速水や芝村だから、そんな簡単《かんたん》に言えるだけだ。芝村はわかっていないと思った。

「なんかすっげーむかつく。速水やおまえは天才だからいいけどよ、俺は普通の人なの！」

ふむ、と舞は鼻を鳴らした。

「ミノタウロスごときで何を泣きごと言っている。このまま手をこまねいていては味方の損害が増えてゆくだけだが」

「だから……」

滝川は言葉を探した。ふと善行の言葉がよみがえる。あなたにしかできないことはわかっているはずです――。

滝川は、深呼《しんこ》吸《きゅう》すると口を開いた。

「しょうがねえな。なんとかやってみる」

滝川は機体を起こし、アクセルをぐっと踏み込んだ。距離《きょり》は二百三十。ミノタウロスの生体ミサイルが後退《こうたい》する実験小隊機の左右に落ちた。二百、百八十。ジャイアントアサルトの機関《きかん》砲《ほう》弾がミノタウロスに命中した。

俺ってこんなに射撃うまかったっけ？　と思う間もなくミノタウロスはこちらに突進《とっしん》してくる。アクセル全開《ぜんかい》。ぐんぐんと迫るミノタウロスをかわして、二番機は軽快《けいかい》な動きで遮蔽物へと移動する。だが、少し軽快すぎた。気づいた時は目の前に窪が迫っていた。さっき芝村が言っていた沼だ。

「あ……」

二番機が動きを止めた時はすでに遅く、沼に片足を踏み込んでいた。目の前に暗く濁った水面が映る。

「たわけ！」舞の怒《ど》声《せい》が鼓膜に響いた。二番機は水しぶきをあげて沼にはまり込んだ。

「だから沼だと言ったろう！　たるんでいるぞ、そなたはっ！」

「わ、悪ィ。なあ、底なし沼ってことはねえよな」

ずぶずぶと沈み込む感覚にぞっとして滝川は通信を送った。

「そんなことより、追ってきたぞ」

滝川の視界にミノタウロスの姿。二番機は身動きが取れないまま、なんとか正面をミノタウルロスに向けた。ジャイアントアサルトを構え突進してくる敵を見る。

距離五十。そこでミノタウロスが突進を止めた。

「生体ミサイルだっ、逃げろ滝川！」

無線機から芝村の絶叫《ぜっきょう》が響く。

できるならやってるさ。動けないからここにいるんだよ。

そう考える滝川の頭の中は、妙にしんと静まり返っていた。

目前にいる敵の腹部が徐々に歪《ゆが》み出す。

まだまだ――。3、2、1。今だ！

一瞬の静寂《せいじゃく》をつんざくように、二番機のジャンアントアサルトが咆吼《ほうこう》し空気を揺らす。滝川は狙いすましたように機関砲弾が吸い込まれるようにミノタウロスの腹部に命中する。滝川はトリガーを引き絞り全弾をたたき込んだ。

爆発。四散する肉片。次いでミノタウロスが炎に包まれた。

「わ、わぁっ……！」

やばい、このままだと――

爆風《ばくふう》に煽《あお》られ、大量の水しぶきとともに二番機は水面にたたきつけられた。

※

「滝川君、聞こえますか、滝川君？　たーきーがーわーくーん！」

受信器から流れる声に、滝川は我に返った。

女の声で目が覚める時ってのはいいもんだなぁ。それも、芝村じゃなく、新井木でもなく……森ならなおさらだ。

そんな場違いなことを考えながら、なんとか口を開いた。

「悪《わり》ィ、コケちまった……はは」

「そんなことはいいんです……なんで、あんな危ないマネをしたんですか⁉」

危ないマネ？　いや、あれは……。

「……一応、狙ったんだけどな」

「それでも、それでも、あんなのは――」

「いや、見事だったぞ滝川」森の反論を遮るように、芝村の声が聞こえた。

ああ、芝村ならそう言うだろうな。それにしても……。

「心配させちまったみたいだな、すまん」

滝川が謝ると、森の慌てた声が聞こえてきた。

「あ、あ、こっちこそごめんなさい。せっかくミノタウロスをやっつけてくれたのにわけもわからず責めるようなこと言っちゃって。……けど……でも……良かった」

最後のひと言に、滝川は照れ笑いを浮かべた。きっと森はどのパイロットにも生き延びた時に、良かったと言うのだろう。でも、今のその言葉は間違いなく滝川に向けられたものだ。

「なあ芝村、俺なんか、すっきりしたよ」滝川はシートにもたれて呼びかけた。芝村の名を呼んだものの、この会話を森が聞いていることも滝川にはわかっていた。

「どういうことだ？」

「俺も一応士魂号乗りなんだなって。納得っていうの？　それができた。司令、俺、ずっとパイロット続けたいんですけど。大丈夫《だいじょうぶ》ですかね？」

少し間があって善行の声が聞こえてきた。

「この場ではなんとも言えませんが、自衛軍に移って本職《ほんしょく》の軍人になることもできますし、学兵として戦うことも可能でしょうね。士魂号パイロットは引く手あまたですから。まだ時間はあります。まあ、ゆっくりと考えて――」

「あの……でも、そんな大事なこと、こんな場所でいま決めなくても……」

森が強引に割り込んだ。司令の言葉を遮るなんてらしくねぇと思いながら、滝川は言った。

「別に先が決まってるわけでもないし、それに士魂号はひとりじゃ動かないから必ず仲間といられるし、ねぇ司令？」

うまく言えただろうか？　きちんと伝わっただろうか？　森に気持ちは届いたか？

そんなことを考えていた滝川に、予想外の声が突き刺さった。

「だったら……」と何か言いかけた森の声などものともしない大声だった。

「そうかぁ、だったらおまえの機は俺が整備してやるからな！　喜べ滝川！」

…………田代？

これは、海老《えび》で鯛《たい》を釣るってやつか……？

意味合いは正しい。滝川の渾身《こんしん》のひと言は、確かに大物を引き当てていた。

ただし、釣り上げたのは鮫《さめ》だ。

滝川は最後にひとつ大きなため息をついた。

※

補給車の無線機のスイッチを切ると、善行は「ははは」と声を出して笑い、「滝川君は、けっこうもてるんですね」と、にこやかに舞に話しかけた。

「あれだけの操縦と射撃をしてみせたのだ。少しくらい褒美《ほうび》があってもいいだろう」

芝村にしては珍しいことを言うものだと善行は思った。

確かに今日の滝川はパイロットとして出色《しゅっしょく》の出来だった。

沼に足を取られた時、慌ててばたついてしまえば身動きができないことをミノタウロスに悟《さと》られ、そのまま突進を受けて沈んでいただろう。それを、敵にピタリと照準《しょうじゅん》を合わせ寄らば撃つと見せかけ、生体ミサイルの発射を誘ったうえでアサルトの一撃で敵の身体ごと誘爆《ゆうばく》させる。口で言うのは簡単だが、迫りくる敵を目前にして、易々《やすやす》とできる芸当《げいとう》ではない。

それを理解する芝村の目は確かだ。だが、それくらいの動きはこれまでも一番機はやっていた。

善行が芝村の言動を珍しいと思ったのは、また違うことだった。

ひとつに「もてる」という要素を褒美と解釈してみせたこと。

もうひとつは、滝川を誉《ほ》めながら、それでも不機嫌そうな点だった。

ここはひとつ、と、善行は舞に水を向けた。

「とはいえ、冷や汗をかきましたよ」

善行は芝村の反応を待って眼鏡を押し上げた。

「たるんでいるな」

その言葉に善行は、はたと困った。

「さっきは誉めていたのではないですか？」

「ん……滝川か？　あの攻撃は良かった。たるんでいると言ったのは速水と原のことだ。ふたりとも結局現れもせず連絡もなしだ」

芝村の不機嫌の理由は速水。善行は納得した。

善行も不機嫌になることはないものの、不安はあった。善行の場合は、原のほうがウェイトは大きかったが。このままいつまでも、速水と原を病欠で通すわけには行かないだろう。そうなる前になんとかせねば、と焦る心を必死で抑えていた。

「両名《りょうめい》から連絡がなかった場合に備えて、瀬戸口君に指示はしてあります。後は報告次第ですね。とにかく現時点《げんじてん》では情報が少なすぎます」

「そうだな。しかしやつらが自宅にいなかった場合の対策《たいさく》は考えておかねば。隊員への口止めは最低限必要だろう。外部に洩れては面倒になる」

舞は腕組みして言った。

熊本城攻防戦で大戦果を挙げた5121小隊は軍内部での政争の格好の道具となる。原は士魂号の機密を知り尽くした火薬庫《かやくこ》のような存在だし、速水はエースパイロットであり、その経歴に不透明《ふとうめい》な部分を持っている。ふたりの利用価値《かち》は大きいだろう。

「その点は考えます。芝村さんにもご協力願います」

「そんなことは当たり前だ」

善行の言葉に不機嫌に頷くと、舞は端末に向き直った。

**●五月七日　午後一時五十四分　尚敬校裏庭**

濛々《もうもう》と土埃《つちぼこり》が上がって、小隊の車両が次々と裏庭に帰還《きかん》した。

トレーラー上には脚部が泥水《どろみず》にまみれた二番機の姿があった。

留守を守っていた加藤と衛生官《えいせいかん》の石津萌《いしづもえ》が呆れたように二番機を見上げていた。汚れているものの大破《たいは》した様子はない。ふたりは胸を撫で下ろした。あの決戦を生き抜いておきながら、こんな休戦間際で怪我人や死者が出るのはさすがに耐えられない。

出撃とは別働《べつどう》の任務で出かけていた瀬戸口と壬生屋も戻っていて、小隊の帰還を出迎えた。司令室の前に立つふたりを認めたのか、ふたりの目の前で補給車が停まり、運転席のドアが開けられた。

「どうでしたか？」

善行は地面に降り立つとさっそく瀬戸口に尋ねた。善行に続いて舞も反対側から地面に降り立って、瀬戸口の言葉を待っている。瀬戸口は一瞬、口を開きかけたが、荷台に田代の姿を認め、小声《こごえ》で善行にささやいた。

「ふたりとも部屋にはいませんでした」瀬戸口は歯切れ悪く言い終え、ちらりと舞を見た。

「やはり留守でしたか」予想はしていたことだというように善行が頷く。

「ふむ。何か気づいたことはないか？」

「特には」とだけ言うと、瀬戸口は口をつぐんだ。普段はよくしゃべる瀬戸口だったが、この種の報告に無駄口は禁物と、彼なりに戒《いまし》めているようだ。

「とにかく、この件については隊内で処理《しょり》するようにしましょう。わたしはこれから隊員たちを集めて話をします」

善行が冷静に言うと、瀬戸口は肩をすくめた。

「そうですね、箝口令《かんこうれい》を布《し》かないと。下手《へた》に騒ぎたてれば逃亡《とうぼう》・脱走《だっそう》なんて大事《おおごと》に発展《はってん》する可能性もある」

「脱走なんかじゃ——」

「しっ」

それまで遠慮がちに黙っていた壬生屋が口を開いた瞬間、それを遮るように瀬戸口が口に指を当てて黙らせた。だが壬生屋の大きな声は、田代はもちろん、後続の軽トラ二号から降り立った田辺、ヨーコ小杉、茜大介らの耳にまで届いたらしく、一斉《いっせい》に四人に注目が集まった。

参ったな、というように瀬戸口は苦笑すると壬生屋に向き直った。

「壬生屋よく聞いてくれ。俺は客観的な事実を言っているだけさ。原さんと速水が出撃命令に応じず、行方《ゆくえ》知れずになっている。俺たちが把握しているのはそれだけだろ？」

「え、ええ。けど……」自分の感情を持てあまし、顔を赤らめて口ごもる壬生屋。

その時善行は、何やら壬生屋を説得《せっとく》しているような瀬戸口の顔を凝視していた。その視線《しせん》に気づいて瀬戸口も目を上げ、小さく頷いてみせた。

何かを悟ったように善行も頷くと、穏やかな声で壬生屋に語りかけた。

「ええ……わたしも瀬戸口君もふたりが逃げたなんて思っていませんよ。ただ、最悪の事態を想定《そうてい》して動くことは必要です。我々はいつだってそうして生き残ってきたでしょう？」

常に最悪の事態を視野《しや》に入れ、状況を分析《ぶんせき》しなければならない——善行はそう言っている。

とはいえ壬生屋の表情はまだ納得していないようだった。

「壬生屋、いったい何があったのだ？」

舞に顔をのぞきこまれて、壬生屋は居心地《いごこち》悪そうに後ずさった。

「芝村、壬生屋は関係ない。これは俺の任務だ」

瀬戸口が舞の行動を止めるように言った。

「任務であるなら、猿芝居《さるしばい》などやめてきちんと事実を報告せよ！　それが義務だ！」

舞は壬生屋から顔を上げ、瀬戸口を睨みつけ言い放った。さすがの瀬戸口もこれには少したじろいだ。

舞はさっきの善行とのアイコンタクトを見抜いていた。

しばらく睨み合いが続いた後、ふっと相好《そうごう》を崩《くず》した瀬戸口が降参したとばかりに両手を挙げた。そして話し出した。

「オーケイ。実は速水の部屋に立ち寄ったとき、同じ階に住んでいる学兵に話を聞いたんだ。そいつによると、昨日の早朝《そうちょう》……だから五日の朝、速水の部屋からこの隊の制服によく似た、ここ大事だからな『よく似た』制服を着た女性が出ていったそうだ……玄関から出てくるところを見たんだそうだが会話までは聞こえなかったらしい……だが、いわゆるそれっぽく見えたということだ」

「それっぽいとは、どういうことか？」舞がさらに問い詰める。

瀬戸口はひとつため息つくと、ほんとにそんなことを知りたいのかと言わんばかりの顔を舞に向ける。

「それってのは……いわゆる男女のそれだ。出来上がった男と女に見えたってことだ」

「そ、そんなことが……」

舞の顔が歪んだ。奥歯がギリッと鳴りそうな表情だ。

「もういいでしょう。瀬戸口君、壬生屋さん、全員を一組教室に集めてもらえませんか？」

「アイアイサー。行くぞ、壬生屋」

瀬戸口は敬礼めいた仕草をすると、壬生屋の肩をたたいて促した。

舞は虚空《こくう》の一点を見つめていた。

**●五月六日　午後二時十分　一組教室**

善行が教室に入ると、ざわめきが静まった。隊員たちの物問《ものと》いたげな視線を感じたが、善行は教壇に立つとはぐらかすように言った。

「黒板が汚れていますね。板書《ばんしょ》したら丁寧に消しましょう」

黒板には物理の計算式が書き殴られ、その横には何故か士魂号の脚部の絵が描かれている。

善行に続いて教室に入ってきた舞が気まずげに顔をしかめた。

「すまん。わたしだ」

「ああ、後でけっこうです」

黒板消しを手にした舞を善行は苦笑して押しとどめた。

一組の面々は席に着き、二組——整備員たちは壁にもたれて善行の言葉を待っていた。

善行は教室内を見渡し、静かな声で話し出した。

「まず、混乱して仕事に支障《ししょう》をきたすといけませんから、ここに来ていない人たちの所在《しょざい》を伝えておきます。中村君と岩田君はメーカーのほうに行ってもらっています。一番機、三番機のオーバーホールの手伝いですね。遠坂君は家の事情で休暇中です。東原さんは戦闘後の情報があるかも知れないので司令室で無線の番をしています。来須、若宮の両名は新設の歩兵小隊の教官兼《けん》助っ人役として阿蘇特別戦区に臨時《りんじ》に赴任《ふにん》しています。それと原さん、速水君に関してですが——」

善行は言葉を切って、穏やかに微笑んだ。

「皆さんもご存じの通り、原、速水の両名が今回の出撃に間に合いませんでした。電話の復旧が遅れているせいもあり、連絡がままならなかったとわたしは考えています。おそらく風邪の類《たぐい》でしょう。ですからこの件に関しては、わたしの判断で病欠扱いとしました。あなたたちにはむやみに外部の者に洩らさないよう願います」

「あのっ、それってどういうことですか？」新井木が挙手《きょしゅ》して質問した。善行のあらたまった口調にスキャンダルの匂いを感じて、内心わくわくしていた。

「どういうことというのは……？　ただの病欠ですよ」いたって冷静に善行が答える。

しかし、新井木は怯《ひる》まない。

「だ〜か〜ら〜、ただの病欠なのに外部に洩らすなとか、おかしくないです？」

「だから馬鹿だっていうんだ」狩谷がぼそりとつぶやいた。

むっとする新井木を後目《しりめ》に、狩谷は続けて言った。

「少しは考えてしゃべる習慣《しゅうかん》をつけろ。出撃命令に原さんと速水は応じなかったんだぞ。悪意ある者からすれば、格好の攻撃材料になる」

「馬鹿はそっちだよ。悪意ある者だって。気取っちゃって！」

新井木は舌を出すと、狩谷を挑発《ちょうはつ》した。狩谷は苦々しげに舌打ちをした。

瀬戸口の腕が伸びて、興奮《こうふん》する新井木の頭に置かれた。

「こら、落ち着けって。狩谷の言い方はまずいが、おまえさんも気をつけないとな。そりゃあどんな言いがかりだってつけられるさ」

「命令違反、それに脱走とかね。脳味噌《のうみそ》の軽い隊員のおしゃべりが致命《ちめい》的な結果を招《まね》かないとも限らないってわけさ。だからぺらぺらしゃべり回るなと言っているんだ」

狩谷はこうつぶやくと、新井木を脅すように睨みつけた。

脱走と聞いて、新井木以下、隊員たちの顔に緊張が走った。

「狩谷、おまえさんも口を慎《つつし》め。おまえさんは言っていることが極端《きょくたん》だぞ。まあ、どんな噂《うわさ》を立てられるかわからんから、黙っていなさいってことだ。わかったか、新井木？」

瀬戸口がにこやかに言うと、新井木はばつの悪そうな顔になった。

「はいはい、わかりました～……」

それだけ言って新井木もなんとか矛《ほこ》を収めた。

「けどふたりはどうしちゃったんだろう？」滝川が不安を露《あらわ》にしてつぶやいた。

そのひと言を皮切《かわき》りに、生徒全員が思い思いに私語《しご》を始める。

しかし、次のヨーコ小杉のひと言で教室は凍りついた。曰く、

「ソレニシテモ、オトコとオンナが、デキ上がるって、ナンのコトデスか～？」

その言葉にいち早く食いついたのは、やはり新井木だった。

「なになにヨーコさん、それって誰が言ったの？」

何の悪意もなく、素朴《そぼく》な疑問として口にしただけのヨーコはまったく悪びれずに応対する。

「サッキ、校庭で瀬戸口さんがイッテマシタよ」

「え、そうなの瀬戸口君？」これは新井木。

「どうゆうことだよ、瀬戸口さん？」と滝川。

その他、やいのやいのと質問と憶測《おくそく》が飛び交《か》う。

「そ、そんなことは、ありえんっ！」

いきなり立ち上がって言い放った舞のひと言が、教室の時間を止めた。

し～んとした教室に、このタイミングを逃《のが》してなるものかとばかりに善行の声が響く。

「ふたりのことならご心配なく。わたしと芝村さんに任せて、あなたたちは通常《つうじょう》の勤務を続行《ぞっこう》してください。それから、瀬戸口君と壬生屋さんはこの後司令室へ。以上、解散《かいさん》」

瀬戸口は壬生屋を促して、質問の嵐《あらし》が来る前に素早く教室を出た。

●五月六日　午後二時三十分　5121小隊司令室

舞と教室を出て並んで歩きながら、善行は厳しい眼差しで前方を見据えていた。まずいことになったと思う。まだ何にもわかっていないと自らに言い聞かせながらも、人の口に戸は立てられないということも善行は知っていた。

焦燥《しょうそう》感が湧き起こる。

「善行司令」

瀬戸口に声をかけられ、善行は我に返った。瀬戸口が司令室の前に立っていた。

「噂レベルとはいえ、まずいことになりましたね」瀬戸口が言った。

「そうですね、とりあえず中へ」

善行は眼鏡に手をやった。そのまま目配《めくば》せを送ると舞も不機嫌な顔のまま黙って頷いた。三人から少し離れて、壬生屋が遠慮がちについてくる。

「任務中は壬生屋さんも一緒だったんですよね？」

「ええ、なんか懐かれちゃいましてね」瀬戸口は苦笑を浮かべた。

「な、懐いてなんか！　ただ、お手伝いできることがあればと」

むきになって否定する壬生屋を見て、善行は口許を緩めた。

「そういうことなら、壬生屋さんもどうぞ」

善行が司令室のドアを開けて招くと、壬生屋は素早く部屋に入った。室内は善行、舞、瀬戸口、壬生屋の四人だけだ。善行はデスクに着くと、瀬戸口と向き合った。壬生屋はその隣に、そして舞は少し離れた事務官用デスクに腰を下ろした。

「他にわかったことはありますか？」

善行が切り出すと、瀬戸口はおもむろに話し出した。

「実は、勝手ながら原さんの部屋に入らせてもらいました」そう言うと瀬戸口はキーピックと一緒に一冊のノートをデスクの上に置き「中は見ていません」とだけ言った。

「わかりました。それで……？」

「家の中は少々乱れていて、家捜《やさが》しされたのか急いで遠出《とおで》の準備をしたのか判然《はんぜん》としませんでした」

「壬生屋さんも部屋に入ったんですか？」

この善行の質問にも瀬戸口が答えた。

「『女性の部屋に男子がひとりで忍《しの》び込むなど言語道断《ごんごどうだん》』と、彼女の言葉を引用《いんよう》すればそういうことになります」

「なるほど。それでは壬生屋さんが彼女の部屋を見た印象《いんしょう》はどうでした？」

「印象と言われても……家捜しというのは泥棒《どろぼう》が入った時のようなことですよね？　そういった感じはしませんでした。瀬戸口さんの言葉を借りれば、やっぱり出かける準備を急いでしたような感じでしたけど……」

壬生屋の後を瀬戸口が引き継いだ。

「それと端末と記憶媒体《ばいたい》がありませんでした。原さんの商売では必要不可欠《ふかけつ》なものでしょう？」

「ええ。軍から支給《しきゅう》された物があるはずです」善行は冷静に応じた。

「それも持ち去られたというよりは、自分で丁寧に片づけたように見えましたけどね」

「そうですか……組織《そしき》ぐるみで動いた事件ではないようですね」

その言葉に壬生屋は驚きを隠せなかった。

「組織ぐるみってなんですか？　ゆ、誘拐《ゆうかい》とか拉致《らち》とかってことですか？」

「あの人もキツイ割にかなりの人気者でして。ラブコールを送る団体も少なくないんですよ」

壬生屋を安心させるため、また自分の精神状態のためにも善行はことさら明るく、冗談ごかした台詞を吐いた。

しかし、まだ完全に安心できる状態ではない。善行は内心でおのれの迂闊さを悔やんでいた。何故もう少し早く手を打たなかったのかと。

自分が反芝村派に誘われたように、原にも彼らの手が伸びていると考えて不思議ではなかった。忙しさにかまけて芝村一族の「保証」に安心し切っていたようだ。とりあえずは早く原の安否《あんぴ》だけでも知る必要がある。

もし、速水と一緒の道行《みちゆ》きだとしても。

「あの……原さん、大丈夫なんでしょうか？」

おずおずと尋ねる壬生屋の声に善行の思考《しこう》が中断された。

「およその事情はわかりました。手は打ちます。原さんのことでしたら心配ありませんよ」

善行は穏やかに壬生屋に微笑みかけた。

「え、ええ……」

「速水はどうであった？」

黙り込んだ壬生屋を横目に、舞はさりげなく尋ねた。

「怪しいやつらはいなかったよ」

冗談めかして言う瀬戸口を、舞は睨みつけた。

「速水のことが心配か？」

瀬戸口にかまをかけられ、舞は不覚にも顔を赤らめた。

「む。心配していないと言うには無理がある状況と思うが。状況の分析が仕事のそなたらしからぬ物言いだな……」

「心配かと聞いたのは、原さんとのことだよ。男と女のことだ」

瀬戸口は舞を見て微笑んだ。

「た、たわけがっ！」

物凄い形相で舞が言った。その顔を見て善行は、今朝方《けさがた》、軍司令本部で準竜師が戯《たわむ》れを言った時に見せた表情だと思い出した。

「何が出るかわかりませんが、もう少し探《さぐ》ってみますよ」

舞とは逆に涼しい顔で瀬戸口が言う。

「そう願えれば。原さんの件に関してはわたしも心当たりに聞いてみます」

　ご苦労《くろう》さまでした瀬戸口君、壬生屋さん、と話を切り上げようとする善行に、それまで部屋の隅で居心地悪そうにしていた壬生屋が顔を赤らめながら言った。

「あの……わたくしも捜します。原さんにはお世話になっていますし。……心配なんです」

　壬生屋にとっても原は姉のような存在だった。

「ええ、ありがとう」

　善行の礼を許可と受け取った壬生屋は、急に凛とした面持ちになった。

「壬生屋百翼長、ただ今より原、速水・両名の捜索《そうさく》に誠心誠意《せいしんせいい》邁進《まいしん》します」

　壬生屋の宣言《せんげん》に他の三人は呆気に取られた。

　善行が眼鏡を押し上げながら苦笑して言った。

「では、時間がある時は瀬戸口君に協力してください。瀬戸口君よろしく」

「俺はいいですけどね」と瀬戸口。

「それから、ちょっと相談があるので壬生屋さんはそのまま残ってください。瀬戸口君、申し訳ないですが狩谷君と滝川君を呼んできてもらえますか？」

「わ、わたくしに相談ですか？」

「アイアイサー」

　驚く壬生屋を後目に、瀬戸口はそう言って司令室を出た。

## ●五月六日　午後二時四十三分　尚敬校裏庭

（アイアイサー）

中から声が聞こえた……司令室のドアの向こうで聞き耳を立てていた加藤と新井木は、瀬戸口が出てくる前に、そそくさとその場を後にした。

その足で裏庭の隅、二番機の周辺で作業をしている面々《めんめん》のもとに駆け込んだ。

「大変、大変、なんか事件に巻き込まれたかも！」

「やっぱり、ふたりで駆け落ちやて！」

加藤と新井木はそれぞれのスクープネタを思い思いに声を張り上げたてて伝えた。

駆け落ち、のひと言に全員が耳をそばだてた。

スクープ勝負は思い込みの強さと捨《す》て身《み》な分だけ、加藤に軍配《ぐんばい》が揚《あ》がった。

「ちょっと、ちょっと待てよ。速水と原さんが駆け落ちだなんて……」

言いかけて滝川は顔を赤らめた。

速水は芝村一筋《ひとすじ》だったはずだ。それに原さんは速水なんて相手にするだろうか？　——ここまで考えて滝川はぶるっと頭を振った。有り得るかも、と思った。瓦礫の中でのふたりは、原さんのほうが積極《せっきょく》的に話しているようだった。芝村や原さんみたいに頭が良くてアイアムナンバー1の女は、ああいうぽややんとしたやつに惹《ひ》かれるかもと思った。速水と原さんが身を寄せ合って駆け落ちする之図《のず》を妄想《もうそう》して、滝川はもう一度頭を振った。

「……それを言うと、あの陰険眼鏡……じゃなかった狩谷君にグーで殴られちゃうよ」

自分の経験則《けいけんそく》から新井木が加藤に警告《けいこく》を与えた。しかし、返ってきたのは意外な言葉だった。

「もうどうでもええわ、あんな浮気男《うわき》……」

加藤は、大げさにため息をついた。

新井木はカレーパーティから続いている加藤のこの変わりようはかなりのものだと思った。ここはひとつ、加藤の案に乗っちゃおう。

「ま、確かにふたり揃っていなくなるなんて、やっぱり偶然《ぐうぜん》じゃないよね。きっと何かあるって！　それにさ……」

こうなると新井木は悪のりする。ぷぷぷと笑いを堪《こら》えながら話し始めた。

「どうせあと五日で戦争も終わりじゃん。隊からいなくなっても善行さんが病欠で済ませてくれるんだよ。これってけっこうおいしい状況かも。原さんと速水君も、今頃、どっかの温泉《おんせん》にでも行ってるんじゃないの？」

「そういやそうだよな」田代がうんうんと頷いた。「脱走しても病欠で済むってか？　だったら俺も遊びに行くかな」

「でしょでしょ？　こーなったら皆で温泉に行かない？　皆でお願いすれば、きっと善行司令も許してくれるよ！」

新井木はさらに勢い込んで言った。

ハイテンションになった新井木に加藤は押されていた。元々は狩谷と田辺の密会《みっかい》を見た反動で無理に盛り上がっていたが、本当のところはかなり落ち込んでいるのである。

「確かに、ウチも温泉とか行きたいなぁ……」

「でしょでしょ。あ、そういえば、温泉特集の雑誌持ってたんだ」

新井木は傍らのカバンの中をゴソゴソ探し始めた。

そんな新井木といつもと様子が違う加藤のふたりに森が尋ねる。

「さっき事件とかって言ってたけど、そんな話も出たの？」

「う〜ん、なんかよくは聞こえなかったんだけど、組織とか家捜しとか聞こえたから」

まだカバンの中を探しながら、新井木がテキトーに答えている。

だが、駆け落ち説の言い出しっぺだったはずの加藤は、新たな妄想を披露《ひろう》し始めた。

「ウチが思うに、原さんは……ええと、そうや！　きっとイ号作戦の責任者として憲兵隊《けんぺいたい》に目をつけられたんよ。だからほとぼりが醒《さ》めるまで身を隠すことになったわけ。速水君は、原さんに同情して一緒に姿を隠した、と。どうや、それだったら有り得るでしょ」

イ号作戦とは、整備班による物資・部品強奪《ごうだつ》の作戦名である。士魂号という難物《なんぶつ》を抱《かか》え、慢《まん》性的《せい》な部品不足に陥った整備班は、この二カ月間、たびたび熊本駅周辺《しゅうへん》の軍の物資《ぶつし》集積所《しゅうせきじょ》に侵入《しんにゅう》し、窃盗行為《せっとうこうい》を繰り返した。一度など、機体を丸ごと盗《ぬす》んだことさえある。事務官として小隊の物資補給全般を見てきた加藤には、整備班の苦労がよくわかる。そもそも、士魂号の部品は合法《ごうほう》的に陳情《ちんじょう》していたら手許に届くのはひと月先、ふた月先と延々《えんえん》待たされることになる。

だからついつい非合法《ひごうほう》の手段に頼ることになる。

しかし、罪《つみ》は罪である。整備班の窃盗行為に何度も煮え湯《ゆ》を飲まされた鉄道警備《てつどうけいび》小隊や憲兵隊が調査《ちょうさ》を進め、5121にたどりついたとしても不思議はなかった。

「確かに……」森がぽつりとつぶやいた。「原先輩が身を隠すとしたら、そういう事情しかないと思う。だから盗むのはほどほどにしましょうって言ったのに……」

「そういや、俺たち、目をつけられてもおかしくないんだよな。考えてみりゃ、これまで捕まらなかったのが不思議なくらいさ」田代もあっさりと加藤の推理《すいり》に同意した。

「な、なあ、イ号作戦って何？」

話題から取り残された滝川が尋ねた。しかし誰も面と向かって答えようとはしない。

「君が知る必要はないことさ」狩谷は冷ややかに言った。

「けどよ、原さんってそのために憲兵に追われているかもしれねえんだろ？　同じ隊なんだし、俺にだって知る権利はあるぜ」

こう言われて狩谷は、いらだたしげに滝川を睨みつけた。

「……物資集積所で盗みを繰り返していたんだ。整備班ぐるみで」

「え、えっ？　マジかよ」滝川は啞然として青ざめた。

「青くなる権利は君たちにはないよ。機体をあっけらかんと壊《こわ》してくれる君たちパイロットのために部品を盗んでいたんだから。そうでもしなきゃ部品到着を延々待ち続け、僕たちの戦いは三月で終わっていた。……知らないのはパイロットだけさ」

狩谷は忌々しげに言った。パイロットへの秘密厳守《げんしゅ》は、原が決めたことだ。速水や滝川ならまだしも、潔癖《けっぺき》な壬生屋あたりに知られたら大騒ぎとなる。

「けど、これからどうするんだよ？　おまえら全員捕まっちゃうのか？　万引《まんび》きでも何カ月か刑務所《けいむしょ》に入るんだろ？　だったら……」

ショックのあまり、滝川には自分が何を言っているのかわからなくなった。

「そんなに大変なことやったの？」

滝川の言葉に刺激され、加藤も青くなった。ただ、この場を掻き回してやりたくて思いつきで言ったことだった。しかし、よくよく考えてみると、「イ号作戦」は立派《りっぱ》すぎるほど立派な犯罪だ。お祭り気分で参加したことはあったが、発見され射殺される可能性だってあった。

むしゃくしゃして勢いづいていたとはいえ、加藤は自分がつくり出した妄想に少し怯んだ。

「そんなことはいいから、とっとと作業に戻れ！」

狩谷が苦虫《にがむし》を噛み潰《つぶ》したような顔で整備の面々に呼びかけた。手を休めずまともに作業をしているのはヨーコと田辺のふたりだけだ。

いつもの加藤ならこの狩谷のひと言に従順《じゅうじゅん》に従っていただろう。だが、今日は違った。今朝のことがやはり頭から拭《ぬぐ》えないでいる。

「もうすぐ終戦やのに、何言うてんねん？　こんなことしたかて関係ないやん。したければ、なっちゃんと田辺さんとで、仲良ぉやればええんやっ」

狩谷に対する加藤の初めての反逆《はんぎゃく》だった。

さすがの狩谷もこれには面食《めんく》らっていた。こんなことはこれまで一度もなかった。

しかし、みんなの前でこうまで言われた狩谷の顔が、徐々《じょじょ》に怒りに紅潮《こうちょう》した。

「何をわけのわかんないことを言ってんだ、無責任な憶測《おくそく》で人を惑《まど》わしておいて。仕事が嫌なら好きにしろ、とにかく僕たちの足を引っ張るな！　頭を冷やせ、このバカ女っ」

怒りを爆発させた狩谷の言葉に容赦はなかった。

「あ……あんまりや、なっちゃん」加藤もこれにはさすがに涙声《なみだごえ》になった。

狩谷は車椅子を器用《きよう》に動かすと、整備員を見回した。

「馬鹿げた騒ぎを撒《ま》き散らしただけだ。結果として、こいつらは仕事もしないでぼんやり突っ立っているだけだ。目障りなんだよ、消えろ！」

その場にいた全員が、ぎょっとして狩谷に目を向けた。容赦がない。きつすぎる。加藤の目からぽろぽろと涙がこぼれ落ちた。堪え切れなくなったか、加藤は身をひるがえすと校門の方角へと駆け去った。

「狩谷君、酷すぎる！」

森が喧嘩腰《けんかごし》になって狩谷を睨みつけた。狩谷も負けずに目を怒《いか》らせ、森を睨み返した。

「君は確か整備班副主任だったはずだけど」

「それがどうしたっていうのよ」

「質問がひとつ。無責任な噂にうつつを抜かすことと、二番機の点検《てんけん》その他の作業のどちらが優先か？　副主任の立場から答えて欲しい」

「それは……」

森は言葉を失った。視界の隅に、二番機に付着《ふちゃく》した泥を丹念に拭っているヨーコと田辺の姿が映った。作業が最優先《さいゆうせん》だ。狩谷の言うことは正論だった。

「二番機は水没《すいぼつ》していたから……わたし、田辺さんと一緒に制御《せいぎょ》系のシステム回りを担当《たんとう》するね。狩谷君、他のことお願いできるかしら」

森は技術者の仮面《かめん》を被《かぶ》ると、ごく事務的な口調で狩谷に言った。

「わかった。じゃあ、機体の外回りは僕がやるよ。他の者は裏庭の整理整頓《せいとん》。野ざらしになったら困る部品は体育館に運んでくれ」

狩谷はぱんぱんと手をたたき、隊員たちを促した。

「ちょっと待ってよ。どうして君が仕切るのさ？」新井木が憮然として言った。

「じゃあ、君が仕切るかい？」

狩谷は薄笑いを浮かべて尋ね返した。何が駆け落ちだ。頭の悪いスピーカーめ。狩谷は軽蔑《けいべつ》を含んだ眼差しで新井木を見つめた。雑用係《ざつようがかり》の新井木に、仕切るなど無理な注文《ちゅうもん》だった。

「陰険眼鏡……」

新井木は憤然《ふんぜん》と狩谷を睨みつけると、背を向け歩み去った。

「俺も消えるぜ。指揮車もねえしな。おめーなんかの指図《さしず》は受けたくねえ」

田代も狩谷にガンを垂《た》れると、校門の方角へと去った。

「な、なんだか大変だな……」

たったひとり手持ちぶさたとなった滝川は、新井木と田代の後ろ姿を目で追いながら狩谷に言った。

そこへ、一際明るい声が響いた。

「おぉ、どうした野郎ふたりでしんみりして？　まぁ、丁度《ちょうど》いいけどな」

瀬戸口だった。

「あれ、司令室にいたんじゃないんですか？」

突然の登場に滝川が慌てて聞いた。

「こっちは終わった、それで、司令がおまえたちふたりを呼んでこいとさ」

そう言われて滝川と狩谷は少なからず驚いて目を見合わせた。ふたりが一緒に善行に呼ばれるようなことは、これまで一度もなかったからだ。

「とりあえず伝えたからな、早く行ってくれ」

そう言って瀬戸口はそのまま立ち去った。

ふたりも移動しようとしたそのとき、狩谷が何か言いかけた。滝川の耳には、加藤の名を呼んだように聞こえた。

滝川は狩谷の言動を察知《さっち》した。

「加藤はおまえが追い出したんだろ、俺が押していくから」

そう言って狩谷の背後に回ると、車椅子を司令室に向けて押し出した。

原と速水の失踪《しっそう》、特に原の不在が整備班に大きな亀裂《きれつ》を生じさせ始めていた。

**●五月六日　午後二時五十五分　5121小隊司令室**

狩谷と滝川が司令室に入っていくと、善行と舞の他に壬生屋の姿もあった。

必要な人間が揃ったらしく、善行が咳払《せきばら》いをして話し始めた。

「狩谷君、今朝のカレーの炊き出しは何だったのですか？」

一気に壬生屋の顔が青ざめる。

「あっ、狩谷、おまえ……」

滝川もここではこれだけ言うのが精一杯だった。

「滝川君が密告《みっこく》ということを気にしているなら大丈夫ですよ。密告はね、正しいことでも往々《おうおう》にして部隊崩壊の要因《よういん》となります。これはちょっとした意見陳述《ちんじゅつ》です」

「僕はなんでも聞いてもらって構いませんけど」

狩谷はどこまでも冷静だ。

そして、今朝の顛末《てんまつ》を話し出した。

すべてを聞き終わると、善行はまた軽く咳払いをした。舞は何も言わない。

滝川と壬生屋は震え上がっていた。

善行は頷くと、滝川と壬生屋に向き直った。

「今さら起こってしまったことをとやかく言っても始まりません。食べた物を吐き出せとも言いません。が、ここは軍隊であることをお忘れなく。それだけは言っておきましょう」

思いのほか、善行の声は優しかった。それだけに整備班のミスの隠蔽工作に荷担《かたん》してしまったという事実が、ふたりの心に重くのしかかった。

「す、すみません！　わたくし、わたくし大変なことを……」

壬生屋は唇を震わせると、くっと俯いた。取り返しのつかぬ過《あやま》ちを犯《おか》したような気分になっていた。壬生屋が嗚咽《おえつ》を洩らす気配がして、善行は苦笑し、舞は不機嫌に顔をしかめた。

「ああ、そこまで自分を責めなくてもいいですよ。もし、自分がなんらかの悪事《あくじ》をし、それを反省《はんせい》しているというのなら、ふたりには協力して欲しいことがあります」

「協力……？　それをすればお咎《とが》めはなしですか？」

暗闇《くらやみ》で光を見つけたように、滝川が善行の誘いに飛びついてきた。

善行は苦笑を浮かべた。舞はこの話がどこへ行くのか興味を持ち始めていた。

「実は各方面からウチの隊員、特にパイロットは引っ張りだこでしてね。自衛軍の演習《えんしゅう》視察《しさつ》、マスコミからの取材要請《ようせい》、戦車学校からの講演会《こうえんかい》への派遣要請など……山ほど来ています。これまではわたしの判断で断っていましたが、そろそろ解禁《かいきん》していいでしょう」

「そういうことか」舞はやっとわかったとばかりに言った。

「休戦まであと数日ですし、今日のような出撃命令はまずないと考えてよいでしょう。明日のそれぞれの派遣先を通達《つうたつ》しますから、頑張ってきてください。異存《いぞん》はないですね？」

「あ、はいっ！」滝川と壬生屋は声を揃えた。しかしふたりとも、自分がほっとしているのかがっかりしているのかわからなかった。

# 第二章

## ●五月七日　午前十時　自衛軍第一演習場

三体の巨人が土埃《つちぼこり》を上げて遠ざかってゆくのを、滝川陽平《たきがわようへい》は自衛軍《じえいぐん》第一演習場《えんしゅうじょう》の貴賓席《きひんせき》から手持ちぶさたに見送っていた。

広大《こうだい》な演習場は、5121小隊《しょうたい》が間借《まが》りしている学校の校庭十面分はあるだろうか。見渡す限りのさら地で、遠くには格納庫《かくのうこ》らしき建物と第一演習場と書かれた看板《かんばん》が見える。

来賓席は演習場の片隅《かたすみ》に折《お》り畳《たた》み椅子《いす》を並べて設《もう》けられた簡単《かんたん》なもので、百人近くの関係者が詰めかけていた。

周りは自衛軍の将校《しょうこう》が多かったが、かっちりとしたスーツに身を固めた民間人《みんかんじん》もちらほらと交《ま》じっている。どこからか整髪料《せいはつりょう》だか男性用オーデコロンだかの匂いがただよってきて、滝川は居心地《いごこち》悪そうに下を向いた。

オトナばっかしじゃん……だから嫌《いや》だって言ったんだ――。

滝川は昨日《きのう》のことを思い出していた。

前日のカレー事件に荷担《かたん》した廉《かど》で、善行から自衛軍演習場への派遣《はけん》を言い渡された。一番機パイロットである壬生屋は戦車学校に講演《こうえん》に行かされているはずだ。

けれど演習場で何をすれば……？　戸惑《とまど》う滝川に善行《ぜんぎょう》は重《かさ》ねて言った。

「自衛軍が新設《しんせつ》した士魂号《しこんごう》の実験《じっけん》小隊はもうひとつありまして、そちらはまだ実戦配備《はいび》前の訓《くん》練《れん》中です。ついては滝川君に演習を評価《ひょうか》して欲しいと要請《ようせい》がありましてね、と物柔《やわ》らかな調子《ちょうし》で説明した。しぶい顔で佇む滝川に、善行はふと思い出したように、ああ、そういえば、来賓扱《あつか》いですから昼食は期待していいですよと言った。期待していい？　それって、豪華版《ごうかばん》ってことか？　その時、滝川は不覚《ふかく》にも喉《のど》を鳴らしてしまった。

熊本城攻防戦後の食生活といったら——。外食派《がいしょくは》の滝川にとっては悲惨《ひさん》のひと言だった。学校の売店と同じく、行きつけの味のれんは店を閉めたままだ。自炊《じすい》しようにも食材《しょくざい》は底をついていた。空腹《くうふく》で何日も眠れぬ夜を過ごしていると、本当に食べ物のことだけ考えるようになってくるから悲しいものだ。隠蔽《いんぺい》工作とわかっていながらカレーの誘惑《ゆうわく》に負けてしまったのも、そんな育《そだ》ち盛《ざか》りの悲しさゆえである。

そして、懲《こ》りもせず、滝川は未《いま》だ見ぬ自衛軍の豪華定食《ていしょく》を夢想《むそう》していた。

きっと肉〜って感じのやつ。ハンバーグとかとんかつとか、洋食系でス、ステーキなんてついているかもと滝川が妄想《もうそう》にどっぷり浸《つ》かっている間に、善行はその場で電話を取って自衛軍に承諾《しょうだく》の旨《むね》を伝えていた。そんなこんなで、滝川は昼の食事だけを楽しみにオトナたちに交じって来賓席で窮屈《きゅうくつ》な思いをしていた。

「な、なあ、昼飯、何が出るんだろうな」

隣《となり》の席に声をかけると、それまでじっと演習を見守っていた整備《せいび》班副主任《はんふくしゅにん》の森精華《もりせいか》がきょとんとした顔で滝川を見つめた。昨日の一件では主任の原が姿を見せなかったため、整備班への処罰は先送りになったらしい。

とはいえ、任務《にんむ》は別だった。メカに詳《くわ》しいとは言えない滝川をフォローするためか整備班ナンバー2の森は善行から名指しで派遣《はけん》されていた。また、士魂号《しこんごう》整備のレクチャー&手伝いとして田辺真紀《たなべまき》も来ていた。今は格納庫《かくのうこ》の方で自衛軍の整備士と打ち合わせをしている。

「お昼がどうかしたの？」

きょとんとした顔で聞き返す森を見て、本当に知らないのだと確信《かくしん》した。こんな役目を豪華昼飯のことも知らずに引き受けるなんて、ほんとに真面目《まじめ》なんだなと滝川は感心した。

「あ、お弁当忘れたんでしょ？　わたしので良かったら、半分ずつにする？　昨日のジャガイモカレーなんだけど」と言いながら、森は手縫《てぬ》いらしき刺し子《さしこ》のポシェットから派手《はで》なバンダナに包んだ弁当箱を取り出した。

「うぇ、昨日死ぬほど食ったからカレーはもういいや。って、そうじゃなくてさ……昼飯が出るって善行さんが言ってたんだぜ」

「え、そうなの？　わざわざ弁当持ってきて損しちゃった」

そんなところも森らしいと言えば森らしい。

「それは、帰って食べればいいんだし。それよりさ、なんだか凄《すご》いらしいぜ。トンカツとかステーキとか」

願望《がんぼう》をそのまま口にする滝川を、森はへぇという顔で見つめた。

「トンカツなんて食べ物、あったの忘れてた。商店街の肉屋さん、さっさと疎開《そかい》しちゃったし。あ、こう見えてもわたし、ハンバーグつくるの得意だったのよ」

そうだな、森はハンバーグがなんか似合《にあ》っていると、何の脈絡《みゃくらく》もなく思う。

「森のハンバーグは『森のハンバーグ』なんだから、やっぱキノコとかのっかってるわけ？」

言っている意味を少し考えてから、森は「あはは」と笑った。

「滝川君面白い、それ。そうだなぁ戦争終わったらつくってみようかな、森のハンバーグ、あはは」

思いつきで言ったことを誉《ほ》められ、屈託《くったく》なくころころと笑う森を見て滝川は少し照《て》れた。そして、森がつくるハンバーグに思いを馳《は》せる。一緒《いっしょ》に食べてみたいなぁ……と単純《たんじゅん》に思った。

「どうですか、滝川百翼長《ひゃくよくちょう》」

声をかけられた滝川は、はっとあらぬ妄想から我《われ》に返った。善行と同い年くらいの自衛軍の中尉《ちゅうい》が滝川の前に立っていた。体格でいえば来須《くるす》か若宮《わかみや》クラスの堂々《どうどう》とした将校《しょうこう》である。制服も学兵《がくへい》の物とは違う、自衛軍のいかにも軍人らしいカーキ色の物だ。士魂号部隊の——実験小隊の司令《しれい》だった。滝川は慌《あわ》てて席を立って敬礼《けいれい》した。

「ええと……」滝川が口ごもると、中尉は生真面目《き》に敬礼を返した。

「操縦《そうじゅう》しているのは新人パイロットですから。いろいろと欠点は目につくでしょうが、率直《そっちょく》な意見をお聞かせ願いたいものです」

演習場では士魂号が実際にジャイアントアサルトを手に、さまざまな射撃姿勢《しゃげきしせい》を取っていた。滝川らにとっては見慣れた光景《こうけい》だが、多くの人々には珍《めずら》しいらしく、士魂号が動くたびにざわめきが起こっている。

「俺……」滝川は口を開こうとしたが、頭の中は真っ白になっていた。

頭の中はハンバーグになっているうえに、森と話していてこれまでのことを見ていない。さらに、こんなにたくさんのオトナ、しかも偉《えら》いさんと一緒になるのは初めてである。

森がちらちらと心配そうに自分を見ている。滝川はますます焦《あせ》って「俺、俺、俺、俺……」と三回繰り返した。中尉はそんな滝川を穏やかに見守っている。

「ははは、遠慮《えんりょ》なさらずに。昨日の君の活躍《かつやく》は戦闘《せんとう》データで知ってますし、今の我々《われわれ》が君のレベルにはほど遠いこともわかってます。君の思ったことをおっしゃってくだされぱいいんですよ」

俺なんてぜんぜん大したことないですと思いながら、目の前の士魂号を見つめる。動きを追っているうち、人型戦車《ひとがたせんしゃ》を見慣れているせいなのか、不思議《ふしぎ》にも心が落ち着いてきた。それもパイロットの経験なのかも知れない。

「ええとですね、特に問題はないと思いますけど……なんか酔《よ》いそうな動きっすね」

滝川が辛《かろ》うじて感想めいたものを言うと、中尉は笑《え》みを消し真剣《しんけん》な表情になった。

「酔いそうな動き、とは無駄な動きが多いということですか？」

滝川は「あ、そうなるのかな……」と反射《はんしゃ》的に答えていた。

「きっと、慣れないうちから機体をうまく動かそうと……バランスを取ろうとしてついちゃった癖《くせ》だと思うんすけど。こんな風に……」

言葉が足《た》らない分、滝川は席を立ったまま肩《かた》をゆさゆさと左右にゆすってみせた。次《つ》いで射撃の構えを取る。

「揺れながら移動射撃しても、動いている的《まと》にはなかなか当たらないっすよ。あれだったら普通に止まって撃つか、それでもバランスが取れなかったら、伏せをして……」

滝川はやおら、地面に腹這《はらば》いになった。周りの人間が訝《いぶか》しげに滝川を見た。

「これだったらバランスは関係ないからブレは少なくなって……ええと、すいません、変な話しちゃって」

中尉は滝川の話を黙って聞いていたが、「こちらへ」と滝川と森を来賓席から連れ出すと、百メートルほど離れた、実験小隊のスタッフが陣取《じんど》る一角へと移動した。

「来賓の中には実験小隊の創設《そうせつ》を快《こころよ》く思わない方もいますので、場所を変えました」

「はぁ……」

そうだろうな、と滝川は思った。以前、芝村舞から、士魂号の一個小隊をつくる予算で装輪《そうりん》式戦車《しきせんしゃ》の小隊なら十個つくれる、と聞いたことがある。

「それはそうと、君を呼んで正解でしたよ」

中尉は満足《まんぞく》げに頷《うなず》いてみせた。へ、という顔で滝川は中尉を見上げた。

「失礼ながら貴隊《きたい》のパイロットのデータは調べさせていただきました。速水、芝村、壬生屋の三人は元々才能があり、始めから出発点が違う。君だけが普通でした」

「普通……ですか？」

「ああ、つまり、標準的なパイロットを育成《いくせい》する際の参考になる、と思った次第です。君の指《し》摘《てき》で課題が浮《う》き彫《ぼ》りになりました。酔いそうな動き、か。なるほど、移動射撃は攻勢的《こうせい》任務《にんむ》の際に多く使われる動きです。残念《ざんねん》だが、練度《れんど》が不足しているうちは攻勢はあきらめ、防御《ぼうぎょ》兵器と割り切るべきなんだろうな」

　中尉は顎《あご》に手を当て考え込んだ。

「あの……俺には難しい話で」

「ああ、簡単《かんたん》なことです。攻勢を取る場合、移動、戦闘など臨機《りんき》応変《おうへん》な動きと判断が必要とされる。例《たと》えば敵の陣地《じんち》に迫る場合、火線《かせん》を逃《のが》れたり遮蔽物に隠れたりの動きが伴《ともな》いますね。防御の場合ですと、個々の動きへの要求は軽減《けいげん》されます。だから兵科《へいか》に拘《こだ》わらず、練度の低い部隊は拠点《きょてん》防御に使われることが多いのです」

　そういうことか、と滝川は頷いた。確かに壬生屋《みぶや》みたいに敵のまっただ中に切り込んで、生き残るには相当な技量《ぎりょう》が必要になる。速水たち三番機の動きもそうだ。自分は距離《きょり》を取って二機が撃《う》ち洩《も》らした敵を狙《ねら》い撃ちすることが多かった。

　とはいえ、目の前で行われている演習は中尉には気の毒だけど攻勢とか防御以前のレベルだと滝川は思った。二足歩行《にそくほこう》して動いてみせるという体裁《ていさい》だけを一応繕《つくろ》っているに過ぎない。瞬き一回分の動作を、三回分使ってしまっているから――ああ、俺ってボキャブラリー不足だよなと滝川はため息をついた。

※

緊張《きんちょう》して、しきりに言葉を探す滝川の様子《ようす》を森は気の毒そうに見守った。滝川の真面目さがよくわかる。普段は速水、芝村、壬生屋の陰に隠れて目立たない滝川だけれど、実は平均を遙かに超えている。平均点三十点のテストに滝川は七十点を取っているが、速水らは九十五点以上という高得点をたたき出しているというわけだ。転倒《てんとう》事故を起こしたりして、当初《とうしょ》こそ未熟《みじゅく》な滝川だったが、今の滝川は格段《かくだん》に成長して、押しも押されもせぬベテランパイロットだった。だからもっと自信を持って、と森はちらちらと滝川を見つめた。

「森百翼長はいかがです?」

不意に水を向けられて、森はきゃっと飛び上がった。森のあまりに少女少女した反応に、中尉は思わず笑みを洩らし、謝《あやま》った。

「ああ、失礼。考えごとでも?」

「あ、いえ、なんでもないです。……ただ、あの動きだと整備が大変だなって。動き回るとそれだけ機体が消耗《しょうもう》しますから。すいません、勝手なこと言って」

「続けてください」

「だから、その……滝川君の二番機は整備が楽《らく》って言われています。士魂号は脚部《きゃくぶ》が致命《ちめい》的に弱いんですけど、脚部のパーツを取り替えたのは三回。壬生屋さんの一番機は十七回で三番機は十一回でした。あ、もちろんそれぞれの役割とか機体の重量《じゅうりょう》も影響《えいきょう》しているんですけど」

足回りのパーツの確保《かくほ》には泣かされた。しかもそのパーツの品質《ひんしつ》ときたら目を覆《おお》いたくなる状況《じょうきょう》だ。森はパーツ関係の書類《しょるい》を取り出すと、ここですと中尉に指し示した。中尉は、一読《いちどく》して顔をしかめた。

「六菱重工《ろくびしじゅうこう》製士魂号用膝関節靭帯《ひざかんせつじんたい》、不良品率《りつ》二十六パーセント……ううむ、これは」

「あ、六菱製は製造工程《こうてい》で欠陥が見つかって。目《め》立製《たちせい》だったら七パーセントなんですけど。士魂号のパーツって細々《ほそぼそ》と生産されているんで、生産管理技術も確立《かくりつ》されていないし、欠陥品が多いんです。だから特に駆動系《くどうけい》……人工筋肉関連のパーツは大量に揃《そろ》えておいたほうがいいと思います。きっと消耗の激しさに青ざめちゃいますから」

中尉は、ふっと笑って「なるほど」とつぶやいた。

「貴隊の特徴《とくちょう》のひとつがメカニックの充実《じゅうじつ》、とは評判《ひょうばん》通りですね。稼働《かどう》率一桁《ひとけた》台の機体をほぼ完璧《かんぺき》に稼動させていた」

森は中尉の言葉に顔をしかめた。メカニックの充実……。戦時中、スタッフが充実している時などなかった。自分たちは必死《ひっし》で働いたのだ。そして……と、森は自分の上役《うわやく》である整備主任の原素子《はらもとこ》の顔を思い浮かべた。人型戦車の開発スタッフであり、整備の天才とうたわれる原素子がいなければ、あれほどの稼働率は稼《かせ》げなかったろう。

自分も整備にはちょっとは自信がある。それでも原の優秀さは別格《べっかく》だ。

しかし今ここでその名を口にすることはできなかった。彼女の所在《しょざい》がはっきりしない今、不用意に名前を出してつまらない突っ込みを受けたくはない。病欠《びょうけつ》と言ってしまえばそれまでなのだが、森の心の中では昨日の裏庭でのことが離れないでいた。

事件……。そして駆け落ち……。

森も一度、原と速水がふたりで話し込んでいるのを見たことがあった。二機の士魂号をオーバーホールに出す前日のことで、一番機の前で話していたため整備のことを話していると思いこんでいたが、今となってはそのことも森の心を揺らす原因のひとつになっていた。

誉《ほ》めたつもりの言葉で森が黙ったことで、少し慌てたように中尉が言った。

「何か気に障《さわ》ることでも……」

「あ、い、いえ……完璧なんて言われてちょっと照れてしまって……」

そうなのかと、軍人《ぐんじん》らしく簡単に受け止めた様子の中尉は言葉を繋《つな》いだ。

「いえいえ、決してお世辞《せじ》ではなく本気で言っているのですよ。我《わ》が隊にも5121小隊クラスのメカニックが配属《はいぞく》されれば——」

そう言いかけて中尉は苦笑した。

「ああ、失敬《しっけい》。愚痴《ぐち》を言ってしまいました。ところで少し早いですけど、昼飯の用意があるのですが」

「え、ええ」

口ごもる森の横からひと際《きわ》元気な声があがる。

「ごちそうさまですっ！」

あろうことか、満面《まんめん》の笑みを浮かべて滝川が敬礼までして立っている。

中尉は穏やかに微笑《びしょう》してチケットを手渡した。

「士官《しかん》食堂の食券です。良かったらどうぞ。食堂は格納庫の裏手《うらて》にあります。演習終了後にいろいろと聞くことがありますが、それまではご自由に。ちなみにメニューは自衛軍特製《とくせい》のカレーです。これはいけますよ」

そう言いながら、得意げに右手でサムズアップをしてみせると、中尉は再び貴賓席へと戻っていった。

その場に取り残されたふたりは顔を見合わせた。途端《とたん》、森が笑い出した。

直立不動《ちょくりつふどう》の敬礼姿勢《しせい》のまま、滝川が涙目《なみだめ》になっていた。

「あははは、泣くことないじゃないのぉ～、あははは」

敬礼しながら立ち尽くしている滝川を置き去りにして、笑いながら格納庫の方に向かって森は歩き出していた。慌てて後から追う形で滝川が並びながら言う。

「だってさ、よりによってカレーだよ……泣けるよ。森は平気なのか？」

「平気だよ、昨日だって滝川君みたいに四杯も五杯も食べてないし、それに夕食がカレーだったら翌日《よくじつ》の朝もカレーなんてよくあるじゃない？」

まだ半分笑った顔で森がそう答えた。

「まあ、そうだけど……俺、昨日からまだ口の中がカレー味なんだよな～」

「食べすぎだよ。それに、今日のカレーはきっとポテトじゃなくてご飯だと思うし」

何かはたと閃《ひらめ》いたかのように、滝川の顔に明るさが戻る。

「そかっ、ご飯だ白米《はくまい》だ、白飯《しろめし》だ、それは気がつかなかった！」

そんなことで幸《しあわ》せになれてしまう滝川に対して、呆《あき》れた……と思いながらも、彼のそんなあけすけで飾らないところが森はそんなに嫌いではなかった。

「ところで、どこに向かってんの？　食堂は格納庫の裏だぜ」

「田辺さんも誘わないといけないでしょ？」

「そっか」

森は、格納庫の入り口付近で自衛軍の男性の整備士らしき人と話す田辺を見つけた。

「田辺さん、食堂行かない？」

森が呼びかけると、田辺は「食堂ですか？」と小首《こくび》を傾《かし》げた。その質問に滝川が答える。

「やっぱり知らなかったんだ。今日は自衛軍からお昼が出るんだよ、カレーなんだけどな。でも、特製カレーで、しかも今日は、か・れー・ら・い・す、だぜ」

ライスの部分をことさら強調《きょうちょう》しながら得意げに言ってのけた。

「あ、お昼が出るんですか？　知らなくてお弁当つくってしまいました。でも、せっかくだからいただくことにします」

田辺は笑顔で答えた。その笑顔に気をよくしたのか、田辺と話していた男子整備士が嬉《うれ》しそうに三人に話しかけた。

「ええ。ぜひ召《め》し上がっていってください。うちのカレーはかつおで出汁《だし》を取っている、いわゆる和風《わふう》なカレーでして、しかも特製カレーということで……」

もったいつけるように整備士は一拍置《いっぱく》くと、どうだと言わんばかりの顔で言い放った。

「……ご飯ではなく、マッシュポテトにかけて食べるんです」

整備士は得意げな顔で滝川を見る。が、その顔から徐々に得意さは抜け、次第に不安に取って代わられた。いったい自分はどんな間違いを犯《おか》したのだろうかと。

半分開けた口を歪《ゆが》ませ、再度涙目となった滝川を見つめながら、整備士は視線を向けて、森に説明を求めた。

「あなたのせいではないので気にしないでください。不幸な偶然《ぐうぜん》が重なっただけだから」と森。

それでは何の説明になっていないとばかりに、今度は田辺に目を向ける。

「あ、わたしはカレーをご馳走《ちそう》になりますから」

田辺は整備士にそう言うと、傍《かたわ》らに置いてあった紙袋《かみぶくろ》から弁当箱を取り出した。

「はい、口に合うかわからないけど、良かったらどうぞ」

滝川の手に持たせる。

「……………………うん……」滝川が涙目のまま頷いた。

森は田辺に中尉からもらった食券を渡すと、滝川を促して歩き出した。

田辺は整備士に「さ、行きましょ」と言うと、格納庫の裏手に向かった。

当の整備士は、自分が何をしでかしたかわからないながらも、なんとか汚名《おめい》を返上《へんじょう》しようと、田辺と一緒に歩きながら必死に特製カレーの美味《おい》しさを語り出した。

## ●五月七日　午前十時　純心女子戦車学校

どうしてこんなことになったのかしら――壬生屋未央《みお》は心の中でため息をついた。目の前には女子戦車学校の新人たち。皆《みな》、着席してにこりともせず自分を見つめている。教室の後ろでむっつりと腕組みしているのは教官だ。そして自分は教壇《きょうだん》に立ってしどろもどろに話している。背後《はいご》の黒板には「歓迎《かんげい》！　壬生屋百翼長（幻獣撃破《げんじゅうげきは》数百四十七）」と花マル付きで書かれてあった。

滝川と同様、カレー事件に荷担したことを不問《ふもん》に付《ふ》すという条件で、壬生屋は純心《じゅんしん》女子戦車学校へ出向き、生徒の前で講演《こうえん》をするよう命じられていた。

そんなわけで壬生屋は、ここで苦行《くぎょう》とも思える時間を過ごしている。

昨日のカレー事件の首謀者《しゅぼうしゃ》の中村光弘《なかむらみつひろ》と幹部の岩田裕《いわたひろむ》がつき添《そ》いと称して、善行に命じられた一番機・三番機のオーバーホール作業を中断して、くっついてきたのは皮肉《ひにく》だった。

ふたりとも昨日はあんなに元気だったのに、今は教壇の横に佇んでいるだけでちっともわたくしを助けてくれない――と壬生屋は不満げにふたりを一瞥《いちべつ》した。

壬生屋の視線に気づいたか、中村はにやりと笑い返し、岩田はくねくねと体をくねらせた。

駄目だ……孤立無援《こりつむえん》だ。壬生屋は拳《こぶし》を握りしめた。

市街の半《なか》ばを焦土《しょうど》と化した死闘《しとう》から二週間経《た》っていた。その間、ふた振りの大太刀《おおたち》で派手《はで》に戦う漆黒《しっこく》の壬生屋機の姿はテレビでも放映され、胴衣《どうぎ》・袴姿《はかますがた》というパイロットの独特なコスチュームと相《あい》まって全国の視聴者《しちょうしゃ》に強烈《きょうれつ》なインパクトを与えていた。壬生屋は一躍《いちやく》有名人になり、今では街を歩いていると学兵のみならず自衛軍の大人《おとな》までもが敬礼を送ってくる。だからこんなところに派遣されたのだろうが、壬生屋にとっては苦痛以外の何物でもなかった。

「……ですから、わたくしも初めは失敗ばかりで。わたくしは超硬度大太刀《ちょうこうど》で戦っているんですけど、白兵戦《はくへいせん》をしなければならないので、どうしても被弾《ひだん》が多くなって。機体を壊《こわ》しては整備の方々にはよく怒られました」

話しながら壬生屋は懸命《けんめい》に顔の紅潮《こうちょう》と闘《たたか》った。赤くなっては駄目《だめ》だ！　生徒の皆さんに不安を与えるし、武人《ぶじん》として平常心《へいじょうしん》を保《たも》てぬなんて恥《はじ》だ。これも仕事ですから、なんて淡々《たんたん》とごく自然な態度で話すことが望ましいのだわ。平常心。平常心が大切なのだ。そもそも人前で話すごとき、幻獣との戦闘に較《くら》べればたやすい――はずなんだけど。誰《だれ》か助けて、と壬生屋は天井《てんじょう》を見上げた。

「そ、それと……わたくしの操縦《そうじゅう》って機体に負担《ふたん》を強《し》いるらしくて、脚部《きゃくぶ》に特に負荷がかかって、整備班には――」

原主任という士魂号の専門家がいると説明しようとして、言葉を止めた。速水の部屋で人目を忍《しの》ぶようにふたりが逢《あ》っていたという事実が、壬生屋の原への思いに小さな傷をつけていた。

「……整備班の人たちには、いつも迷惑《めいわく》ばかりかけてしまってました」

と言い直した。

言葉に詰まったせいか、教室はなおも、しんと静まり返っていた。

ああ、話が面白《おもしろ》くないうえに、つまらないことを考えて……。ああ、もうどうしようかしら。

もっと上手《じょうず》に話せたら……。

「ええと、それでは何か質問がありましたら……はい、どうぞ」

ぱらぱらと手が挙《あ》がった。もう許して、と内心半泣きで壬生屋は挙手《きょしゅ》した生徒のひとりを指名した。

「テレビで見ましたけど、壬生屋百翼長は、どうして超硬度大太刀で戦っているんですか？」

「それは……」

壬生屋は口ごもった。刀《かたな》が大好きだから、と言おうとして思いとどまった。そうじゃなくて、ええと――隊の編制《へんせい》及び戦術上……。

「……敵に白兵戦を挑んで、オトリ役になるのがわたくしの役目なんです。だからわたくしは装甲《そうこう》が硬い重《じゅう》装甲に乗っていて。あの、こんな説明でよろしいですか？」

まだまだ質問は続きそうだ。壬生屋はしぶしぶと次の生徒を指名した。

「あのォ、市街《しがいせん》戦での人型《ひとがた》戦車の利点《りてん》ってなんですか？　それとわたしたちは装輪式《そうりんしき》に乗るんですけど、壬生屋百翼長と同じくらい活躍《かつやく》するにはどうしたらいいんですか？」

な、なんだか難しい質問だわと壬生屋はたじろいだ。紫外線《しがいせん》……違う、市街戦だわ。利点てなんだったっけ？　壬生屋はちらちらと教壇横に並んでいる中村、岩田に目をやった。しかしふたりの整備員の視線は最前列の女子の足下《あしもと》に釘《くぎ》づけになっている。視線の先には女子の純《じゅん》白《ぱく》のソックスがあるだけだ。恍惚《こうこつ》とした表情を浮かべているふたりに、どうしたのかしらと壬生屋は首を傾《かし》げ、咳払《せきばら》いをした。

「ええと――せっかくですからその質問は、こちらにいるおふたりに答えてもらいます。中村さんと岩田さんはわたくしなんかよりずっと士魂号に詳《くわ》しいですから」

　壬生屋が名指しした途端、岩田は「ノォォォォ」と奇声《きせい》を発して転倒《てんとう》した。

　一瞬《いっしゅん》、空気が凍《こお》りついた。壬生屋は恥ずかしげに俯いてしまった。しまった、岩田さんにはこれがあったんだ！　あらゆるギャグパターンの実践者《じっせんしゃ》を自称《じしょう》する岩田は、隊でも有数《ゆうすう》の変わり種である。その十八番、バナナの皮で滑《すべ》って転ぶパターンは万人《ばんじん》に理解されるとは言い難い。

「馬鹿たれ」と声がして、中村が岩田の頭をはたいた。

「あー、今のは永久《えいきゅう》に忘るっとよか。こん男は美女ば見っとこげんなる」

　中村のセリフに教室内がざわめいた。「美女だって……」と誰かがくすりと笑った。しゃべれるじゃないですか中村さん――と壬生屋は、緊張しまくりの自分と違ってリラックスして軽《かる》口《くち》をたたく中村を忌々《いまいま》しげに見つめた。

　中村は余裕《よゆう》たっぷりに生徒たちに笑いかけた。

「俺は中村。この馬鹿たれと一緒に壬生屋機の面倒《めんどう》ば見ている」

「……じゃあ、人型戦車の専門家ですね？」先ほどの女子が尋《たず》ねた。

「そうね。もう嫌というほどつき合ってきたたい。そんでさっきの質問ばってん、人型なら地形を気にせず街中《まちなか》ば自由自在に動き回れる。道が狭か場合は、建物ばぶっ壊して道ばつくるとよか。ビルば屋上づたいに踏《ふ》み潰《つぶ》しながら移動するて手もある。家やビルば壊《こわ》すつは壬生屋の得意ワザたい」

またしても空気が凍りつく。

壊す壊すって……。確かにわたくしは戦いに夢中で、周りの施設《しせつ》や建物に気を遣《つか》っていたとは言えない。けれど、それは仕方のないことで――。壬生屋はたまりかねて口を挟《はさ》んだ。

「あの……わたくしそんなに壊していないと思いますけど」

「うんね。こないだの戦闘ば見とった他隊のやつらが言いよったたい。黒いやつ……壬生屋機の通った後には瓦礫《がれき》の山が残さるるってな」

中村が澄《す》まして言うと、生徒たちの間から笑い声が起こった。ぼっと顔から火が吹き出すようだった。壬生屋は真《ま》っ赤《か》になって中村に食ってかかった。

「け、けれどビルを盾《たて》代わりにして戦うなんてよくあることで……！」

「フフフ、それでノオプロブレム。戦場にあるものすべてを使って前進する破壊《はかい》の女王《じょおう》。それが壬生屋未央ですゥゥ」

岩田は身をくねらせながら壬生屋を指差した。

「ええと……その」

壬生屋は言葉を失《うしな》って立ち尽くした。確かにあの戦いでは、何故《なぜ》か家並みを踏み潰しながら戦った記憶がある。けれど破壊の女王は酷《ひど》い、酷すぎる。

「よくもそんなことを。わたくしだって必死だったのです！　次から次へと幻獣は涌いてくるし、あの状況下でそんなお行儀《ぎょうぎ》良く戦えませんでしたっ！」

「フフフ、わかってますよ。今のはほんのジョークですゥゥ。あの戦いの時はわたしもゴブリンと鬼《おに》ごっこして遊んでましたぁぁ」

「ま、真面目にやってくださいっ！」引っ込みがつかなくなり、壬生屋は岩田に詰め寄った。乙女《おとめ》の怒りが大好物か、岩田は嬉しそうに身をひるがえして逃げ出した。

「許しません！」リミッターを解除《かいじょ》された壬生屋は岩田を追いかけて教室内を駆け回る。指導教官が茫然《ぼうぜん》と立ち尽くす。生徒たちはわっとはやしたてた。それまで雲の上の人と思っていたエースパイロットの変貌《へんぼう》ぶりが面白かったのだろう。

壬生屋は教室の隅に岩田を追いつめ、夢中《むちゅう》で叫んだ。

「あの戦いは、熊本城の戦いはそんな、笑って済ませられるものではありませんでしたっ！死ぬかと思ったんですから！　今日が最後の日になると思ったんですから！」

「ノォォオ、壬生屋は怖いですゥ。謝ります、謝りますゥ」

岩田は大げさな身振りで両手を合わせ壬生屋に謝った。

「落ち着け、壬生屋。もののふが平常心ば失ってどぎゃんする？」中村がなだめる。

もののふ、平常心という単語を聞かされ、壬生屋は、はっとして握りしめた拳を解いた。

「あの、わたくし……つい我を忘れて」

「うんうん、気持ちはわかる。ばってんまだアタは質問に答えとらん」中村は重々《おもおも》しく言った。

「質問って、なんでしたっけ？」壬生屋は恥ずかしそうに俯いた。

「士魂号Lで人型戦車と同じ活躍がでくるか、たい。ま、壬生屋に代わって答ゆんなら、確かに地形に左右《さゆう》されん人型戦車は市街戦に有効たい。ばってん、生産コストの高さ、整備の手間《てま》から今でんこっから先でん人型戦車が大量に配備《はいび》されるこつはなか。人類側の主戦兵器はあくまでん士魂号Lたい。射撃《しゃげき》地点を考え、運用《うんよう》すればそこそこ戦果《せんか》ば挙げらるる」

中村がやけにもっともらしいことを言った。

「そ、そうですわ。ビルの谷間みたいなところに潜《ひそ》んで敵を狙撃《そげき》すれば、火力は士魂号Lのほうが上ですから戦果は挙げられると思います」

壬生屋は救われた思いでたった今、思いついた戦術《せんじゅつ》を口にした。自分みたいに大立ち回りをやらず、確実に敵を一体一体仕留《しと》めていけば、かなりの戦果が期待できるだろう。

「例えば――わたくしが敵を引きつけ、大通りを移動します。通りの左右に士魂号Lが展開《てんかい》して敵を待ち伏せすれば十分な戦果が挙げられます」

それまで心配そうに様子を見守っていた教官が大きく頷《すぐ》いた。

「聞いての通りだ。士魂号、人型戦車は確かに優れた兵器だが、いかんせん数が少なく、整備にも手間がかかる。士魂号に憧《あこが》れるより、主戦兵器の士魂号Lを有効に活用せよと壬生屋百翼長は説《と》いておられるのだな」

あの、そんな立派《りっぱ》なものじゃないんですけど、と壬生屋は顔を赤らめた。

「そ、それではそろそろ……」

壬生屋が口を開くと、さっといくつもの手が挙がった。

どうやら地を出してしまったお陰で、生徒たちは壬生屋に親しみを覚えたらしい。神妙《しんみょう》な顔で壬生屋の話を聞いていた時と表情が明らかに異《こと》なっている。壬生屋が指名するのを待たず、生徒のひとりが質問を発した。

「あのォ、壬生屋百翼長の好みのタイプはどんな男性ですかぁ？」

思いもよらなかった質問に、壬生屋はかぁっと顔を赤らめ、俯いてしまった。

これは何かあると思った生徒たちが、我がちに口を開き始めた。

「もう彼氏がいらっしゃるとか？」

「えっ、そうなんですか？　きゃー」

「うわぁ〜ん、私の百翼長さまに彼氏がいたなんてぇ」

「彼氏ってどんな方なんですか？」

「か、彼氏だなんて、そんな——」壬生屋は口ごもった。

「フフフ、質問には答えることですよ。実は壬生屋の彼氏はわたしだったのだぁ——」

岩田がまたしても挑発《ちょうはつ》をする。壬生屋はまたしても釣られて岩田を睨みつけた。

「嘘《うそ》。嘘です！　わたくしの彼氏は、彼氏は……」

言いかけて壬生屋は、がっくりと肩を落とした。ここ数日、抑《おさ》えつけてきた感情が溢《あふ》れ出していた。指揮車オペレータの瀬戸口隆之の顔が脳裏《のうり》に浮かぶ。

まだ訓練生だった頃《ころ》から、瀬戸口には随分とフォローしてもらってきた。不器用《ぶきよう》で世間《せけん》知らずで、情緒《じょうちょ》不安定だった自分を瀬戸口は愛想《あいそ》を尽かさず、面倒を見てくれたと思う。自分と瀬戸口は共に熊本城の死闘をくぐり抜け、生還《せいかん》した。

攻防戦の翌日《よくじつ》、隊全員でピクニックに行った時、並んで海岸の波打《なみう》ち際《ぎわ》を歩きながら、瀬戸口さんは「壬生屋が生きていて良かった」と言ってくれた。

嬉しかった。本当に生きていて良かったと思った。あの時、あの時、思い切って……しかし、何も言えるわけはなかった。

瀬戸口さんは自分のことなどなんとも思っていない。それはわかっていた。女性には誰に対しても優しいのだ。わたくしに対してもそうなだけだ。昨日、手を繋《つな》いで街を歩いたのも、わたくしだからという理由ではないのだ。

「いつも人のこと馬鹿にして、冗談《じょうだん》ばっかり言って、それでいて顔はとてもきれいで、誰にでも優しい。けど彼氏なんかじゃない……あの人にとってはわたくしも大勢の中のひとり――」

壬生屋は完全に自分だけの世界に入り込んでいた。

「あー、それでは質問は終了《しゅうりょう》。トレーニングの時間だ。体操着に着替えて校庭に集合」

士魂号乗りに変わり者が多いと聞いていた教官が、話が戦場でのそれから逸脱《いつだつ》し始めたのを見て取って口を挟んだ。

途端に「えーっ」と生徒たちから抗議《こうぎ》の声があがった。壬生屋は独白《どくはく》をやめ、きょとんとした表情で教室内を見渡した。

「あのォ、一緒にトレーニングしませんか？」

誰かがおずおずと口を開くと、皆、堰《せき》を切ったように、

「もう少しいいですよね」

「百翼長殿《どの》ともっと一緒にいたいです」と叫び始めた。

生徒たちにわっと取り囲まれ、壬生屋はどうして？　と首を傾げた。

「わたくしなんかといて楽しいですか？」

「とっても楽しいです！　百翼長ってなんだか可愛《かわい》いし」

生徒の言葉に、こら、と教官が注意する。変わり者とはいえ、仮《かり》にもエースパイロットの百翼長を「可愛い」呼ばわりするとはと気色《けしき》ばんだ。このまま滞《とどこお》りなく講演会を終了したいと願う教官の思いとは裏腹《うらはら》に、一緒にいて楽しいと言われた壬生屋は立ち去る様子もなく、生徒たちに向き直っていた。

「それで……トレーニングは何を？」

「はい、格闘訓練《かくとう》です。ウチの教官って厳《きび》しいんですよ」

こう言われて、壬生屋は口許に手を当て、くすくすと笑った。

「わたくしはもっと厳しいんですけど。それでもよろしければご一緒しましょう」

その言葉を聞いた中村と岩田の目が、きらりと光った。

**●五月七日　午前十一時三十三分　自衛軍演習場**

ちっくしょー！　なんで期待していた昼飯がよりによってカレーなんだよっ！　しかも昨日五杯も食ったマッシュポテトカレーなんて……隠蔽工作の呪《のろ》いか？　自衛軍の策略《さくりゃく》か？　ん、それにしてもこの煮物《にもの》うまいな……。

「それにしたって、泣くことはないいんじゃないのかな？」

滝川の物思いを森のひと言が遮《さえぎ》った。

「泣いてなんかないぜ……んぐ……このうえなく切なくはなったけど」

田辺からもらった弁当のおかずを飲み下して滝川が答える。

「泣いてたよ、少なくても涙は溜《た》まってた」

ふたりは自衛軍演習場の隅にある、芝生に腰かけて弁当を食べていた。

「そりゃ泣きたくもなるって。二日続けて食えないよ、あのカレーは……あ」

そう言った滝川を森が睨みつけた。それもそのはずで、自分で言った通り森の弁当は昨日のカレーなのである。

「それを食べてるわたしは何者なのかしら？」

「い、いや、なんて言うかなぁ、俺の場合すでに口の中がトンカツとかステーキとかになっちやってたわけ。もう手遅れもいいとこでさ、ほんと。昨夜《ゆうべ》から思い描いてたんだから……」

慌てて滝川が取り繕《つくろ》う。しかし、森は別段怒った様子はない。

「思い込みが激しすぎよ、滝川君は。それに昨日あんなに意地になって食べるからいけないんだよ。味自体は美味《おい》しいんだから、このカレー」

「まあ、確かにな。あ、森もこの煮物食ってみろよ？　うまいぜ」

そう言って箸でニンジンをひとつつまむと森の口元に持っていった。森が一瞬の躊躇《ちゅうちょ》の後パクリと食べる。

「……味が染《し》みてて美味しい」

頬を少し赤らめながら森が言った。

傍《はた》から今のふたりのことを見たら間違いなくカップルに見えたはずだ。

だが滝川はそんなことは気にもせず、やっぱり森は煮物が似合うな、などとつまらないことを考えていた。

「だろ、ステーキはダメだったけど、これはこれで儲《もう》けちゃったたって感じ」

滝川の嬉しげな声が響《ひび》いた。

森はちらと滝川の様子をうかがった。さっき滝川の箸《はし》から直《じか》にニンジンを食べたことで、急にふたりで食事をしていることを意識しだしたようだった。

そんなふたりに構わず、演習はなお続いていた。滝川は森を見た。

「中尉さん、いい人だけど、やっぱし息が詰まるよな。もうすぐ戦争も終わりだっていうのに、どうしてこんなところに来なきゃならねえのかな」

滝川のぼやきに、森も頷いていた。

「……そうね」

赤らんだ頬を滝川に見られないように、少し俯き加減で森が答えた。

「来賓席とか、アドバイスとか俺の柄《がら》じゃねえって」

「だけど、ちゃんとアドバイスになっていたと思うけど」

思った通りのことを森が言うと、滝川はほっとため息をついた。

「俺なんかがアドバイスするってのも、なんだかな」

自分を卑下するような滝川の発言に森が反論する。

「そんなことないよ。昨日のミノタウロスの撃破《げきは》のことは芝村さんも司令も誉《ほ》めてたし」

「なんだよ、あの時は危ないとか言っておいて」

森がうん、とひとつ頷く。

「そうなの、だからなおさら滝川君ってやっぱりパイロットなんだなあって思ったわ」

「そうか？　けど、森もすげー格好《かっこう》良かったぜ。中尉にぱっと書類なんて出しちゃって。整備ってやっぱし頭良くないとできないんだなって。……なあ、森はこれからどうするんだ？」

「えっ？　きょ、今日は特に……予定はないけど」

森の顔の赤みが急に増した。

「あ、それもそうなんだけど……今後のこととかも」

滝川は照れくさげに頭を掻《か》いた。

森は滝川を意識した自分の勘違《かんちが》いに、恥ずかしさも手伝って「やだっ」と声をあげた。

「なんだ、そんな聞き方するからわたしはてっきり……」

森の照れと慌てようが伝染《でんせん》して、滝川も森を意識し始めていた。

「あ、それも聞こうと思ったんだよ、ほんと」

「ならいいけど……」

なんとか落ち着きを取り戻し、滝川が仕切り直す。

「うん。で、どうするんだ？　大学に入って先生になるとか、それとも整備を続けるとかさ」

「あれだけの激戦から何日も経ってないからピンと来ないけど……」

森は先月二十四日の熊本城での決戦を思い浮かべるように少し上目《うわめ》がちで続けた。

「……そうね、先生は面白そうだけど、人前で話すより身体動かして働くほうが好きだしね。まだ当分は、整備の仕事に就《つ》いていると思う……それに……」

そこで言葉を切ると森はちらっと滝川に視線を向けた。

視線が絡《から》み合った時、滝川は内心でドキッっとした。

これは昨日の戦闘の後に言ったことが伝わったってことか？　俺の愛機の整備をしてくれるってことなのかぁ？

「……あ、そ、それは奇遇《きぐう》だなぁ、俺もパイロットで残ることにしようと思ってさ……」

森の顔が一瞬呆《あき》れ顔になる。

「奇遇って……昨日、無線《むせん》で宣言《せんげん》してたじゃない。みんな知ってるわよ」

やっぱり、昨日言ったことは伝わっていたんだ。さっきも何か言いかけてちらっとこっちを見てたし……もしかしたら……。

「じゃあ……森も希望するんだ？　隊に残りたいって」

これは脈《みゃく》ありと思い、喜び勇《いさ》んで聞き返す。だが、森は少し考えてから切り出した。

「……わたし、原先輩について行こうと思ってたの。物凄く優秀だし、統率力《とうそつりょく》もあるし……いろいろ教わりたいこともあったし……」

確かに、原の存在は整備班に大きな影響力を持っている。昨日の裏庭での一件が示すように原がいないだけで整備の連中《れんちゅう》の様子はなんだか変だ。全員がイライラしているという感じだ。あの後も、原さん抜きだとこんなんなっちまうのか？　と滝川なりに考えたりした。それと、森の言い方がすでに過去形になっていることも気になった。

「原さん……ほんとに速水と……？」

気になっていたことを、滝川は思わず口にしてしまっていた。原を心配している森に、軽はずみなことを言うなと叱責《しっせき》されるかと思ったが、意外なことに森は冷静だった。

「噂《うわさ》だと、原さんが明け方に速水君の部屋から出てきたのを同じ階に住んでいる人が見たんだって……最近、ふたりきりでいることも多かったから……わたしも士魂号の前でふたりが話し込んでるところを見たことがあるし」

火のないところに煙《けむり》は立たない。森はそう言っているようだった。

「自然休戦期に入ったら、希望者以外は除隊《じょたい》になるらしいし。わたしたちの隊もばらばらになるのかな」

森はつぶやくようにそう続けると、下を向いて黙ってしまった。

整備班のトップとエースパイロット。善行司令に振られた原と、芝村に振り回されている速水。急速な接近も有り得ない話ではない。

もっと言ってしまえば、あと数日で休戦であり、放っておけばこのまま除隊となるのならこのタイミングでいなくなったところで軍にとっても大した問題ではないだろう。

どこか遠くで、ふたりがカップルのようにいちゃいちゃしている図が滝川の脳裏に浮かんだ。

「ちくしょ～、うらやましいな……」

「えっ？　滝川君何か言った？」

口から洩れた独り言を聞かれて、慌てて滝川は言葉を探す。

「いや、何も……それより、森ならきっと整備班を任されたとしても立派にできると思うぜ」

「そんな、無理だよ。あまり買い被《かぶ》らないで」

「そんなことないって、できるよ。それに5121がバラバラになっても、軍に残るやつがいれば一緒にいられるわけだし……少なくとも、俺は……残るつもりだし」

「そうだね」そう言って森がやっと笑顔になった。

それを見て、滝川が勢い込む。今だ、今しかない！　身体を乗り出して言った。

「あのさ……一般論《いっぱんろん》として、あくまで一般論としてだけどさ――」

ぐっ、と近づいた滝川に「うん」と頷いて、少し身を引く森。

「――今だってふたりがいなくなっても病欠扱いなんだから、休戦後にさ、学兵というか軍務に就いてる男女が……その……こ、恋をしたって、いいんだよな？」

目を見開いて、んっと唾《つば》をひとつ飲み込んで森が緊張した口調で言った。

「あ、あくまで一般論として……だけど……軍務に就いていても、恋はしたっていいと思う」

間近で森の目をのぞき込んだまま「それがパイロットでも整備士でも？」と滝川。

「それがパイロットでも整備士でも」と森が同じ言葉で滝川の疑問文を肯定《こうてい》文にしてみせた。

しばらく黙って、そのまま見つめ合う……というよりは睨み合っていたふたりは、ほぼ同時に「うん」と、頷き合った。

## ●五月七日　午前十一時四十二分　尚敬校グラウンド土手

ちぎれ雲が風に流され、上空を駆けてゆく。

滝川と森が演習場で怪《あや》しい盛《も》り上がりを見せているのと同じ頃、舞は空を見上げたまま、燦々《さんさん》と陽《ひ》が降り注《そそ》ぐ尚敬校《しょうけいこう》のグラウンド土手《どて》に寝そべっていた。

季節は春の盛りになっていた。二カ月前、初めてこの学校に来た時とは較べものにならぬ濃厚な植物の匂いを舞は肺《はい》一杯に吸い込んだ。

にもかかわらず、舞は不機嫌な自分を持てあましていた。

あやつは……厚志はいったい何をやっているのだ？

善行は、疲れているのだろうとか、風邪を引いたのだろうと言うばかりであくまで病欠扱いに拘っている。

確かに士魂号に乗るのは疲れることだ。二十四日の、生死を懸《か》けた大一番《おおいちばん》の戦闘の後だということもわかっている。

しかしわたしは元気だぞ？

そしてあの破廉恥《はれんち》な噂だ……たわけめっ。

そのせいか5121の他の隊員たちの態度も妙《みょう》だ。舞が近づくと何故か周囲は沈黙《ちんもく》する。目《め》配《くば》せし合う気配《けはい》やら、隅でこそこそささやく声が聞こえる。厚志と原の件に関して誰ひとりとしてまともに会話をしようという者はない。

いったいわたしをなんだと思っているのだ。原の恋敵《こいがたき》だとでも？

有り得ない。しかし、この悶々《もんもん》として落ち着かない気持ちはなんなのだ？

と、舞はグラウンドを走る尚敬校の女生徒たちを目で追いながら考えた。

きっと、わたしはたるんでいるのだと舞は思った。こんなつまらぬことで悩むなど、精神がたるんでいるに違いない。

ふと目をやると、裏庭には装備・物資《ぶっし》がだらしなく積み重ねられたままだ。整備の連中も最近は作業中にやたらと私語《しご》をするし、余暇《よか》を利用して訓練をする隊員の姿も見られなくなった。

やはり、そういうことなのか……？　休戦期が近いということもあって少し隊全体がたるんでいるということなのだろうか？

事実上の終戦ということでもあり、学兵である５１２１小隊の中にも隊を後にする者もいるだろう。そうした兵が、終戦ムードになっていくのはある程度は仕方ない。

しかし、しかしだ。芝村のわたしがたるんでいるわけにはいかない。そうだ、こういう時はトレーニングだ。そうだ、同じようにたるんでいる厚志もトレーニングが必要だ。いつまでも風邪で休んでいるわけにもいくまい。そうだ、そうなると厚志の部屋に行って誘ってやらねばなるまい。わたしは決して、あやつの部屋に行きたいわけではない。様子を探ろうとなどとは思ってもいない。滅相《めっそう》もない。あのような噂など笑止千万《しょうしせんばん》だ。ただ同機のパイロットとして、疲れたなどと言っている精神を鍛《きた》え直さなければいけない。そうだ、そうに決まっている。そうに違いない。よし、厚志の部屋に行ってみよう。いや、行くしかない。行かねばなるまい。

かなり無茶な論理の飛躍《ひやく》で半ば強引《なかごういん》に自分を誤魔化《ごまか》しながら、舞は身を起こした。

「退屈《たいくつ》そうですね」声がかかって、舞は相手を見つめた。善行が笑いかけていた。

「用事ができた。これから速水の部屋を訪ねなければならん」

「これからですか？　急ですね」突然のことに善行が問い返す。

「うむ……まぁ、トレーニングだ」

舞の意味不明な言葉に、善行は苦笑した。

「まぁ、それがいいでしょう。彼にはあなたが必要かも知れませんから」

「そうか、やはりトレーニングは必要とそなたも思うか、そうか」

ひとり納得《なっとく》する舞に再度善行が苦笑を返す。

「ところで、原はどうする？」

「どうするというと？　やはりトレーニングですか？」

わけがわからないまま、善行も舞の言い分に合わせたようだった。すると舞は強く頷いた。

「むろん、あやつにもトレーニングは必要だと思うが」

敢えて反論《はんろん》はせず、少し間をおいて善行が答える。

「そうですね、でしたら原さんは私が訪ねてみましょう」

「ふむ。それがいい。彼女もそなたを必要としているかもしれんからな。では先を急ぐので」

そう言って舞は小走りに門に向かった。

離れていく舞の背中を見ながら、芝村とはいえ彼女も女の子なのだなと善行は思った。トレーニングという意味不明な言葉を動機に、気になる男子のもとへ向かっていく。悪い気はまったくしなかった。むしろ可愛らしく清々《すがすが》しくさえある。

そしてもうひとつ、休戦がさまざまな形でさまざまな影響《えいきょう》を及ぼしているのだと思った。

※

## ●五月七日　午前十一時四十二分　純心女子戦車学校校庭

「さあ、さあ、どうしたのです？　このぐらいで座り込むようでは先が思いやられますよ！」

壬生屋は声をあげて生徒たちを叱咤《しった》していた。

校庭の中央に壬生屋は立ち、一度に数人の生徒を相手にしては次から次へと地面に転がしていた。何度も転がされ、息を切らした生徒がほうぼうに座り込んでいる。

中村は校庭の隅に佇んで、そんな光景を見守っていた。

経験談なんて馬鹿たれなイベントをすっ飛ばして、初めから格闘訓練の授業にすれば良かったのだ。士魂号は生体脳《せいたいのう》を使った特殊《とくしゅ》な兵器で、パイロットは遺伝子《いでんし》適性《てきせい》のあるなしが才能のあるなしがすべてだ。士魂号パイロットの経験談など一般兵には茶番《ちゃばん》でしかない、と中村は珍しく生真面目な表情で考えていた。

「それにしても善行さんも心配性《しんぱいしょう》ですね」岩田が中村の横に立つと口を開いた。

「まあな。俺の見たところ壬生屋は何も知らんけん。士魂号の機密に話が及んだら止めろと念《ねん》ば押されたばってん、この分じゃ俺らのほうがやばかぞ」

「フフフ、そのことに関しては考えないことですよ。芝村にそこそこくっついていれば、わたしたちは安全でしょう。百パーセントとまでは行きませんが、保証しますよ」

考え込む中村に、岩田はこともなげに言った。

「……おまえに保証されてもな。ばってん、まあ、考えてもしょんなか」

中村は大きく伸びをすると再び壬生屋に視線を戻した。

「なんだかんだ言って、壬生屋は楽しそうですね」

「あってよか。にしてもアタもワルさ〜。壬生屋ばまんまと怒らせて」

「よそ行きの顔した壬生屋なんて面白くありませんよ。壬生屋未央は怒っている時が一番プリティ。近頃、元気がないから面白くなかったですゥ」

「哀れかつ。瀬戸ロン馬鹿たれのこつ……」と言いかけて、中村ははっと目を見開いた。

二度三度、瞬《まばた》きして頬をつねってみる。夢じゃなかった。

中村の視線を追って、ノオオ、と岩田は歓喜《かんき》の声をあげた。

壬生屋は素足《すあし》になっていた。そういえば、格闘訓練の時は素足のほうが動きやすいと壬生屋は言っていたな、と中村は思い出していた。柔術《じゅうじゅつ》をベースにした壬生屋の動きには確かにそのほうがいいだろう。

「フフフ、発見しましたぁぁぁ」

岩田の示す方角、校庭隅のベンチの横には草履《ぞうり》が揃えてあり、その上には真っ白な足袋《たび》がちょこんと乗せられていた。

ふたりは女子の靴下《くつした》をコレクションするという特殊《とくしゅ》な趣味《しゅみ》の仲間であった。そして、ふたりにとって壬生屋の白足袋は憧れであった。清楚《せいそ》で、凛《りん》として、あくまでも純情な壬生屋の足袋。それがあのように無防備な状態で目の前に存在するとは——。

ふたりは重々《おもおも》しく頷き合うと、そろそろとベンチへと移動した。

「ぬおおお、こ、この手触《てざわ》り——」

「フフフ、わたしは今、猛烈《もうれつ》に感動していますウウウ！」

ふたりは恍惚《こうこつ》の面持《おもも》ちで頬擦《ほおず》りまでし始めていた。

その時、格闘訓練をしている女子生徒たちの方から嬌声《きょうせい》があがった。

見られたかと思い、ぎくりとしたふたりが声の方を見ると、先刻《せんこく》と同じように生徒たちが壬生屋の周りを取り囲んで質問攻めをしていた。

ほっとしたふたりはその声に耳を傾けた。

「壬生屋百翼長の彼氏さんは５１２１の隊員の方なんですか？」

「えっ、あ、何を急に……」さっきと同じようにしどろもどろの壬生屋。

「５１２１小隊って、熊本城決戦のヒーローですものねぇ、憧《あこが》れちゃう」

うっとりしたようにひとりの女生徒が言う。

「士魂号のパイロットなんてもてるんだろうなぁ」

「私は壬生屋お姉さまがいいっ、きゃ〜」

それぞれが勝手な妄想を口にし始めた。

「そいえば、パイロットじゃないけど、かっこいいひといたじゃない？」

「いるいる、確か車外スピーカーで話す人じゃない？」

「指揮車でしょ。オペレータの」

その言葉に壬生屋が動きを止める。だが、女子生徒たちのおしゃべりは止まらない。

「あ〜、私その人に声かけられたことある。まだ５１２１の人だなんて知らなかった時だから断っちゃったけど」

「私もある……確か、瀬戸なんとかって人じゃない？」

人知れず壬生屋の顔が紅潮し始める。

「けっこうかっこいいよね、あの人。私も一度お茶した」

「ええ、そうなの、いいなぁ」

「学校の前とかにいれば、誘ってくれるよ。あんまり見境《みさかい》ないみたいだったし」

あははは、と女子生徒たちの笑い声が響く。

「でもかっこいいなら、いいじゃない。今度わたしも待ってみようかなぁ」

「でも軽い感じだから、彼氏には向かないよね。でも５１２１小隊って他にもかっこいい人いるからねぇ」

「壬生屋百翼長がうらやましい。５１２１に彼氏がいるなんて」

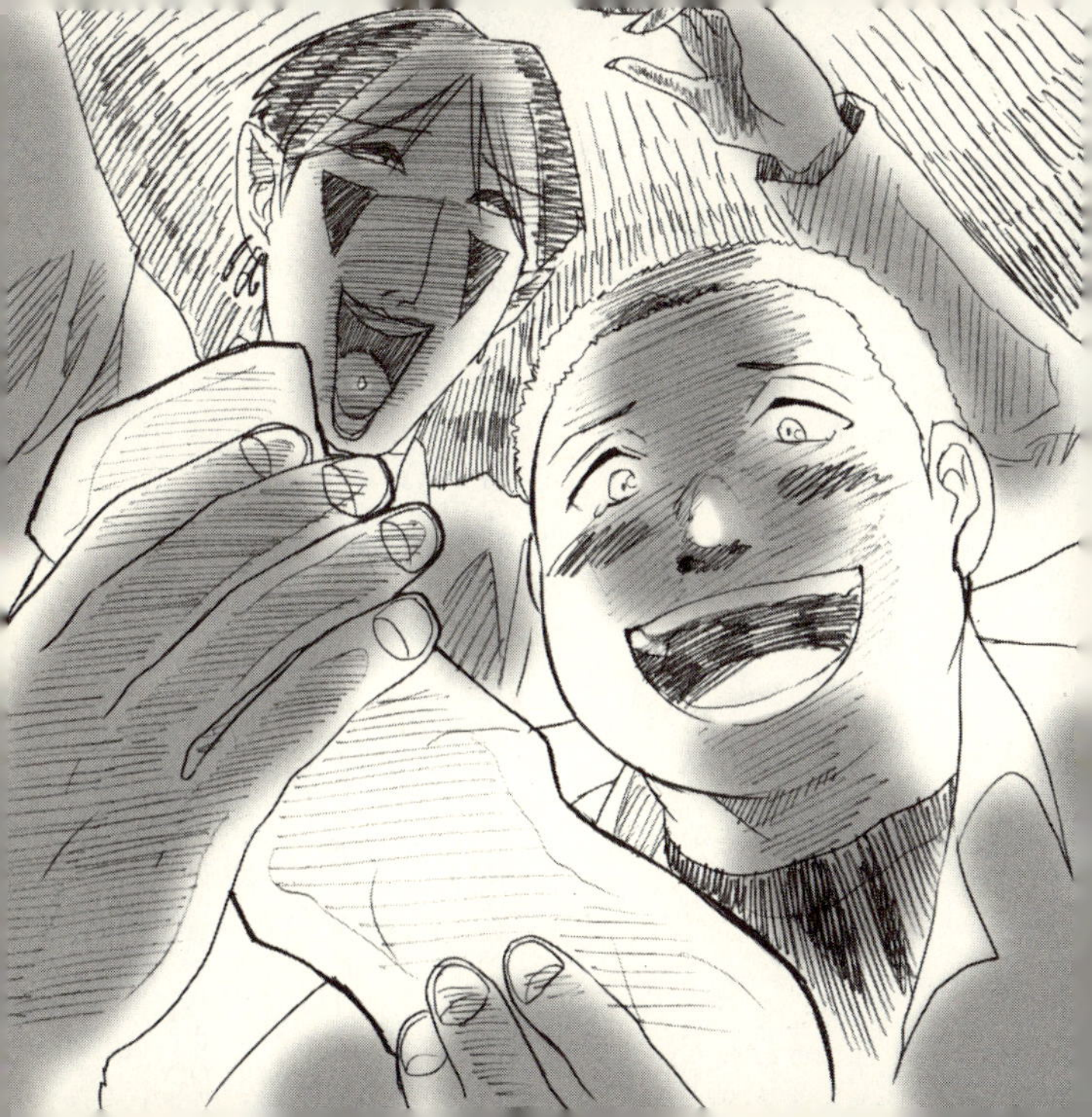

「それで、どんな人なんですか？　彼氏は？」

そんな楽しげなひと時に、仁王立《におうだ》ちで顔を真っ赤にした壬生屋のひと言が終止符《しゅうしふ》を打った。

「う、浮気者《うわきもの》っ！」

しばらくの間シ～ンとなった校庭に、女の子たちのひそひそ声がで始めた。

あの人が百翼長の彼氏だったの？　うそぉ～。壬生屋お姉さまは凄く真面目そうなのに。似合ってなくない？　でも今「浮気者」って。ていうか、百翼長怒ってるよ。やばくない、やばくない？　今日がその彼氏の命日《めいにち》ね……ｅｔｃ《エトセトラ》、ｅｔｃ《エトセトラ》。

そんな女子生徒たちの言葉など耳に入らないかのように、壬生屋は中村、岩田ふたりの前につかつかと歩いてきた。

「わ、わたくし、帰ります……」

目を三角にして怒りを押さえ込みながら壬生屋が言った。

身体を壬生屋に向けたまま、ふたりは背中に回した手でじゃんけんをした。負けた中村が神妙な面持ちで口を開いた。

「そぎゃんじゃなかて、壬生屋――」

「え……？」

予想もしていなかった中村の言葉に壬生屋は虚《きょ》を衝《つ》かれて目を向けた。

「そぎゃんじゃなかて言いよっどが」

「何が、何がですか？」

わけがわからず、壬生屋は中村に嚙《か》みつきそうな勢いだ。

「瀬戸口は、アタの彼氏じゃなかろが」

この冷静な言葉には壬生屋は何も言い返せなかった。俯く壬生屋に、中村が優しい声で言い添《そ》えた。

「まだ、な」

壬生屋が顔を上げる。

「そげんあっとに、アタは、はらかいとる《怒っていい》。なしてはらかいとっとかていうと、瀬戸口が好きだけん、やつに恋ばしとるからはらかいとると」

「そ、そんなこと……」

「認めんちゃよか。ばってん、認めんなら、アタにはここではらかく資格はなか」

何か言おうとはしているものの、壬生屋には反論する言葉がない。

「認むっとよか。好きて、恋ばしてるて。好きじゃなかならしょのまんたい《嫉妬しない》。ジェラシーば恋のうちぞ」

中村はそう言いながら、壊滅《かいめつ》的に似合わぬセリフに顔を赤らめていた。だが、ここはと決めて一気に口にした。

「恋ばしとんならはらかいたっちゃよか。してから、もしその思いば本人にぶつけたかなら、やつばアタの本物の彼氏にするこつたい。ふんなら、泣くなりはらかくなりしてやつの浮気癖《ぐせ》止むっとよか。彼女にはその権利があっとだけん、な」

「彼女……」壬生屋は、ぽつりとつぶやいて、頬を染《そ》めた。

「ま、彼の浮気癖は手強《てごわ》いですがね」

壬生屋に聞こえるか聞こえないかの声で、ぼそりと岩田が言った。

中村は岩田のボディにパンチを食らわした。

「茶化《ちゃか》しとらんで、ぬしゃもなんとか言えっ！」

中村のパンチに、さほど堪《こた》えた様子もなく岩田が言う。

「フフフ、わたしたちはずっとあなたのことを見てきました。あ、変な意味じゃないですよ」

おまんが見てたのは足袋だけたいと中村は突っ込みたくなったが、辛うじて耐えた。

「中村さんが言った、メロドラマでも使わないようなくっさい台詞《せりふ》も、ある意味では真理《しんり》ですから、もう戦争も終わることですし恋に生きちゃったらいかがです？」

こやつ……ふたりきりになったら思い知らせてやる、と考えながら今回も中村は堪え、そして言った。

「今回の原さんと速水の一件が示すごつ、恋にルールはなか。抜《ぬ》け駆《が》け、騙《だま》し討《う》ち、横恋慕《よこれんぼ》、なんでもありのバーリトゥードゥぞ。だけんアタも、投げ飛ばすなり殴《なぐ》り倒すなりして、やつば彼氏にしてしまいなっせ」

「そ、そんなことしませんっ」

壬生屋はそう言いながらも、自分の心の中を探《さぐ》っているようだった。

「なぁ壬生屋」壬生屋が目を向けると、中村はにやりと笑った。

「わかったら、大声出して脅《おど》かしてしもうた、あん女子生徒さんたちに謝って、もう一度仲良くしてきなっせ」

中村の言葉にはっとして、壬生屋が振り返る。

その視線の先には好奇《こうき》の色を満面《まんめん》に浮かべた女子生徒たちの顔があった。

いったい何があったの？　ほんとにあの人が彼氏なの？　彼の浮気に百翼長はどう対処《たいしょ》するの？　私のお姉さまは男子に純潔《じゅんけつ》を……？　私も彼氏が欲しいっ！　などなど、彼女たちの目からは、無数の教えて光線が放たれていた。

「ふんなら俺らは帰るけん。恋せよ乙女。健闘を祈る」

中村がさっと敬礼をすると、岩田もそれに続いた。

「あ、あの……」

生徒たちの視線に晒《さら》されながら、何がなんだかわからず、壬生屋は言葉を探した。

「俺らはこれから昨日に引き続き、またメーカーに行ってくる。励めよ」

中村はそう言うと乗ってきた軽トラックの運転席に飛び乗った。岩田も素早く助手席に乗り込む。そして「夢をありがとうございましたぁぁ」と壬生屋にひらひらと手を振った。もう一方の手には白い足袋がしっかり握られていた。

岩田が言った最後の言葉の意味がわからず、遠ざかってゆく軽トラに手を振り返しながら、壬生屋は小首を傾げた。

## ●五月七日　午後一時　5121小隊司令室

善行は足をデスクの上に投げ出すと、椅子《いす》にもたれた。最近また吸うようになったタバコを取り出し、火をつけた。

どうしたものかと考え込む。

臨戦態勢《りんせんたいせい》を採《と》るべき状況《じょうきょう》なら考え方もある。いない者になど期待せず、力づくでも態勢を整えるだけだ。しかし、休戦まであと数日だ。戦闘自体もほとんどなく、休戦期に入れば志願でもしない限り除隊となる学兵たちを締めつける必要があるのだろうか？

もちろん軍に属している隊である以上、軍規《ぐんき》は守る必要がある。とはいえ、この時点でルールという言葉だけで縛《しば》りつけるのはあまり実際的ではないような気がしていた。

ある程度、手綱《たづな》を緩《ゆる》めるのは致《いた》し方《かた》ないと考え、ここ数日は隊員たちの裁量《さいりょう》に任せていた。

そこに降って湧いたような出撃命令と、消えたふたり。どちらかが数日ずれてさえいたらここまでの大騒ぎにはならなかっただろう。なんともタイミングの悪い……。

それにしても、自分も甘ちゃんになったものだと善行は自嘲《じちょう》の笑みを浮かべた。

「ちょっとよろしいですか、善行さん」

声をかけられて善行は顔を上げた。司令室の入口に五分刈《ごぶが》りにサングラス、ゴルフシャツの三十男が佇《たたず》んでいた。教官の坂上久臣《さかうえひさおみ》だった。

「警察署《けいさつしょ》に行ってきました」

坂上は苦笑いを浮かべた。

「事件ですか？」

「ええ、たまたま事件の目撃者《もくげきしゃ》になりましてね。傷害《しょうがい》事件です。熊本城攻防戦からこのかた、急に脱走兵《だっそうへい》が増えましてね。逃げようにも交通は遮断《しゃだん》され、移動手段は限られているんで市中に潜伏《せんぷく》しているというわけです。食い詰めた脱走兵が、特に危険です」

「お疲れさまです」

善行はやれやれというようにかぶりを振った。モラルという観点《かんてん》から現在の熊本市内の状況を考えてみれば、憂慮《ゆうりょ》すべき状況にあると思った。

戦闘続きの過酷《かこく》な日常から解き放たれつつある兵——特にハイティーンの学兵が、自然休戦期を間近《まぢか》に控え、生き残った喜びを抑え切れぬのはもっともなことだろう。暴走《ぼうそう》して、隊を脱け出し、遊兵《ゆうへい》となって街をさまよう。

そのうちに本物の脱走兵となり、食い詰め、犯罪を犯す。むろん、少年たちを強制《きょうせい》的に学兵として徴兵召集《ちょうへいしょうしゅう》するという国の政策《せいさく》が諸悪《しょあく》の根源《こんげん》なのだろうが。

善行が沈黙《ちんもく》していると、坂上は挑発するように「気になりませんか？」と言った。

確かに、言われてみれば近況《きんきょう》報告だけで坂上が話しかけてくるなど考えにくい。

「そう言われると気になりますね。どんな事件だったんですか？」

そう来なくては、とでも言いたげにニヤリと笑うと、坂上が話し出した。

「目撃した時は民間《みんかん》の若者が学兵を襲《おそ》っていると思ったんですよ。それが警察に行って調べてるうちに両方とも学兵……というか脱走兵だったんです」

「えっ、逆では？　学兵が民間人の恰好《かっこう》をした学兵を襲った――」

「いえ、その逆です」坂上が善行を遮って訂正《ていせい》した。「平服を着た学兵が学兵を襲った」

「……学兵が金品を持ってるとは思えませんが。あまり賢《かしこ》い犯罪とは思えませんね」

善行の言葉に苦笑を洩らして坂上が続ける。

「賢い犯罪とは面白いことを。それで、その平服の学兵は制服を狙っていたらしいのです」

「制服……何故そんな物を？」

「警察の話だとそういった軍服やら制服狩りが最近多いらしいです。制服が裏マーケットに流れているという噂です」

「噂……ですか？」

「なんに使うのかはわかりませんが、脱走兵から軍服を買っている連中がいるらしいです。捕まった脱走兵が言うには、その連中、５１２１の制服なら十倍で買うと言っていたらしいですよ。まさかとは思いますが、注意してください」

「襲われたのは女子生徒ですか？」

素朴《そぼく》な疑問を坂上に投げかける。

「いや、わたしが見たのは男子生徒でしたね。話では男女差はないようですよ」

「わかりました。しかし制服をね……」

善行は首を傾げた。女子生徒の制服や靴下《くつした》を欲しがる輩《やから》がいるというのは聞いたことがあったが……。

「警察、憲兵隊《けんぺいたい》にはいろいろな情報が集まってきます。役に立つと思いますよ」

坂上の言葉に善行は「なるほど」と頷いた。その方面からも当たってみるか。善行は眼鏡《めがね》を押し上げると、坂上に情報の礼を言った。

坂上を見送った後、当たり前のようにそのことを考えた。

あのふたりも制服狩りに巻き込まれたのだろうか？　しかし、連絡もないことを考えると監《かん》禁《きん》されたか殺されたことになる。それはさすがに考えにくい。

一応、考慮する材料とはするものの、固執《こしゅう》しないようにした。

窓の外を田代が通りかかるのが見えた。

「田代さん」

「なんか用か？」

さっき坂上がいたあたりまで田代が歩いてきた。

「その……あなたの友人たちの間で制服狩りというのを聞いたことは？」

「あるよ、でもそりゃ脱走兵たちがやってんだろ？　変な言いがかりは──」

まぁまぁと善行が軽く手を挙げて、田代の言い分を遮る。

「あなたの友人がどうのってことではないんです。ちょっと頼《たの》みがあっただけでして」

「頼み……なんだよ？」

怒り出さなかったことにほっとして、善行が言う。

「もしも、あなたの友人たちが多少でも抑止力《よくしりょく》になるようなら、５１２１小隊には手を出さないようにしてもらえないかと」

「あぁ、そういうことか。司令もいいとこあるじゃんか。いいよ。今日とか何もやる気しねぇから、これからでも行ってきていいか？」

管理者の前で、随分と大胆《だいたん》な発言を……と苦笑する善行。

「ええ、許可します。行ってください」

「許可します、ときたか。なんか任務みてぇだな。んじゃ行ってきます」

田代は、意気揚々《いきようよう》と立ち去っていった。

椅子に座り直して、善行はゆらゆらと立ちのぼってゆくたばこの煙を見上げた。

とりあえずの手は打った。そこで、最初の問題に立ち戻る。

ふたりはどこへ行ったのか？

原さんは強い。簡単には折れない。破局《はきょく》の一歩手前まで笑顔でいられるような女だ。だが、その半面、情緒不安定なところもある。それだけに……駆け落ちというのもかなり頷けることではあった。善行には、彼女と男女の関係であったという後ろめたさもある。もし、速水君とのことで彼女が幸せになれるのなら……善行は言葉を連《つら》ねようとしてかぶりを振った。

責任逃《のが》れのようにそんなことを考えていても仕方がない。そう思い至った善行は立ち上がって司令室を出た。できることをやろう。

身の危険を感じた場合、原ならどう動くか？　駆け落ちをするのならどこへ姿を隠すか？　ただの旅行だというのならどこへ向かうか？　わたしはあなたを見つけてみせますよ、と善行は心の中で原に語りかけた。

●五月七日　午後一時　熊本市城東町

狩谷のやつぅぅう、ほんっとむかつく！

新井木は昨日の怒りを持続したまま夜を越え、その怒りに任せて隊に顔を出さずに、熊本市街の城東町《じょうとうちょう》あたりを歩いていた。

休戦が近いことで街は活気《かっき》があったが、それも新井木の怒りを収めてはくれなかった。

他隊の学兵と肩と肩がぶつかって、そのたびに軽量な新井木はよろめくが、「ぼんやりすんな！」と怒鳴《どな》る――ことはできず、ぶつぶつとつぶやいてやり過ごした。暴力が珍しくもない学兵の世界で非力な女子である新井木は、そう強気には出られない。これがますます新井木のフラストレーションを高めていた。

だいたいなんなのさあの態度、と陰険《いんけん》眼鏡の顔を思い浮かべる。

前々から何かっていうと突っかかってきて人のこと馬鹿にして！　原さんがいなくなったらすぐに整備主任気取りになるし、周りもそんな狩谷に遠慮しているし。

あいつ、人のこと見下したくてしょうがないんだ。あんなやつ、いなくなればいいと新井木は拳を固めてずんずんと歩いた。

アスファルトがはがれた歩道を歩いていると、不意に水溜まりに足を突っ込んだ。水道管が破裂したか、泥水《どろみず》が足首の高さまで溜まっている。貯金して買った新品のバスケットシューズがと、新井木は情けない顔になった。

　戦争は嫌だなあと、ふと思った。

「おう、新井木じゃねえか」

　声をかけられ、新井木はあたりを見回した。巡らした視線の先で教官の本田節子《ほんだせつこ》が笑いかけていた。全身赤ずくめ、パンク風の服に身を包んで、何かというと生徒にエアガンを発射するので苦手だ。しかし逃げることもできず、新井木はにこっと可愛らしく微笑んでみせた。

「気持ち悪いやつだな。へらへら笑ってるんじゃねえ」

「……何やってるんですか、先生？」

　ビルに挟まれた駐車場だった。本田は城東町内会と書かれたテントの下で山と積まれた野菜の皮むきをしている。よく見ると、すぐ脇には巨大な鍋が置かれてあった。

　生徒だろうか数人の学兵が、本田と同じ作業をしている。

「炊《た》き出してな、これから豚汁《とんじる》をつくろうと思っているんだ。といっても肉の代わりに魚肉《ぎょにく》ハムをぶちこんだ貧乏《びんぼう》汁だけどな」

「ボランティア、ですか？」

「まあ、そういうことになるかな。どうだ、おまえも……あ、そういえば、何日か前に中村と岩田がカレー粉をたんまり持っていたが、隊でなんかあったのか？」

「ああ、ちょっとしたカレーパーティを……」新井木が答える。詳細《しょうさい》までは言えない。

「そっか、隊でもそんなことしてるんだな……休戦が近いって感じがするな」

昨日の話が出たことで、新井木ははたと思いついた。

「そうだ、本田先生、あのね、実は昨日から原さんと速水君が行方知れ――」

本田はいきなり新井木の頭に腕を回すと、ひきずるようにして一緒に作業をしていた学兵たちから離れていった。

「おい新井木、今や5121は軍でも学兵たちの間でも注目されてんだ。こんなとこで軽はずみなことを言うんじゃねぇ」

いきなりのヘッドロックで慌てた新井木は、ただ「うんうん」と頷くしかできなかった。

「で、どうしたんだ？」新井木の頭から腕を離して本田が聞く。

「あ、あぁ……んと、原さんと速水君が行方知れず、っていうか駆け落ちしたんです」

本田は一瞬呆気《あっけ》に取られたような顔になったが、すぐに我に返ってにやりと笑った。

「あのふたりが駆け落ちだ？　人を担ぐのにも、もっとましな冗談があるだろう」

信じてもらえないことに少しむっとした新井木は、語気強く言い放つ。

「ほんとです、ほんとなんです」

そうまで本気になって言われ、本田の自信も少し揺らいだようだ。

「ちゃんと話してみろ」

一度強く頷いて、新井木が話し出した。

「昨日、幻獣とちょっとした小競り合いがあって、うちの隊にも出撃命令出たんですけど、その時にふたりが来ないことでちょっとした騒ぎになったんです。出撃命令だから連絡なくて来なければ命令違反というか軍規違反なんだけど、それを司令は病欠扱いにして隠蔽しようとして、その後に瀬戸口さんがふたりのことを調べに行ったら、速水君の部屋から早朝に原さんが人目を忍《しの》ぶように出ていったところを同じ階に住んでる人が何度も何度も目撃してるっていう話を聞いてきて、そのうえ、その前の日に街中でペタ～って寄り添って話してるふたりを滝川君が目撃していて、さらにさらに、隊の中でも整備の話をする振りしてツーショットでいるラブラブ～なふたりがしょっちゅう目についていて、も～、目のやり場に困りまくりな日々だったりしたんですよ。これほんと」

かなり強力な尾ひれがついた話を、新井木は一気にまくしたてた。

聞き終わった本田は「ほぉ～」っと言った後、新井木に尋ねた。

「それで、今の話はどれくらいがほんとなんだ？」

「半分くらい」

間髪入れずに新井木が答える。

「あはははは、半分くらいか。でも半分でもかなり怪しいふたりではあるな？」

「でしょ～、でしょ～」と自慢げな新井木。

「でもな」今度はさっきに笑いとは打って変わって真剣な顔で本田が新井木を睨む。

「さっきも言ったように、そんなことをそこいらでペラペラしゃべるな、わかったな？」

なんだよ。陰険眼鏡と同じこと言って。むかつくなあ……と思いながらも、新井木は無駄に盾《たて》つかずに「は～い」と答えた。

「よし。んじゃ、おまえも食ってくか、炊き出し？」

「あ、お手伝いはしたいんですけど、善行司令からお使いを頼まれてて。終わったら戻ってきますから」

顔を引きつらせて言う新井木を指差して、本田はかかかと笑った。

「ばーか、心にもねえこと言うんじゃねえ。こういうことはな、楽しんでやるもんだ。俺は大勢でわいわい飯を食うのが好きだからやってるんだ」

「楽しんで……」

「好きなやつがやればいいのさ」

と言うと最後に「おしゃべりは禁物《きんもつ》だぞ」ともう一度念を押して、本田がとっとと行け、と手を振った。

そこを離れてからしばらく、新井木は「えっへっへ」と意味不明の笑いを洩らした。

本田先生はそんなに好きじゃないけど、たまにはいいこと言う。そうだよね、楽しまなくちゃ。どうせあと少しで戦争も終わりだし。

本田たちの炊き出しの真意《しんい》をあっさりと無視して新井木は機嫌を直していた。そうなってみると、街の様子も違って見えた。通行人のほとんどは学兵と自衛軍の兵士だが、自然休戦期を間近に控《ひか》え、どことなく穏やかに見えた。

決めた。今日は徹底《てってい》的に遊んでやろうと新井木はなんの脈絡《みゃくらく》もなく思った。

## ●五月七日　午後一時十三分　尚敬校裏庭

自衛軍での演習視察を終えた後、森は尚敬校に戻っていた。滝川と急激に精神的な接近はしたものの、その後結局ふたりとも気恥ずかしさが先に立ち、さすがにそれ以上の盛り上がりはなかった。学校へ戻ると言った森と田辺に対し、滝川は速水の部屋に寄っていくということになり、演習場を出たところで別れた。

尚敬校の裏庭に着いた森が、昨日の狩谷とのいざこざで中途半端《ちゅうとはんぱ》になっていた二番機のチェック作業を始めると、どこからか現れた茜大介が歩み寄ってきた。少し離れたところでは田辺が別系統《けいとう》のチェック作業をしている。

「あ、大介。今、忙しいから後でね」

森に言われて、「くそっ、子供扱いするな」と茜は怒りに顔を赤らめた。

茜は計器類の側《そば》に屈《かが》んで、ぼんやりと作業する森の横顔に見入った。

「……あんた、仕事しなくていいの？」しばらくして、森がぽつりと尋ねた。

茜大介は頭はとびきり良かったが、整備の仕事との相性は最悪だった。例えば部品の不良・不具合を発見したら即座《そくざ》に点検・交換をするのが整備士の本分だ。だが、茜はそんなことはそっちのけで部品工場の生産管理システムの不備について滔々《とうとう》と論じるようなところがある。要するに頭でっかちということだ。担当を持たない無職の身がしばらく続いていたのを、見かねた森が三番機整備士臨時補佐としてとりあえず整備班に居場所を与えていた。

「昨日の狩谷の態度、むかつくよな。偉そうに班長気取りで指図《さしず》ばっかしやがって」

加藤を怒鳴り、新井木を馬鹿にし、森をやり込めた狩谷のやり方が茜は反吐《へど》が出るほど嫌いだった。狩谷は秀才を装《よそお》っているが、自分に比べれば頭が悪いから、どうしても正論に頼る。どんくさいやつが議論に勝とうとする時、最大の武器となるのが正論《せいろん》というやつだ。無責任な噂、けっこうじゃないか。少なくとも、仲間がいなくなったというのに、仕事優先の大義名分《たいぎめいぶん》を振りかざすあいつより、加藤や新井木のほうがよっぽど人間的だ。僕の姉さんは狩谷なんかと比べるのももったいないけど。

それにしても、ふたりはどうしたんだろう？　やはり駆け落ちか？　意外な組み合わせだけれど、あのふたりって意外性のかたまりだしな。姉さんを誘って捜しに行こうか？

茜はそんなことを思いながら、黙々《もくもく》と働く姉の横顔をしばらく見守っていた。

茜は仕事に集中している時の姉が好きだった。優しげな顔が引き締まって、なんというか、きりりとしていてよい。姉さんはやっぱりいいな、滝川なんかにやるのはもったいないな……そこまで考えて茜は顔を赤らめた。

「……なあ、姉さんって滝川のことどう思ってんの？」

不意の質問に森の手が止まった。森に睨みつけられ、茜は慌てて言葉を継《つ》いだ。

「あ、いや、昨日の戦闘の時とかも変に気遣ってるみたいだったし。今日もやつと一緒だったんだろ？　戻ってからやけに機嫌が良さそうじゃん……答えたくなければいいんだ。……僕も近頃はいろいろ考えてさ、そろそろ休戦だし先のこととか考えると彼女のひとりでもいたほうがいいかなとかね。それで意見を聞きたいんだけど」

と言いながら、茜はわざとらしく手帳を取り出し、パラパラとめくった。

「僕の分析によれば、ヨーコさんが僕と一番合っていると思うんだ。ヨーコさん、優しいし、文句言わないしさ。姉さんはどう思う？」

ヨーコ小杉は森と同じく三番機の整備を担当している。茜も一応、三番機の整備士臨時補佐ということで近頃はよく口を利く。そりゃあ日本語が少し不自由だけど、あの胸は……あの胸は捨てがたい……。

またしても茜は顔を赤らめた。

森はため息をついた。

「別にいいと思うけど。今はそんなこと話している場合じゃないでしょ」

「……本当にそれでいいのか？　だったらヨーコさん、デートに誘っちゃうぞ！」

「はいはい、どうぞご勝手に」

森はまたため息をついた。

「制御系チェック終了。電装《でんそう》系も異状《いじょう》ありません。あの……これで三回チェックしましたけど、作業終了にしませんか？」田辺が遠慮がちに森に声をかけてきた。

「そ、そうね。じゃあ、日誌を」

「二番機担当はわたしですから、わたしが作業日誌を書いておきます」

田辺はそう言うと、優しく微笑んだ。

「森さん、後はわたしがやっておきますから……何か用があるんじゃないですか？」

え？　と森が小首を傾げて言う。

「いえ、別に用はないですよ。なんで？」

「あ、それならいいんです。いや、演習場でもなんかいい雰囲気でしたし……滝川君との別れ際にも何か話していたようだから約束でもあったのかなって思って……」

「えっ、嫌だ田辺さん。そんなんじゃないよぉ」

慌ててそう答えながらも、かっと姉の顔が赤くなるのを茜は見逃さなかった。

「やっぱり、やっぱりそうなんじゃないか！」

「やっぱりって何よ？」

弟からわけのわからない糾弾《きゅうだん》を受けて姉が言い返す。

「道端《みちばた》で滝川なんかとよからぬ相談なんかして。不潔《ふけつ》だよ」

「不潔って……滝川君が速水君の様子を見に行くって言うから、それならわたしも原さんの様子を見に行こうかなって。それのどこが不潔なのよ？」

「そうだったんですか？　すみませんわたしが変に気を回したせいで」

姉弟の言い合いを止めようと田辺が割って入った。

「いいの、田辺さんは気にしないで、このバカな弟の妄想のせいだから」

そう言われて、茜は治まらない。

「へっ、そんな赤い顔して何言っても説得力ないね。だいたい駆け落ちしたふたりを捜しに行ったって意味ないじゃないか」

滝川のことで森の顔は確かに赤くなっている。図星を差され、さすがの森も堪《こた》えたらしく奥歯を噛んだ。茜を睨みつけた後田辺に向き直る。

「……田辺さん、わたしやっぱり原さんの部屋に行ってみる。後のこと……」

「わかってます、了解です」

自分が起爆《きばく》させてしまった姉弟喧嘩に気を揉《も》んでいた田辺は、ふたつ返事で答えた。

「あ、逃げる気だな、姉さん。こうなったら僕だって勝手にするぞ、ヨーコさんを誘うぞ」

森はちらと茜を見て「勝手にしなさい。馬鹿大介」とだけ言うと、そのまま校門の方へを歩いていった。

なんだよなんだよ、ちくしょー！　原さんと速水は駆け落ち。姉さんと滝川はアツアツ。僕だって、僕だって……。

恋をする。茜は心の中で決意した。そして、田辺を振り返る。

「田辺さんは僕のことどう思う？」

きょとんとした顔で茜を見る田辺。

「ええと、森さんの弟で無職の人……ですかね」

そうじゃないだろ、人間性とか男としての魅力《みりょく》とかを聞いてるんだよ。ちくしょー、どいつもこいつも……やっぱり僕にはヨーコさんしかいない。

「……もういいよ」

茜は田辺にそう吐き捨てて、傍らを抜けヨーコを捜しに歩き出した。

田辺は森と茜の後ろ姿を交互《こうご》に見やりながら、大きなため息をついた。

●五月七日　午後一時十五分　熊本市街本荘付近

舞が振り返ると滝川がほけっとした顔で突っ立っていた。厚志の家へ行く途中《とちゅう》だった。訝しむように舞が尋ねる。

「こんなところで何をしている？　今日は自衛軍の演習視察ではないのか？」

「それは終わった。で、心配だから速水の部屋でも行ってみるかって」

「……そうか」

「一応は親友だしな」

舞は頷くと、滝川と肩を並べ、厚志の部屋に向かった。疎開者が続出し、閑散《かんさん》とした集合住宅の二階の一室だった。舞も滝川も何度か訪れたことがあった。

階段を昇り、玄関前に立つ。

「やはり鍵《かぎ》がかかっているな」

舞は考え込んだ。合鍵で開けてもらうことも考えたが管理人《かんりにん》はとうに疎開していた。厚志の部屋を調べようとすれば強硬手段《きょうこうしゅだん》で入るしかない。

「トレーニングはなしか……なら、調べるとするか」

「トレーニング？」

「こちらの話だ、案ずるな。それよりここにいてもらちが明かない」

ベランダから侵入《しんにゅう》しようと裏に回り、ふたりは四苦八苦《しくはっく》して雨樋《あまどい》を伝って二階まで登った。

「こっちも鍵がかかっているぜ。明かりもついていないし、やっぱいないな……」

アルミサッシの引き戸を調べ、滝川はあきらめたように言った。

「ふむ……」

舞は鞄《かばん》代わりの背嚢《はいのう》からスパナを取り出すと、サッシにたたきつけた。ガラスが割れ、ぽっかりと空いた穴から腕を差し入れ解錠《かいじょう》する。呆れる滝川を促して、厚志の部屋に侵入した。

「すげえことといとも簡単にやるよな、芝村って」

「たわけ。鍵がかかっているから留守だ、引き返すでは子供の使いではないか。そんなことはよいから、黙って仕事をしろ」

仕事と言われて当惑《とうわく》する滝川を後目に、舞は厚志のデスクの周りを調べ、次いで洋服ダンスをごそごそとやり始めた。

滝川はちらと舞の横顔を盗み見て息を呑んだ。顔つきが険しくなっている。不機嫌に引き結んだ口許からぽつりと罵声《ばせい》が吐き出された。

「たわけめ……！」

「どうしたんだよ？」

「鞄が消えている。ボストンバッグというのか、大きなやつだ。箪笥《たんす》に隙間があるということは服や下着も持っていったのだろう。なんだ、その目は？」

「い、いや」下着云々《うんぬん》に関して冷やかすこともできず、滝川はこくっと頷いた。

舞は洋服ダンスの点検を終えると、たじろぐ滝川を後目に洗面所に向かった。

「歯ブラシもなくなっている」

舞は低い声でつぶやいた。洗面台を調べる舞の後ろ姿から怒りの念が漂《ただよ》っている。滝川は声もかけられず、ぼんやりと立ち尽くした。

「ふ。タオル、石鹸《せっけん》の類《たぐい》もなくなっているぞ。どうやら最低の生活必需品《ひつじゅひん》は持っていったようだ……それから、これは大収穫《だいしゅうかく》だな……」

舞が指先でつまみ上げたのは、男のものとは思えない長めの髪の毛だった。速水の髪の毛ということは有り得そうもなかった。かといって、今しがた舞の頭から落ちたものでもない。舞の髪にしては短すぎる。

舞は振り向くと、口の端《は》を吊り上げて笑った。

そうか、そなたは逃げるのか。生死をともにしたわたしを見捨て、逃げるのか。わたしはそなたを真のパートナーと思っていた。信頼していたぞ。なれど、そなたは違ったらしい。裏切られたなどとは言わぬ。わたし自身が惨《みじ》めになるだけだからな。なれど、なれど何故わたしではなく、原なのだ――たわけ、速水厚志の大たわけめっ！

舞は怒りにきらめく目で吐き捨てるように言った。

「……あやつは脱走した」

※

舞は口の端を吊り上げたまま、刑の宣告《せんこく》をするように「脱走した」と言った。こんなに怒っている舞を見るのは初めてだったが、脱走と聞いて滝川は思わず口を開いていた。

「待てよ、脱走ってのは言いすぎじゃねぇのか？　そ、そうだ！　やっぱり原さんと一緒に
——」

と言ってから、しまったと後悔《こうかい》した。

「原と一緒に、なんだ？」

「……だから、脱走なんかじゃなくて、原さんと駆け落ち……」

「一緒だろうが一緒じゃなかろうが有事《ゆうじ》にいなくなる、それを脱走というのだ」

舞は表情を変えずにそう言った。

「有事っていったってもう休戦だろ。このところ戦闘なんてほとんどないし、ふたりとも、そのストレス溜まっている同士で気分転換で……ちょっと旅行……出かけてるとか」

舞の怒りを覚悟《かくご》で、半分自棄《やけ》になって言った。

5121小隊の整備班長とエースパイロットが脱走。そんなことが公表されれば、軍は放っておかない。必ず見つけ出し、処罰《しょばつ》というかたちで囲《かこ》い込むことも考えられる。囚人《しゅうじん》のような軍務《ぐんむ》生活。そんなことはさせられない。絶対に。

速水ラブの芝村には気の毒だけど、速水は原さんと駆け落ち旅行だ。そんでもって何日か後にはけろりとした顔で戻ってくる。

そう考えたかった。いや、むしろ画策《かくさく》してでもそうする必要がある。

「そなたは幸せなやつだな」

舞の目から怒りの色が消え、代わって哀《あわ》れみとも思える光が浮かんでいた。そんな目で見るなよ、と滝川は舞を睨みつけた。

「……芝村、おまえもなんだか変だぜ」

「わたしはまともだ」

一蹴《いっしゅう》するように言われて、滝川の反発《はんぱつ》心がむくむくと頭をもたげた。

「らしくねえよ、感情的になって！　じゃあ、もっと怒らせてやるよ。戦争も終わるんだし、速水と原さんがくっついたっていいだろ！　芝村だって最近、善行さんと仲いいみたいだし」

「滝川っ！」

舞は滝川の胸ぐらを摑むと、二度三度と激しく揺さぶった。滝川は自分の言葉に後悔しながらも憑《つ》かれたようにしゃべり続けた。

「脱走なんてことにしたらふたりとも大変なことになる。ずっと一緒に戦ってきたのに、あいつがどうなってもいいってのかよ！　どうして脱走なんて……そんなこと簡単に言うんだよ？　芝村こそ馬鹿じゃねえのか」

舞は手を放した。表情がいつものそれに戻っていく。

「すまん。どうかしていた」

それを聞いて、滝川は物凄くほっとした。身体から力が抜ける。

「……俺のほうこそ、言いすぎた。ごめん」それだけ言うのが精一杯だ。

「脱走は禁句《きんく》だな……なるべく穏便《おんびん》に済ませよう……」

そうつぶやく舞に、滝川は恐る恐る声をかけた。

「それで、これからどうするんだ？」

「……捜《さが》すまでだ。捜して、首根っこをひっ掴んで連れ戻す。あー、滝川よ、先ほどの不穏《ふおん》な発言は訂正する。脱走ではなく、やつは今のところ病欠だ」

舞は顔を上げると、そうだろう？　というように滝川を見つめた。

「そ、そうだぜ！　速水は病気なんだ。まったく、戦闘に出られないほどの病気なのに、どこをほっつき歩いているんだか。首根っこ、ひっ掴んで連れ戻そうぜ！」

やっと芝村らしくなってきたぜ、と滝川は一も二もなく頷いていた。

**●五月七日　午後二時十八分　熊本市城東町**

けど遊ぶところなんて——と新井木は周辺を見渡して、ほうっと息をついた。どこにもないじゃん。どこへ行っても瓦礫の山ばかり、と何気なく破壊された看板に目を留めた。真っ赤な字にド派手な金色で昇竜軒《しょうりゅうけん》と書かれてある。あれえ、これって……新井木はあたりを見回した。これって行きつけのラーメン屋さんの看板じゃん。凄いな、どうすればこんなところまで飛ばされてくるのか？　元の看板があった位置から五十メートルは離れているだろう。素直に感心すると同時に、急にラーメンが食べたくなった。
確か看板だけが大通りに面した歩道に立てられてあった。店そのものは通りから少し奥まったところにある。もしかして無事かも、と新井木は軽《かろ》やかに駆け出していた。

　まさか開いているとは思わなかったが、ラーメン屋は奇跡《きせき》的に無事だった。周辺はほとんど焼失《しょうしつ》し、だだっ広い原っぱの中の一軒家《いっけんや》に見える。ふっと食欲を刺激《しげき》する匂いが鼻孔《びこう》をくすぐった。店の換気口《かんきこう》から流れてくる。

　店の横にはプロパンガスの容器が置かれ、店内からは発電機《はつでんき》の音か、けたたましいモーター音が響いてくる。

　様子をうかがっていると、不意に背中をたたかれた。この馬鹿力はと、新井木が顔をしかめ振り返ると若宮康光が笑いかけていた。

「ゴブリンが街に迷い込んできたかと思ったぞ」

　若宮は5121小隊付きの戦車随伴歩兵《スカウト》で、経験豊かな兵士であった。

「こんなプリティなゴブリン、いないって。そんなことより、阿蘇戦区だったっけ？　派遣されてたんじゃなかったの？」

「任務完了だ。少し前に俺たちは市内に戻ってきた」

「来須先輩は？」

「裏マーケットで買い物するとか言っていたな。超硬度《ちょうこうど》カトラスの初期ロットが出回っているらしいんだ。やつが言うには重さ、切れ味ともまったく違うらしい」

「そ、そうか……」なんのことかわからず、新井木は曖昧《あいまい》に相づちを打った。

　来須銀河は新井木の憧《あこが》れの先輩だ。無口で格好良くて、頼り甲斐《がい》があって優しくて、と三拍《びょう》子《し》も四拍子も揃った男の中の男だった。とはいえ、来須はあまりにも格好良すぎて、現実感というやつが希薄《きはく》だった。自分のことなど、当然のことながら眼中《がんちゅう》にないだろう。来須の相棒《あいぼう》の若宮とは何故か話が合った。二カ月前は頭の固い軍隊バカと思っていたけど、知り合ってみると軍人の殻《から》の奥に意外な人のよさを発見したりする。

体育会系のクラブに必ずひとりはいるよね、という感じの男だった。

「ここ数日は敵さんも静かなものでな。俺と来須は、自然休戦期まで市内の戦車随伴歩兵小隊を巡回《じゅんかい》して、教官役を務めることになるらしい」

「へえ、じゃあ教官殿、ラーメン奢《おご》ってよ」

「むむ。しかし、まだ準備中だ」

そう言いながらも、若宮はドアにかかった準備中の看板を未練《みれん》げに眺めている。

「甘いっ！　それ、大甘！　僕たちが発見したくらいだからさ、もう少しすると客が大勢《おおぜい》押し寄せてきて整理券とか配られてさ、ひとり一杯替え玉なし、なんてせこいことになるよ」

「しかしなあ」若宮はしぶい顔で新井木を見つめた。

「行くよ、教官殿」

新井木は断固《だんこ》として宣言すると、ドアを押した。

店主《てんしゅ》は案《あん》の定《じょう》、しぶい顔で「まだ準備中ぞ」と断《ことわ》ってきた。しかしカウンターの向こうから漂ってくるとんこつスープの濃厚な匂いを励みに、新井木は強引に席に座わり込んで食い下がった。

「二十四日の戦いで、僕、ずっとこの店のラーメンのこと考えていました。……絶対生き残ってやる。生き残ってラーメンを死ぬほど食べてやるんだって」

新井木はよくしゃべるが、決して口がうまいほうではなかった。しかし食欲が新井木に力を与え、その言葉に説得力《せっとくりょく》を与えていた。小さな拳をぐっと握りしめ、話す新井木に、店主は「ううむ」とうなった。

「死ぬごつ食べたかて言うとなら……」

店主は真顔になると、店の奥に消えた。しばらくして両腕にド派手《はで》な中華模様《ちゅうかもよう》が入った高級そうなどんぶりを抱えて現れた。直径にして四十センチを超える大振りな物だ。

「むぅ」若宮の口から声が洩れた。どんぶりの底には「極楽昇天《ごくらくしょうてん》」の文字が読み取れた。

「先代《せんだい》がメニューにくわえていた極楽昇天ラーメンのどんぶりたい。男衆《おとこしゅう》は五杯ばってん、女衆は三杯食ぶっとお代はタダになるけん」

店主は不敵に笑って新井木を挑発《ちょうはつ》した。

「しかし……食糧《しょくりょう》不足の折、このようなメニューは不謹慎《ふきんしん》では……」

若宮が口を開くと、店主は「うんね」と首を振った。

「俺もずっとそげなこつば考えて、ためらっとるとこんなご時世《じせい》になって、どんぶりは棚《たな》の奥深くに眠ってしもたったい。食糧不足だけんこそ、死ぬごつ食べてやる――こんヒネクレ具合が文化というものぞ」

※

「文化って……」

店主のヒネクレさ加減に若宮は呆れて、ちらと新井木を見た。新井木は黙って身を震わせている。さあ、おとなしく帰ろうと言おうとした時、新井木は、「よぉおっしゃあ！」と叫んで、相撲《すもう》取りのごとく自分の頬を平手《ひらて》でたたいた。

「この勝負、受けて立つよ。挑戦するのはふたりだけどオッケー？」

「ふ。途中で倒れたら、身ぐるみはいで店の外に放り出すけんね」

「身ぐるみはいでって、随分大げさだな、親父《おやじ》」

真面目な顔で首を左右に振ると店主は言った。

「アタたちゃ知らんかもしれんばってん、ここ最近、急に街じゃ軍服《ぐんぷく》が売れよるたい。変なコレクターもおるごたるし、プレミアがついとる軍服もあってたい」

店主は不敵に笑うと麺《めん》を茹《ゆ》で始めた。

この店主は本気で軍服を欲しがっているらしい。しかし軍服は支給品《しきゅうひん》だ。上級将校になり手続きを踏んでの除隊となれば、階級章のついた礼装《れいそう》用の軍服が個人に贈られる場合もある。しかし、今ふたりが着ているような服は返却《へんきゃく》するものだ。

そして、若宮はもうひとつ気になった。プレミア。戦果を挙げ有名になった5121小隊の軍服はまさに打ってつけのプレミア物だろう。

隣にいる新井木の肘《ひじ》をつつく。

「おい、今日はやめたほうが良さそうだ」

「へ？　なんで？」驚いた顔で新井木が問い返す。

「軍服を獲《と》られるわけにはいかないだろ」

「あ、そんなこと。食べちゃえばいいだけじゃん。それに僕はこの下はシャツとか着てなくてブラジャ〜だけだから、もしはぎ取られたら、僕の裸体《らたい》が拝《おが》めるんだよっ。それこそプレミア物だね。どお？」

どぉ、って……少しだけ想像力を働かせた若宮が硬直《こうちょく》した。

「何か相談どめしよっごたるばってんが、もう麺ば茹で始めとっとぞ。勝負は逃げられん」

「そう、勝負勝負」あっけらかんと店主に言った後、新井木は若宮に身を寄せて「それに若宮君がいれば大抵《たいてい》のことは大丈夫だよね」と小声で耳打ちした。

新井木の二の腕が若宮の二の腕に触れて、体温が伝わる。

女性に頼られている……そうまでされて男として引き下がるわけにはいかない。若宮も覚悟を決めた。ツルペタとはいえ新井木も女性である。

……その日、口コミで店に集まった客は、麺の一本たりとも口にすることはできず、時勢に逆行《ぎゃっこう》する反動的かつ不遜《ふそん》、しかも壮絶《そうぜつ》な飽食《ほうしょく》の光景《こうけい》を目にすることとなったのである。

## ●五月七日　午後二時三十二分　尚敬校体育館

体育館に運び込まれている装備・弾薬は膨大《ぼうだい》な量だった。

どうしても入らない物は裏庭に積んであったが、ほとんどの部品は野ざらしにしておけば、すぐに駄目になる。そのせいで、ちょっとした備蓄基地《びちくきち》の量になっている。

体育館を勝手に使うことに関しては尚敬校の側から苦情があると思ったが、かといって整備テントを失った現在、他に保管する場所はなかった。

善行司令が裏で口を利《き》いてくれたと、狩谷は考えている。考えてみればイ号作戦のことだって、普通なら捕まっている。捕まらないと考えること自体、整備班の連中の子供っぽさ、おめでたさを示している。あれもおそらく善行・芝村準竜師《じゅんりゅうし》のラインで握り潰しているのだろう。政治力のある司令を持って運が良かったと言うべきなんだろうな、と狩谷は考えた。

狩谷は車椅子を器用に動かしながら、丹念《たんねん》にリストをつくって回った。どこに何があるのかを記録し、把握《はあく》することは無駄《むだ》じゃないだろう。

作業をしながら今朝《けさ》の出撃準備の様子を思い返す。なんとか準備は整えたが、連携《れんけい》はバラバラで、まるで要領《ようりょう》が悪かった。原さんがいないだけでこうもなってしまうのか……。

それにしても原さんは人気者だと思う。わたしはどうせ嫌われ者だから、などとうそぶきながら、原の周りにはいつでも人が集まっていた。森は先輩命《いのち》だし、壬生屋なんて散々《さんざん》からかわれながらも、原に懐《なつ》いてしまっている。原さんは明るいんだ、と狩谷は素朴に考えていた。

部下のことをクビクビとは言いながらも原は相当に気を遣《つか》っている。新井木のように徹底《てってい》して無能なやつにも気を遣っている。

無能で怠慢《たいまん》で、その癖《くせ》、口だけは一人前のやつを許す度量《どりょう》は自分にはなかった。

そして速水のように有能だが、それを鼻《はな》にかけ、平気で規則を踏みにじる人間を許す度量も自分にはなかった。

速水？　何故、速水のことなんか考える？

狩谷は自分の思考の唐突《とうとつ》な展開に苦笑した。速水のことなんか、と彼の存在を脳裏から締め出そうとして果たせず、狩谷は舌打ちした。

「速水め……」心の奥底に抑えていたどす黒い感情が溢れ出そうとしていた。

おまえは才能さえあれば何をしても許されると思っているだろう？　いなくなるならひとりでやってくれ。それを原さんまで連れていくなんて。それがどれほどの人間に迷惑をかけてると思ってるんだ。勝手なやつめ。おまえなんかいらない。悲しんだってせいぜい芝村くらいだ。自分だけが世界を背負《しょ》っているような顔をしやがって。速水、おまえは存在そのものが嫌味《いやみ》なんだよ――。

「あの……」

突然声をかけられ、狩谷は驚いた。

「な、なんだ!?」

「ご、ごめんなさい……」

声の主は田辺だった。物凄い形相《ぎょうそう》で睨まれ、彼女も驚いている。自分は決して悪くないのにどうしたわけか不幸に見舞われるという特技《とくぎ》を田辺は持っていた。先ほどの姉弟喧嘩も、今も……である。

「なんだ、田辺さんか……脅《おど》かさないでくれ」

そう言われて狩谷はバツが悪かった。心の中で速水に悪態《あくたい》をついている時だっただけに、自分しかわからないながらも、いたずらを見つかったような気がしていた。

「それはすまない……ちょっと考えごとをしていたもんだから……それで、何かな？」

慌てた自分を、なんとか取り繕おうとして、声のトーンが幾分《いくぶん》高くなってしまっていた。

「あの……日誌をつけたので、持ってきました」

「あ、そう……あれ、森は？」

「原さんの様子が気になるとかで、さっき出かけました」

田辺は姉弟喧嘩があったことは言わなかった。

こっちにだって仕事があるのに。狩谷は少しの間そう考えたが、原さんのことは自分も気にかかっていて、また田辺に言っても仕方ないことだと思い、矛《ほこ》を収めた。

「そうか……森も行ってしまったか。ヨーコさんは？」

「あ、ヨーコさんでしたらいますよ。校内の掃除をするって。四日前までここ臨時の病院だったから、危ないんだって言ってました」

「危ない？」

「注射針《ちゅうしゃばり》とか床に落ちているらしいです。アンプルの欠片《かけら》も散らばっているし。ヨーコさん、学校を元通りにするんだって張り切ってましたよ」

「ヨーコさんらしいよな」

狩谷は、ふっと口許をほころばせた。ヨーコ小杉《こすぎ》は骨惜《ほねお》しみせず黙々と働く、狩谷が一番頼りにしている整備員だった。

田辺はそれを知ってか知らずか、茜がヨーコを口説《くど》きに行った件は話さなかった。

この状況で、ふと狩谷は考えた。昨日、整備員たちが用事にかこつけ、あるいは黙って、ひとり抜け、ふたり抜け、気がつくと田辺は狩谷とふたりきりになったことを。

狩谷はちらと寂しげな表情を見せ、言った。

「またふたりだけだね……僕が皆を追い出したというわけか」

※

「そんなことはないと思いますけど」

田辺は気の毒そうな顔になった。

田辺個人はこれまで一緒に仕事をしてきて不快に思ったことはない。むしろ、過去に何度もミスをカバーしてもらい、感謝《かんしゃ》している。ただ、狩谷の専門的知識《ちしき》を尊敬《そんけい》していつでも狩谷に従ってきた。だから彼と衝突《しょうとつ》せずにいられる。

狩谷は身体的なハンデを背負《せお》っている分、相手に対して常に優位《ゆうい》に立っていなければ気が済まないところがある。だから常に周囲の者に攻撃的で、自分の唯一《ゆいいつ》の武器である理屈《りくつ》や正論で相手を言い負かそうとする傾向がある。冷静な理路整然《りろせいぜん》とした仮面《かめん》の下には、傷つきやすく感情的な本質が潜《ひそ》んでいる。

そうと言葉にして考えているわけではなかったが、田辺はなんとなくそう感じていた。

隊でも一、二を争う努力家で仕事もできるのに、と田辺は狩谷のことを気の毒に思っていた。

「だけど、僕は間違っていないよ。仕事もそっちのけで馬鹿げた噂に……噂にうつつを抜かしている連中をどう扱えっていうんだ？」

狩谷は忌々しげに口許を歪めた。

田辺は困惑《こんわく》して立ち尽くした。そうは言いながらも、きっと狩谷もその噂に翻弄《ほんろう》されていることがわかったからだ。

さっきの一瞬の躊躇《ちゅうちょ》で、田辺に何かを悟《さと》られたと思ったか、狩谷は話題を変えた。

「……あいつら、みんながみんな原さんと速水のこと、捜しに行ったのかな？」

「……全員かどうかは……でも捜していると思います」

「くそ。だから馬鹿だっていうんだ。最後にふたりを見たのが一昨日《おととい》っていうから、行方をくらますつもりなら時間は十分にあったさ——」

そこまで聞いて、やはり狩谷は駆け落ちの噂を無視できないでいると、田辺にはわかった。

狩谷は自分がそう白状《はくじょう》してしまったことにも気づかないで、話を先に進めている。

「——僕たちが街を捜し回ったってしょうがない。かえって目立つから、それだけ危険なんだ。だから僕は善行さんに任せておくべきと思った」

「ええ、それでいいと思います。けど……」田辺は言葉を切って、少し考え、「きっとみんな心配なんですよ。だから自分たちで捜したいんですよ」と言った。

「僕だって心配はしているさっ！　でも、闇雲《やみくも》な行動は不利益《ふりえき》になってしまうことが往々《おうおう》にしてあるんだ。現に今、昨日のような出撃命令が出たら、まったく対応できない」

狩谷はほとんど怒鳴《どな》っていた。

田辺は思う。他の多くの隊員がこういう狩谷を知らないのだ。臆面《おくめん》もなく「心配だと」他人を気遣うそんな狩谷を。

また、激昂《げっこう》しているようでも彼の意見は正しかった。確かに今戦闘態勢が取れる状態ではない。もっと言ってしまえば、5121小隊はバラバラだった。

田辺は強く頷いていた。

それを見て狩谷は大げさにため息をついた。

それで冷静さを取り戻したのか、ゆっくりと田辺を見つめた。

「それで、君も捜しに行くのか？」狩谷がぽつりと言う。

「わたしは留守番をしようと思っていますけど」

捜しに行った人たちの気持ちもよくわかる。自分は彼らの抜けた分、ここで仕事をしようと思っていた。

「頼みがあるんだ。実はさ、ジャイアントアサルトの弾帯《だんたい》なんだけど、底をついている」

「まさか……」

田辺は言葉を失った。ジャイアントアサルトは最《もっと》も使用頻度《ひんど》が高い武器だ。弾帯が底をつくなんて考えられない。

「そのまさかなんだ。異常事態というやつさ。それなのに……！」

狩谷は辛《かろ》うじて再度の爆発を抑えると、言葉を続けた。

「どこかの馬鹿がまちがって九二㎜ライフルの砲弾倉を大量に発注していたらしい。ジャガイモの一件といい、まったく信じられないミスさ！　後で正式に発注するから、とりあえずひとつでもふたつでも揃えておきたいんだ」

裏マーケットの親父のところへ行ってくれと狩谷は言った。裏マーケットの親父も整備班にとっては重要な物資・弾薬の供給《きょうきゅう》源だ。

「すぐに戻るようにしますから」

田辺は言いおくと、軽トラ二号のキーを手にして走っていった。

## ●五月七日　午後三時三分　中町公園

「なあ、芝村。なんでこんなところに来てるんだよ。なんだかやばい雰囲気《ふんいき》だぜ」

滝川は落ち着かなげにあたりを見渡して言った。芝村についてきてしまったけど、こんなところで何をするっていうんだ？

公園は閑散《かんさん》として、植え込みの中で時折《ときおり》、人影《ひとかげ》がちらちらと見え隠れする。私服の者もいれば制服を着ている者もいた。ふたりの様子を遠巻きにしてうかがっていた。ぎらついた不良《ふりょう》の匂いがした。速水はこんなところに縁《えん》がないだろうと滝川は思った。

「ふむ。思った通りどうやらここいらが脱走兵の溜まり場になっているようだな」

こともなげに言う舞に、滝川は身を震《ふる》わせた。

「脱走兵って……だから、速水は脱走なんてしてねえってさっきも——」

「勘違《かんちが》いするな。連中は世間一般の動きに敏感《びんかん》だ。目を光らせていなければ、すぐに捕まってしまうからな。ここでなんらかの情報を仕入れることができぬかと考えたまでだ」

舞の目は藪陰《やぶかげ》に数人の少年の姿を捉《とら》えていた。殺気が伝わってくる。今、逃げればやつらは確実に襲いかかってくるだろう。舞は手許の背嚢を引き寄せ、大きく息を吸い込んだ。

「あー、そこの者たち。そなたらに尋ねたいことがある」

陰から五人の少年が姿を現した。私服を着ている。学兵以外のハイティーンはほとんどが疎開していたから、学兵崩れと見て間違いないだろう。

舞は立ち上がると、リーダーと目星《めぼし》をつけたひとりに向き直った。

「金、持ってるか?」リーダーは歯をむき出して笑った。

舞が応えずにいると、残りの四人は素早くふたりを取り囲んだ。

「し、芝村……」

滝川はパニックに陥《おちい》って、きょろきょろと逃げ道を探った。

「金なら持っているが、その前に質問に答えてもらおう」

舞が冷静に言うと、五人の少年はげらげらと笑った。

「何がおかしい?」

「だったらよ、金だけいただくよ。おめーらをぶちのめしてな」

リーダーは若宮クラスの頑健《がんけん》な体格をしていた。分厚《ぶあつ》い胸板を突き出すようにして、ふたりを威嚇《いかく》した。背後でナイフを抜く音がした。滝川は舞の隣に立って、ぶるぶると震えている。

舞は背嚢から素早く拳銃《けんじゅう》を取り出し、リーダーに突きつけた。リーダーの顔が憎悪《ぞうお》に歪《ゆが》む。

「撃ってみろよ。おめーら、ただじゃ済まないぜ」

「撃った瞬間に、仲間がわたしに襲《おそ》いかかる、か？　そうかもしれぬな。なれど、撃たれたそなたは撃たれ損ということになる。仲間がそなたを病院に連れていくか？　足手まといになったそなたを介抱《かいほう》するか？　そんなことはまずないだろうな」

舞の口許は笑みを湛えていた。リーダーの目に、動揺《どうよう》が走ったのを見逃《みのが》さなかった。

「質問に答えてもらおう。その後、金は渡す」

リーダーの目に同意の色を認めて、舞は一瞬、気を抜いた。

「芝村っ！」

滝川の絶叫《ぜっきょう》が聞こえ、舞の背後で殺気《さっき》が膨れ上がった。背後からの相手に背嚢をたたきつけるとためらわず引き金《トリガー》を引いた。

銃声がして、足下に威嚇射撃をされた少年が動きを止めた。手にはナイフを握ったままだ。

次の瞬間、横腹を衝撃がかすめ過ぎて、舞はとっさに地面に転がった。

素早い蹴りだ。舞は体勢を立て直すとリーダーの足に狙いを定めた。

悲鳴が起こった。舞が身を起こすと、リーダーが後頭部《こうとうぶ》を押さえ、突《つ》っ伏《ぷ》していた。足下には拳大の瓦礫片《へん》が転がっている。

「まったく……姫さんはこれだから始末《しまつ》に負えねえ」

公園の植え込みから田代香織《たしろかおり》がのっそり姿を現した。

田代は突っ伏したリーダーの鳩尾《みぞおち》に無造作《むぞうさ》に蹴りを入れると、残る四人に向き直った。

四人は、慎重《しんちょう》に距離を取って後ずさる。

「田代、そなたはこんなところで……」

舞が呼びかけると、田代はにやりと笑った。

「何をしている、だろ？　任務だよ任務。司令直々《じきじき》に仰《おお》せつかってきたんだ」

「任務って、脱走兵を殴り倒すのが？」驚いて滝川が問う。

「う〜ん、当たってはいないが、近いことは近い」

なんだ……そんな任務なんてあるのか……なんなんだいったい？　滝川は理解できないといった顔になる。

「私たちの援護《えんご》ということか？」今度は舞が聞いた。

「ま、それも遠くない」

舞も不思議そうな顔になった。

「てめー、こいつらのなんなんだよ！」脱走兵のひとりが忌々しげに叫んだ。

「仲間さ。文句《もんく》あっか？」田代が眉ひとつ動かさずに答えた。

やっぱりこいつ、不良だ。田代の鋭《するど》い眼差しに滝川は身震いした。しかし田代はあっけらかんと舞と滝川に言い放った。

「こいつらは馬鹿だからよ、理屈じゃ考えられねえことをする。銃で脅されて、ハイ参《まい》りましたってわけにはいかねえんだ」

舞は唇を噛んでゆっくりと立ち上がった。とっさに避《さ》けたお陰で怪我はなかった。

「感謝する」

「まあ、いつかの借りを返したってところかな。けど、こいつらを憲兵に引き渡すってのも趣《しゅ》味《み》じゃねえしな。そういうわけで、おめーらはとっとと消えな」

田代が言うと、四人の少年は背を向けて逃げ出した。

「こいつらになんの用があったんだ？」

田代は鳩尾を押さえてうめいているリーダーの顔をのぞきこんで尋ねた。

「情報を仕入れようと思った」

舞は拳銃を仕舞《しま》うと、リーダーの傍らにしゃがみ込んだ。

「身長はここにいるゴーグルと同じくらいだ。色白で優しげな顔つきをしている。それから我らと同じ制服を着ている。見かけなかったか？」

リーダーは身を起こすと、開き直ったように座り込んだ。ふてくされて首を振る。

「ちっ、しょうがねえな。趣味じゃねえけど、滝川、憲兵を連れてきてくれ」

「待てよ、そいつのことは知らねえが、ちょっと前に、知り合いが妙なやつにぼこられたって言ってたな」リーダーは慌てて口を開いた。

「妙なやつ？」

「弱そうなやつだったんで何人かで襲ったら、そいつがやけに強くて。あっという間にふたりが腕を折られて逃げ出したって言ってた」

「ふむ」舞は腕組みをして考え込んだ。

「けど、そんなに強いんじゃ速水の可能性はないな」

滝川が口を挟むと、田代が冷やかすように見つめた。

「速水は、おめーよりは強いと思うけどな」

「ちぇっ、どうせ俺は弱いよ」

「まあ、弱くたっていいじゃねえか。俺が守ってやっからよ」

田代はそう言うと、にっと、たじろぐ滝川に笑いかけた。

田代にとって、滝川は子犬のような存在だった。子犬の癖に、士魂号に乗って頑張《がんば》るところがなんというか愛らしいぜ、と思っていた。

そんな田代の感情をよそに、舞は目を光らせて、リーダーの眼差しを捉えていた。

「場所はどこだ？」

「花畑町《はなばたちょう》の公園だって言ってた」

「その妙なやつはひとりだったのか？　それとも連れがいたのか？」

舞が尋ねると、リーダーはぷるぷると首を振り、「そこまでは聞いていない」とだけ言った。

話はそれで終わりらしい。

脱走兵のリーダーはちょっと間を取って言った。

「あの、金は……」

「ばっきゃろ！　人を襲っておいて、ろくな情報もなしで金寄越せだと？」

意気込む田代を片手で制すると、舞はキュロットのポケットから全財産を取り出すと、リーダーに握らせた。

総額五百三十円。

「五百三十円……芝村って貧乏《びんぼう》だったのか」

滝川の意外そうな声。

「わたしは現金は持ち歩かぬ主義《しゅぎ》だ。持ち歩くのは必要最低限《さいていげん》の額《がく》でよいであろう」

実は無駄《むだ》遣いしてしまうのが怖い、とは舞は言わなかった。リーダーは情報料五百三十円を握りしめ、ほうほうの態《てい》で逃げ去った。

「けど、その妙に強い男がほんとに速水なのか？　あれ、芝村……？　どこへ行くんだ？」

滝川が呼び止めると、舞は足を止め振り返った。

「花畑公園に行く」

「懲りねえやつだな。危ねえからやめておけって」

田代がため息交じりに言うと、舞は口の端を吊り上げた。

「気遣いに感謝する。なれど、わたしは行く。そなたらとはここで別れよう。わたしはひとりで十分だ」

「へっ、そんなことよく言えるぜ」田代が冷やかすと、舞は苦笑を浮かべた。

「今度の件でこの種のことへの対処法《たいしょほう》を学んだ。それなりの手だては講《こう》じる。案ずるな」

　意味がわからずぽかんとする滝川に「芝村の邪魔《じゃま》をするな」と田代はささやいた。

「けど、田代と……」

　一緒に行くのもなんとなく怖いなと言おうとして、滝川は思い切り背中をたたかれた。

「よおし、じゃあ俺たちは芝村とは別行動だ。それに俺には司令から言われた任務もあるから手伝え。それともこれから近場《ちかば》の喫茶店《きっさてん》でひと休みするか？」

　冗談めかして言いながらも、田代は浮き立って見えた。

「俺やっぱり……」

　舞を追おうとする滝川の手を、田代はがっちりと摑んだ。

　おいおい離せよ、この鮫め……俺には森という可愛い鯛が……。そう思いながらも、口には出せるはずはない。

「わ、わかったよ。わかったから離してくれよ」と田代に抗議する滝川の声を背中に聞きながら、舞はその場を歩《あゆ》み去った。

## ●五月七日　午後三時四十三分　尚敬校体育館

　からん、と掃除用のモップが倒れる音がして、リストをつくる作業を続けていた狩谷は背後を振り返った。衛生官《えいせいかん》の石津萌《いしづもえ》だ。

「石津」

　狩谷が名前を呼ぶと、石津はしぶしぶと近づいてきた。整備員詰所《つめしょ》の掃除をしていると思ったが、こんなところで何をしているんだ？

「……裏庭……に」石津がゆっくりしたテンポで言葉を発した。

「裏庭に？」狩谷はことさら明瞭《めいりよう》に、石津の言葉を発音し直した。

「知ら……ない人……がいるの」

それだけ言うと、石津は狩谷の指示を待つように上目遣《うわめづか》いで見つめてきた。

「知らない人って言われてもな。わかったよ、ちょっと行ってくるからここで待ってろ」

狩谷は車椅子を器用に転回《てんかい》すると、裏庭へと向かった。

裏庭では、ふたりの見知らぬ学兵が二番機の側で何やら話し込んでいた。

狩谷はぐっと口許を引き結ぶと、学兵に近づいた。

「君たちはなんだ？」

狩谷が声をかけると、学兵は顔を向けた。

ふたりとも学兵というには老《ふ》け顔だった。ひとりは狐《きつね》のような顔をした二十代前半くらいの男で、もうひとりはどう見ても三十過ぎの女性だった。

ふたりとも一瞬、不安げな表情を浮かべたが、狩谷しかいないと知ると、すぐに表情のない目で狩谷を見下ろした。

その目に狩谷はいらだった。

「質問に答えてもらいたいね。君たちは何者で、ここで何をやっているのか。場合によっては憲兵に通報《つうほう》するぞ」

狩谷の言葉に、学兵はなんの反応も示さなかった。狐顔の男は黙って、腰に吊《つる》したホルスターから拳銃を抜き出した。

「な、何をっ……！」

狩谷は真っ青《まっさお》になって、車輪に手をかけ後ずさった。

女の手が拳銃の上に置かれた。ゆっくりとかぶりを振る。狐顔の男は、にやりと笑って、初めて表情らしい表情を見せると拳銃を収め、裏庭を物色《ぶっしょく》し始めた。

狩谷は全身の震えを抑えつけ、車椅子を転回した。視界の端に、レンチを握りしめた男の姿が映った。なんなんだこいつら？　狩谷は懸命《けんめい》に腕を動かし、体育館へと向かった。

今にもレンチが振り下ろされる、と焦る狩谷をよそに、ふたりの男女は追いかけっこを楽しむようにゆっくりとした足取りで近づいてきた。

「石津、出入り口を閉めて鍵をかけろっ！」

体育館に到着《とうちゃく》するや、狩谷は石津に向かって叫んだ。そして物問いたげにこちらを見つめる石津にありったけの感情を込めて訴《うった》えた。

「馬鹿っ、とっとと閉めろ！　人殺しだ。このままじゃ殺されるぞ」

石津がとにもかくにも出入り口を閉め、扉に錠《じょう》を下ろすと、その直後にこつこつとノックの音がした。こちらを馬鹿にしているような行動だった。

そのうちに出入り口の扉を蹴《け》る音がしんとした館内に響き渡った。

逃げないと。しかしどこへ——。狩谷は唇を噛んだ。周囲を見回し、素早く周辺の情報をインプットした。だだっ広い館内には整備班の装備・物資が積み上げられている他、跳《と》び箱《ばこ》やら平均台《へいきんだい》やらの運動用具が置かれていた。

石津だけでも二階から逃がせないか、と手すりが巡らされた回廊《かいろう》を見上げて狩谷はすぐに舌打ちした。二階は出入り口のすぐ横にある外の階段から出入りするようになっている。相手はとっくに気づいているだろう。

ならば……と狩谷の視線は隣接《りんせつ》する用具置き場のドアに向かった。用具置き場はどうだ？用具置き場に窓があれば、そこから――。

「石津、ここから逃げて助けを呼んできてくれ。しかし、用具置き場に窓ってあったっけ？」

石津はこくりと頷いた。

「話し……かけて……みるから」謎めいた言葉を言い残し、中に入った。

用具置き場のドアが閉まる音を確認して、狩谷はバレーボールやらバスケットボールが入った籠《かご》が置かれてある一角へと車椅子を走らせた。

不意に二階のドアが開け放たれた。狩谷が顔を上げると、ふたりの学兵が無表情に見下ろしていた。

不公平《ふこうへい》な戦いが始まる。狩谷はバスケットボールを籠から取ると、歯を噛み鳴らした。

●五月七日　午後三時五十六分　熊本市街中央街付近

焦れば焦るほど裏マーケットは遠ざかっていくようだった。

運転に慣れぬ田辺真紀は中央街付近《ちゆうおうがい》の一方通行《いつぽうつうこう》だらけの路地《ろじ》にはまり込んでいた。標識《ひようしき》はなく、行く先々で交通誘導《ゆうどう》小隊の学兵に車を停《と》められ教育的指導《しどう》を受ける。しかし田辺はめげずに健気《けなげ》にハンドルを握っていた。

この一帯は繁華街《はんかがい》ということもあって、市のはからいか急ピッチで電気、ガスなどのインフラが復旧《ふつきゆう》し、営業を再開した商店《しようてん》、飲食店《いんしよくてん》もちらほらと見える。

そしてそんな店を冷やかしている学兵のカップルを発見して、田辺はどきりとした。一瞬、原と速水の姿に重《かさ》なったのだ。

ほとんどの隊員が、ふたりは駆け落ちとしたと考えている。あの狩谷さんでさえ。その手の噂は伝搬《でんぱん》力というか伝染力が強いのかもしれないと思った。

休戦で、浮かれているせいなのかな？　それとも……。

田辺はため息をついた。

駆け落ちという言葉には、うまく言い表せないものの、どこか淫靡《いんび》な雰囲気があるように思えた。でも、こんな時にそんなことを考えるなんて……。

「もしかして、わたしが欲求不満なだけ？」

声に出してしまって顔を赤らめた。

でも……と田辺は思う。今日だって森さんと滝川君が怪しいって茜君も言ってたし、茜君も茜君でヨーコさんを口説くつもりらしい。壬生屋さんも瀬戸口さんと変に仲良くなってるし、加藤さんも口を開けば狩谷さんとのノロケ話。果ては原さんと速水君の駆け落ち。

　はぁ、と田辺はもう一度ため息をついた。自分にも意中《いちゅう》の人はいる。けれど、その人と自分とでは釣り合いが取れないし、だいたいわたしのことなど眼中になさそうだ。

　雨が、そう雨が降っていた、と田辺は遠い目になった。イジメを受け、教室から閉め出され雨に打たれている自分にその人は声をかけてくれた。世の中にこんな優しい人がいたのかとわたしは思い切って転属《てんぞく》を願い出て、希望通り今の隊に配属《はいぞく》された。

　その人の近くにいられるのは嬉しいけれど、それ以上の関係を望んでいる自分に気がつくたびに落ち込んでしまう。でも贅沢《ぜいたく》を言ってたらきりがない。側にいられるだけで幸せなんだ。

「そう、贅沢は敵。欲しがりません……って、いつまでなんだろ？」

　声に出して後悔をした。その言葉は、自分の恋の先がまるで見えないことがなおさらはっきりしただけだった。

　恋なんて、わたしなんかには一生縁がないんだわ。修道院《しゅうどういん》にでも入ろうかしら、と考え路地《の》を曲がった瞬間、クレープ屋の屋台が目に飛び込んできた。店の人間が慌てて脇《わき》へ飛び退く。ハンドルを切り損ね、軽トラは道端《みちばた》の屋台に突っ込んでいた。

　がくん、と衝撃があって軽トラはエンストして停まった。

　恐る恐る車外に出ると、想像を絶する光景が広がっていた。屋台は破壊され、道端にはメリケン粉とクリームがべったりと流れだし、甘ったるい匂いを放っている。クレープ目当てに集まっていた客たちはその惨状《さんじょう》に息を呑んだ。

「ご、ごめんなさい、ごめんなさい……！」

田辺が謝ると、我に返った客たちから怒号《どごう》が飛んだ。店主が怒《いか》りに目を輝かせ、田辺の前に立ち塞がった。

「どぎゃんしてくれるとね。これじゃ商売にならんばい！」

このまま消えてしまいたい、と田辺は念じた。けれどいっこうに消えてしまう様子はなく、耳元では店主の怒号が響いている。足ががくがくと震え、田辺は地面に突っ伏した。

「ごめんなさい、ごめんなさいっ――！」田辺は泣きながら、ぺこぺこと謝った。

「その声はもしかして……」聞き慣れた声がした。

顔を上げると、さっきまで自分を思い悩ませ欲求不満にさせていた人物の顔があった。

遠坂圭吾《とおさかけいご》。長身・長髪・美形にして大財閥《だいざいばつ》の御曹司《おんぞうし》である。

「どうかしたんですか？」

遠坂は怪訝《けげん》な面持ちで、田辺と店主、破壊された屋台、軽トラと順繰《じゅんぐ》りに眺め渡した。

「あの、あのっ、わたし、事故を……」

「なるほど。確かにそのような状況ですね」

遠坂はにこやかに笑うと、すっと田辺に手を差し伸べた。今日の遠坂は５１２１の制服ではなく、ミッドナイトブルーのスーツを着ている。生地《きじ》といい、仕立《した》てといい、目の肥《こ》えた者ならそれとわかる高級なオーダーメイドである。

「それで、怪我はありませんか？」

「え、ええ……」

「それは良かった」遠坂はオットリと微笑んで田辺の手を取った。

その惨状にあまりにそぐわない、浮いた物腰《ものごし》の遠坂に店主は茫然《ぼうぜん》としていたが、我に返ると、弁償《べんしょう》しろと叫んだ。

「それで、いくらお支払いすれば？」

あっさり切り返す遠坂の態度に、またも茫然となる店主。

なんとか「さ、三十万円っ」店主が思い切って口にすると、遠坂はやおら指を鳴らした。タキシードを着込んだ執事《しつじ》が人込みを掻き分け、現れた。

「弁償して差し上げなさい」

「御意《ぎょい》」

執事は恭《うやうや》しくお辞儀《じぎ》をすると、店主に向き直り、三十枚のピン札を握らせた。

店主は事故で茫然とし、遠坂の態度に茫然とし、今度はいとも簡単に出てきた三十万に茫然となった。手の中の現金を眺めながら、自分は不幸なのか幸せなのか考えているようだった。

「さて、行きましょう」

遠坂は、これで終わったとでもいうように、野次馬《やじうま》たちに目もくれず田辺を促《うなが》す。

「あ、あの……トラックを」

「ああ、そうでした」と遠坂は微笑むと、執事に指示をした。

「修理《しゅうり》・点検して尚敬校に届けておくように手配してくれ。それでは行きましょう」

遠坂は田辺を促して歩き出した。少し離れたところに軽トラ三台分の長さはあるかと思われるリムジンが停めてあり、ふたりは後部座席に向かい合って座った。

「災難《さいなん》でしたね」

いえ、災難を引き起こしたのはわたしなんです、わたしが悪いんですと言おうとしたが、遠坂は指を振って遮《さえぎ》った。

「辛《つら》いことは忘れないと。ちょっとわたしにつき合ってくれませんか」

わたし仕事があるんです、と田辺は見事に言い損ねてしまった。

## ●五月七日　午後四時二分　昇竜軒付近

勇者を讃《たた》える歓声に送られて若宮は店を後にした。背には新井木をおぶっている。見送るギャラリーの笑顔が示すとおり、ふたりは店主との勝負に勝ったのだった。店主はカウンターの向こうでがくりと肩を落としていた。

近くの公園のベンチに新井木を横たえ、脈拍《みゃくはく》と息の有無《うむ》を確かめる。うむ、生きているな。そのままぼんやりと風に吹かれていると、新井木がぱちりと目を開けた。

新井木はいきなり身を起こすと、口を押さえ植え込みの陰に駆け込むと、盛大《せいだい》に胃《い》の中身をぶちまけた。

しばらくして、新井木は背筋《せすじ》を伸ばして立ち上がった。

「今日はありがとね。デートにつき合ってくれて」

「……麺《めん》が鼻から出ているぞ」

若宮がため息交じりに言うと、新井木は、けらけらと笑った。が、ふと真顔に戻ると、呆れる若宮の前で何やら懸命《けんめい》に考え始めた。そしていきなり笑顔で言い出した。

「僕、決めた。若宮君にする」

「俺が、何をするんだ？」

「ねえ、旅行に行かない？」

「なんだと……」若宮は呆気に取られてその場に立ち尽くした。

「できれば温泉。露天《ろてん》とかあるとこ。できれば混浴《こんよく》、なんちて。ねえ、一緒に行こうよ」

「は……？」男と女が、温泉に旅行に行くってことは……いわゆる、そういうことなんだよな。ふと、若宮の脳裏《のうり》に、さっき新井木が言っていた軍服の中身についての想像が広がった。よからぬ妄想《もうそう》を振り払うように、ぶるっと頭を振った。

「そ、それは……つまり、そういうことか？　いわゆる、男と女が温泉で……というか、新井木は俺が好きってことか……それは告白か？」

「まあ、そうだね。今決めたから」

新井木はどこまでもあっけらかんだ。

「よくわからんが、こういうことは、女が考えて決めるもんなのか？」

「だいたいはそうだね。特に僕みたいにプリチーな女子の場合は」

こうもきっぱりと言われると、なんとなく正しいように思えるから不思議だ。

「そっか。でも、今は戦時下だぞ」

「あ、それなら大丈夫。原さんと速水君なんてラブラブで旅行に行ってるしさ」

新井木の言葉に、若宮は愕然《がくぜん》として目を見開いた。

「ななな、なんだと？　原さんと速水が？　なんでそんなことが？　そんな馬鹿な！」

「けど、一昨日からふたりとも揃っていないんだよ。出撃命令にも来なかったし。滝川君が三日前の夕方ふたりきりで話しているの見たって言ってるしさ。原さんはお忍《しの》びで速水君ちに通ってるとこを目撃されてるし、絶対、一緒だよ」

若宮は必死で新井木の言葉に反論を試《こころ》みる。

「た、例えばだな、速水が原さんを食事に連れ出して、原さんが転んで怪我《けが》をしたとか、強引《ごういん》に速水に酒を飲まされて……それで無理やり速水が自分の部屋に連れていって、それでも原さんは抵抗して速水に部屋から逃げ出すところを見られただけなんじゃないのか？　俺はそう思うぞ、真剣に」

原は若宮にとっては憧れの女神様だった。そんな原さんが速水ごときと一緒なわけはない。断じてない。あってはいけないのだ。

新井木が口をあんぐりと開けて、若宮を見ている。

「若宮君、速水君が嫌いなの？　ま、それはいいけど、出撃命令の件はどうなるの？」

「あー、さっきも言ったが原さんは転んで足を怪我しているに違いない。間違いない」

「けど、それなら連絡してくるはずだよ」

新井木があっさり否定すると、若宮の表情が凍りついた。

「れ、連絡なし……出撃に応じず……脱走だぞ。……それ」俺は石津になってしまったかと若宮は口をぱくぱくさせて言葉を絞り出した。

「もう、頭が固いんだから！　それでも大丈夫なんだって！　善行さんはふたりを病欠扱いにしてお咎めなしにしてるんだよ！」

「……善行司令に確認する」若宮はそれだけ言うと、新井木に構わず公園を後にした。

※

「はあ。そうですか、一昨日から。ふたりの行方不明に関連性は……一緒に旅行などということは……そんな笑わんでくださいよ。そうですね、わたしもそう思います。なるほど……はあ、はあ。失礼しました。すぐに隊へ戻ります」

若宮は近くで作業をしていた工兵隊の作業車両に駆け込むと、無線機を借り受け、善行の衛星携帯に連絡を取っていた。深刻な表情で話す若宮の後ろには新井木が意味不明な笑いを浮かべて佇んでいる。やがて無線機をオフにすると若宮は憤然と新井木に向き直った。

「善行司令は呆れていらっしゃったぞ。馬鹿げた噂をでっちあげるんじゃない！」

「噂じゃないよ。推理」新井木はぺろと舌を出した。

「でも、ふたりが一緒って考えるほうが無理がないと思うけど」

「とにかく隊に戻る」工兵隊に無線の礼を言うと、若宮は先に立って歩き出した。

「ねえ、温泉行かないの？」新井木は追いつくと、甘えるように若宮の腕に抱きついた。若宮は顔を赤らめ、咳払《せきばら》いをした。

「だ、だから……無断で行くのはよくないと。休暇届《きゅうかとどけ》を出すなら別だが」

「じゃあそうしようよ！　黒川《くろかわ》温泉、行ってみたかったんだ。宿の予約は任せて、私が持ってる雑誌に載ってるから……あ、そうだ。思い出した。あの本は仕事中に原さんに取り上げられたんだっけ……？　まいいや、本は他にもあるし、なんとかする。若宮君はバスの切符《きっぷ》の手配とかお願いしていい？」

「……うむ」

もしかしたら、配備の軽トラの一台くらい借りられないものか……などと不謹慎《ふきんしん》なことを考えた。しかし、こんなことが、こんなにあっさり決まっていいのか？　未《いま》だ半信半疑といった若宮の顔をのぞき込んで新井木はけらけらと笑った。

「なんか嬉しそうだよ、若宮君？　あんなことやこんなこと考えてわくわくしてたりして」

「ば、馬鹿を！　俺は……とにかく、まずは休暇届を出して、善行さんの許可を得てからだ。許可が下りなければ駄目だ」

「えっへへ、了解であります！」

新井木は世にも下手《へた》くそな、それでいて妙《みょう》に可愛らしい敬礼をした。

その後、若宮の歩き方が心持ちぎこちなかったのは気のせいばかりではないようだった。

## ●五月七日　午後四時五分　尚敬校体育館

ふたり組は梯子《はしご》を伝《つた》って一階に降り立つと、バスケットボールを手にした狩谷をまじまじと見た。無表情だった目に好奇心《こうきしん》が浮かんでいる。

狩谷は澄ました顔でボールをバウンドさせ、ドリブルを始めた。

狐顔の男がレンチを手に近づいてきた。

「僕に近づくな」

狩谷はそう言うと、五メートルほどの距離に迫った男めがけてボールを投げた。とっさに避《よ》けようとした男の右手にボールが当たって、男はレンチを取り落とした。

狐顔の男はボールを拾い上げると、思い切り狩谷に投げつけた。衝撃があった。狩谷は辛《かろ》うじて受け止めると、男を睨みつけた。

「ふん、健常者《けんじょうしゃ》の割には非力《ひりき》だな」

今度はもう少し力を込めてボールを投げつける。狐顔の男は薄笑いを浮かべ、やすやすとボールを受け止めた。

それにしても、こいつらの動機はなんなんだ？　弱い者苛めが趣味だとか？

考えてみれば変だ。わざわざ学兵の制服を着て犯行に及ぶなんて、自分の身分を明かしているようなものだ。

命の危険に晒されながらも、狩谷の心の中で好奇の気持ちが広がる。

「目的はなんだ？　僕を殺しても得るものはないぞ」

相手に何か話させ、情報を聞き出しながら、一分でも一秒でも時間を稼ぎ、救援《きゅうえん》を待つ。

もしくは、車椅子の学兵相手だと敵が油断したつけを支払う可能性を増やすことが自分の戦いだと狩谷は思い定めた。

再び衝撃。車椅子ごと狩谷は後ずさった。

「それで力一杯のつもりとはな、笑わせるよ。おまえらの隊では訓練もまともにやらないみたいだな？」

だが、相手は張りついた笑みを浮かべるだけで何も答えない。

狩谷にとっては永遠《えいえん》とも思える数分が経《た》った。相手のボールを顔面で受けて、口の中に血の匂いが広がった。受け止めようとした腕が空《くう》を切って、ボールが床に転がった。

狐顔の男は薄笑いを浮かべ、レンチを拾い上げた。

狩谷は歯を食いしばり、ありったけの憎悪《ぞうお》を眼差しに込め、男を睨みつけた。

不意に用具置き場のドアが開き、石津が姿を現した。

馬鹿、逃げなかったのか？　狩谷は愕然《がくぜん》として石津を見つめた。

その時——天井から急降下するものがあった。それは真《ま》っ逆《さか》さまに狐顔の男の頭上に落下すると、その顔に張りついた。

くぐもった男の悲鳴が起こった。

茫然とする狩谷の目に、毛むくじゃらの小動物が男の顔に爪を立てているのが映った。男は両手で顔を押さえ、悲鳴をあげながら床を転げ回った。女が銃を取り出すと同時に、「フリーズ」と館内に声が響き渡った。

狩谷が顔を上げると、二階から加藤とヨーコ小杉がアサルトライフルを構え、銃口を女に向けていた。

「その浮気男を傷つけたら承知せぇへんよ！」

「浮気っ……て？　わけのわからないこと言ってないで早く撃て！」

狩谷が促すと、加藤は怒りに目をきらめかせ引き金を引いた。

タッタッタッタッタッタッタと軽く乾いたアサルトライフル特有の銃声に、加藤の口から「あっわっわっわっわっわっわ」という声が重なる。その音に合わせて加藤が踊っていた。右上に引っ張られるその銃の癖に引きずられて加藤の身体が弾《はず》んでいる。放たれた弾丸は体育館の屋根に勢い良く縫い目をつけていく。

数秒後、全弾を撃ち尽くして銃声はやんだ。

よく見ると敵味方を含めた加藤以外の全員が、頭を抱えて床に突っ伏していた。

静まり返った体育館を見渡して、加藤が慌てた様子で言った。

「ど、ど……どうやっ！」そう言いながらも、銃の反動はかなり怖かったとみえて目に涙が溜《た》まっている。

ヨーコはその声を聞くと、苦笑しながら立ち上がり、賊のふたりにあらためて銃口を向けた。

「銃を捨テテ、行きなサイ」と言った。女の顔に憎悪が浮かんだ。

「相討《あいう》ちでもいいから、なんてダメですヨ」

そう言うとヨーコは引き金を引いた。加藤とは違いヨーコのライフルはシングルバーストに設定されていた。銃弾が一発、女の足下に突き刺さった。

女はビクリと飛び退《の》いた。それで戦意《せんい》を喪失《そうしつ》したらしく、両手を挙げた賊のふたりはそのまま後ずさるように体育館の出入り口へ移動していく。

「それだけの腕があるならどうして殺さないんだ？」

床の上から声がした。

加藤が銃撃を開始した時、狩谷も車椅子から前方に倒れ込むようにして、床に身を投げていた。そのため、寝転がった状態でヨーコを見上げて話していた。

出入り口の鍵を自ら開け、よろめき去る男女を見送る。

「だからどうして撃たないんだ」床から狩谷はヨーコに食ってかかった。

しかしヨーコは穏やかな笑みを浮かべたまま、かぶりを振るだけだった。

「狩谷クンはよく頑張りましたネ。けれども、憎んではいけまセン。狩谷クンにはこれ以上、人を憎んでほしくないネ」

「ふん」と鼻を鳴らした時、ふと自分を見下ろす石津の視線を感じた。狩谷はきまり悪げに石津を見つめ返した。

ふたり組が素直に退散するか監視するためだろう、ヨーコが銃を構えて出口の方に歩いていき、そのまま館内から出ていった。

石津はブータを抱いていた。ブータは小隊のマスコット的な老猫《ろうびょう》である。

疑問だらけだった。狐顔の男に襲いかかったのはブータなのか？　それにしてはあの小動物は化け物じみていた。

狩谷の疑念《ぎねん》を察知《さっち》したように、石津がぼそりと口を開いた。

「ブータ……が……猫缶……よこせって」

「猫缶……どうして？　それより、起こしてくれないか」

人に見下ろされて話すのに嫌気《いやけ》が差した狩谷は、質問と同時に頼んだ。

「ブータ……が……ふたり……を呼んだの。だから……猫缶」

「その猫が、呼んだ……？　まぁいい、とりあえず手伝ってくれ」

腕立て伏せの要領で上体を床から持ち上げ、車椅子の方へ移動しようとする。

「それは……………加藤さ……んの……仕事」

それだけ言うと、石津は重たげにブータを抱きかかえ、背を向けて歩き出した。

石津が背を向けた瞬間、ブータがひょいと頭をもたげ、自分に笑いかけたような気がして狩谷はぶるっと頭を振った。

「なっちゃん……この、浮気男……」

石津がいなくなると、加藤が傍らに立った。

「さっきからいったい何を言ってるんだ？　馬鹿馬鹿しい」

そう言った狩谷を見下ろしながら、加藤はしばらく何も言わず、拳を握りしめて立っていた。

そして意を決したように、突然、怒鳴るように気持ちを吐き出した。

「馬鹿馬鹿しくなんかあらへんっ。わたしと違う女の子にうつつを抜かすから、こんなことになったんやっ」

「うつつを抜かすだと？　そんな暇がどこにあるっ。原さんもいない、森も外出。そんな状態で自分の仕事もままならないのに、遊んでる暇がどこにあるんだ！」

狩谷の語気に少し怯《ひる》みはしたが、今日の加藤はなお反論を続けた。

「昨日かて、裏庭で田辺さんとふたりで楽しそうに話してたっ。それに、それに今日だってふたりきりでここに入り込んで、いちゃいちゃして……」

狩谷は呆気に取られた。

「それは、昨日からの騒動の中で仕事が進まないから、彼女に助けてもらってたんだ」

「助けてもらってたって……なっちゃんがこんな目に遭《あ》ってるのに助けに来てへんやん。助けに来たんはわたしや……駆けつけたのはわたしやんか……う、うぅ」

そう言いながら、加藤はすでに半泣きだった。

加藤の言ってることは飛躍しすぎだ。狩谷は田辺にボディーガードを頼んだわけではない。だが、加藤の思いは伝わっていた。

「確かにそうだ……それにしても君がライフルの引き金を引くなんてね」

「わたしだって……わたしだって、びっくりした。せやけど、もう必死で……」

狩谷のいつにない優しい口調に、加藤の興奮も収まってきていた。

「……僕を助けに来てくれたのは加藤だ……そこで相談だ、できれば、もう一度僕を助け起こしてくれないか？」

加藤は「あっ」と声をだして、慌てて狩谷に駆け寄った。

「ごめんね、ほったらかして」狩谷の背中から腕を回して抱き起こし、「ん、ん、よいしょ」と車椅子に座らせた。

「ありがとう、助かったよ」

「ううん。それより……ほんとに田辺さんとは……その、なんでもないの？」

加藤は車椅子の後ろに立ち、狩谷の背中に話しかけた。

「……自分で立つことのできない、こんな陰険眼鏡を好きになる物好きがほんとにいると思ってるのか？」

後ろに立っていて狩谷には見えもしないのに、加藤はぶんぶんと首を左右に振った。

「わたし物好きやモン、そりゃもう、ごっつい物好きやモン……ね、なっちゃん。今度はわたしとも、あんな楽しそうな……笑顔で……お話ししてくれへんやろか……？」

加藤の言葉の最後のほうは、消え入りそうなほど小さくなっていた。

「命《いのち》の恩人《おんじん》の頼みはむげにできないからな……」

狩谷の首筋に温かい滴《しずく》が落ちた。

次いで、後ろから腕が伸び狩谷は抱きしめられた。

**●五月七日　午後四時十五分　九品寺　原素子自宅**

自分は原さんに頼りすぎていたな。善行は歩きながら物憂《ものう》げに考えていた。

原の才能を頼りに、整備班の運営を任せきりにしてしまった。原はそんな自分の期待に応《こた》え、驚異的《きょうい》な稼働率《かどうりつ》で士魂号を戦場へと送り出してくれた。

数年前、手前勝手な理由から彼女の前から立ち去り、溌剌《はつらつ》とした少女らしさを奪ったのは自分だ。そのせいもあってか、もしも今回のことが本当に速水との駆け落ちであるなら、女性としての何かを取り戻すということでも悪い気はしなかった。過去の自分の責任を速水に押しつけたようで、少し自分が卑《いや》しい人間になったような気もするが、そんなことは原が幸せになりさえすればすべて払拭《ふっしょく》できる。とりあえず、今は探し出して正式な除隊をさせ、その後にふたりを逃がせばいい。

しかし……原の失踪が昨日準竜師と話した士魂号の秘密に関《かか》わることであったなら、事態はかなり深刻《しんこく》なものになる。それこそ、永久《えいきゅう》に彼女を失うほどの。

どちらにせよ、今は探し出すことが最優先事項だ。

善行は大きく息を吸い込むと、原のマンションを見上げた。

近辺《きんぺん》の住宅地は戦災《せんさい》の被害《ひがい》もなく、落ち着いた佇まいを保《たも》っている。善行は玄関に立つと、瀬戸口から預かったキーピックを取り出し、何のためらいもなく解錠《かいじょう》した。

昔つき合っていた頃、彼女の住む部屋を訪れたことはあるが、この部屋に来たのは初めてだった。それがまさかこんなかたちで来ることになるとは——脱いだ靴を何気なく揃えている自分に気がついて、善行はほろ苦《にが》く笑った。

室内は生活感が漂っていた。料理好きの原らしく、キッチンからは煮付けでもしたのか醤油《しょうゆ》と味醂《みりん》の匂いが漂っている。

居間兼寝室《いまけん》に入るとベッドの周りに散乱している服を善行は見つめた。それがいつものことなのか、慌ただしい逃避行《とうひこう》のための荷造りのせいなのかは判然としない。

瀬戸口の報告どおり、端末はなくなっていた。

机替わりの小テーブルの上には専門書が数冊、その脇にはクラシックのCDが何枚か置かれていた。部屋の隅には工具類がいくつか置いてある。疎開者の住宅の中から適当に割り振られた部屋だったが、そこには原の個性が間違いなくあった。

善行は無造作《むぞうさ》に丸めてポケットに突っ込んでおいた一冊のノートを取り出した。表紙にはDIARYとそっけなく書かれている。瀬戸口が最初の捜索の時に持ち帰ったものだ。瀬戸口はこれを渡す時に、開口一番《かいこういちばん》、見てはいませんと言っていたが、どこまで信用したものか。

ノートを開くと中は白紙で、一ページ目に眼鏡と無精ヒゲのどこかで見たような男の似顔絵が描かれてあった。そしてすぐ左には踊るような字でこう書かれている。

――信じらんない、他人《ひと》さまの日記帳を盗《ぬす》み見るなんて。このすけべ→

善行は苦笑を洩らし、次の行に目を走らせた。

――これを読んでいるのはきっと善行さんね。それじゃ問題。わたしの部屋にはおかしなところがひとつだけあります。それはなんでしょう？

善行はノートを閉じ、あらためて部屋を見回した。

善行はベランダに通じるサッシに目をやった。強化ガラスがむき出しになって、陽が燦々《さんさん》と射《さ》し込んでいる。カーテンはない。ひとり暮らしの兵たちは自室に趣向《しゅこう》を凝《こ》らさないのが普通常になるからだ。戦闘の激化とともに生活の中心は隊になり、部屋は寝に帰るだけの場所というのが通常になるからだ。

だが原は違うと善行は思った。今いるこの部屋の生活感からもわかるように、この種のことに原は決して手抜きはしない。はるか昔、彼女の部屋を訪ねた時も、延々《えんえん》とカーテン選びの難しさについて講釈《こうしゃく》されたものだ。カーテンで部屋を彩《いろど》るといった発想などまったくなかった善行は、話を右から左へ聞き流してはいたが……。

クロゼットの扉を開けると無造作にカーテンが放り込まれてあった。

生地《きじ》を丹念《たんねん》に調べる。上辺のタックの部分にごわごわとした感触があった。やがて善行は小指大ほどに折り畳《たた》まれた紙を手にしていた。

「これじゃ、ラブレターなのか三行半《みくだりはん》なのかわかりませんね……」

善行はそうつぶやくと紙をポケットに収めた。

このまま軽はずみに行動するよりは一旦《いったん》隊に戻り、情報を集めてから動いたほうがいいと判断して、部屋を後にした。

## ●五月七日　午後四時十二分　花畑公園

なるほどこれは酷い、と舞は目の前の光景を眺めやった。

市民の憩《いこ》いの場であるはずの公園には、付近の瓦礫から出た廃棄物《はいきぶつ》——ゴミがうずたかく積まれていた。軍と業者のトラックが入れ替わり立ち替わり公園に乗り入れては、戦争が生み出した大量のゴミを廃棄してゆく。足下に転がっている熊のぬいぐるみに気づき、舞は顔をそむけた。それでも公園の樹木《じゅもく》は元気で、ゴミの間から青々とした姿を現していた。木の間越しには外壁をミラーに覆《おお》われた司令部ビルが、西陽を反射してまばゆく輝いていた。

園内は閑散《かんさん》としていた。舞は公園の入り口に立ったまま、もう一度辺りを見回した。

「それで——俺たちに何か用か？」

振り返ると、樹木の陰から戦車兵の制服を着た脱走兵が姿を現した。

全身垢《あか》じみて、ゴミの山と同化したような印象を与える。ぱさぱさの髪を森精華と似たようなバンダナで束《たば》ねていた。

「人を探している。数日前に、そなたらの仲間を懲《こ》らしめた男のことだ」

舞の言葉を聞いて、脱走兵の顔に怒りの色が浮かんだ。

「おまえ、何者だ？」

物陰から男たちが現れ、舞は囲まれていた。しかし舞は平然として脱走兵を見上げていた。

「ここがどんな場所だか、知ってて来たんだろうな？」

仲間の加勢《かせい》を得て、目の前の男の顔に下品《げひん》な笑顔が浮かんだ。

「知っている。それゆえ、応援の者を手配した」

舞が手を上げて合図をすると、ピシリと音がして地面に落ちていたアルミ缶が宙を舞った。

続いて男の足下三十センチ手前に着弾し地面がえぐられた。静かで断固とした威嚇《いかく》だ。

即座に笑顔が消え後ずさる脱走兵に、舞は「そういうことだ」と静かに言った。

「なんなんだよ？　あいつといいおまえといい……」

舞がその男の姿形を問いただすと、脱走兵は頷いた。

「あぁ、なよなよと……ちっ、しかもご大層《たいそう》に女連れでこんなとこに来やがって。どうせ人目につかない場所でも探してたんだろうが――」

「待てっ！　女連れだったのか？」

舞は男の言葉を遮《さえぎ》って聞いた。その反応には男も驚いたようだった。そんなことも知らずに捜してたのか、と言わんばかりの態度で先を続けた。

「あの坊やみたいなのには不釣り合いなくらいな感じだったな。初めは制服だけいただこうと思ったが、あんな美人を見せられたら女日照《ひで》りのここの連中だって、そりゃいきり立つわ」

三日ほど前の夕刻、日が沈みかけた頃だと言う。その学兵は同じ隊の制服を着た美人、たぶん原であろう人物の手を引いて、慌てた様子でこの公園に入ってきた。隙を見はかろうと仲間のひとりが声をかけたところ、その速水とおぼしき学兵は、「しばらくの時間身を隠す場所を捜している」と言ったという。その後、数人で取り囲み、制服と女を置いていけと言った途端、思わぬ抵抗に合った。ふたりが肩を脱臼《だっきゅう》し、ひとりが顎《あご》を砕《くだ》かれた。あっという間の出来事だったという。

「さっきそなたが言った、制服だけというのは、どういうことか？」

「最近は学兵の制服を買い取るやつがいるんだよ。食い詰めた脱走兵はそれで金を得ているやつが少なくない……」

そんなことがあるのかと呟いた後、舞は一縷《いちる》の望みを託して、最後の質問をした。

「ふたり連れの隊章は……これだったか？」

しかし、脱走兵はいとも簡単に頷いた。

「……あの、たわけがっ」舞は俯いて、そう吐き捨てた。

そのことを承服《しょうふく》できない……というよりは、したくないという気持ちが心にある。本人の口からそう聞かされるまでは、納得できない。そのためにも、今は捜すしかない。

脱走兵は、急に黙った舞を気味悪そうに見守っていた。

「聞きたいことはそれだけか？　いつまでも物騒《ぶっそう》なものに狙われているってのはあまり気分のいいもんじゃない……」

「ああ、そうだな。その後、どこへ行ったかわかるか？　あー、つまりそのふたりが？」

「さあ、あれだけの立ち回りをしたんだ、ここいらにはいられないだろうな……」

「そうか」舞はそっけなく頷くと背を向けた。

それを見た脱走兵が声をかけた。

「なあ、ひとつ教えてくれ。あいつは何者なんだ？」

「わたしのパートナー……だった男だ……」

舞は考えた末に過去形でそう言うと、振り向かず歩《ほ》を進めた。その背中に、「なんだ、バックアップまで頼んで、痴話喧嘩かよ」という台詞《せりふ》が投げかけられた。

公園を出ると、狙撃《そげき》用ライフルを肩にかけた十翼長が小走りに近寄りながら声をかけてきた。

「お話は終わりましたか？　万翼長殿」

公園を見下ろす三階建てのビルの屋上から舞をバックアップしていた者だ。

名前は知らない。ただ往来《おうらい》で暇そうにぶらぶらしている兵たちに、「狙撃が得意な者は？」と声をかけただけだ。ほとんどの者に無視されたが、この十翼長だけが名乗り出てくれた。十翼長は原隊《げんたい》を失って一週間経つというのに配属される隊が決まっていないということだった。

「済んだ。そなた、行き先がないということであったな。ならばわたしの名刺《めいし》を持って軍事務局に行って申し出るとよい。3077への配属を勧められたとな。独立混成小隊ゆえ、原隊なしということであれば即決《そっけつ》で配属されるだろう。そこの島村という隊長は素人《しろうと》だが、兵を大事にしてくれる。そなたなら歓迎されるはずだ」

「良かった……報酬《ほうしゅう》の話がなかったんでどうなるかと思ってたんですよ。まあ、芝村と名乗ったんで、手伝っておいて悪いことはならんだろうとは思いましたが」

狙撃兵はそう言って、舞の落胆《らくたん》をよそに、あはははと快活《かいかつ》に笑った。

言いにくいことをはっきりというやつだと思い、舞は苦笑した。しかし、こうした人間を舞は嫌いではなかった。

「そこでは不満か？」

「さっき、素人さんの部隊って言ってましたが……？」

「いえいえ、そんなことは。どうせあと四日で戦争も終わりますしね。ただ、隊によって食糧《しょくりょう》事情って違いますよね」

舞は苦笑して十翼長を見た。狙撃要員《ようゐん》には見えぬ丸々《まるまる》とした体つきだ。

「案ずるな。ここの隊長は事務官出身だ。食料調達にかけてはプロ中のプロだぞ。そなたの体型維持《いじ》には最適な隊であろう」

## ●五月七日　午後四時二十分　原素子自宅

売り言葉に買い言葉で、茜と田辺にああは言ったものの、原の家に行っても別に自分ができることなどたかが知れていると思い、森は学校を出てしばらくは何をするでもなくぶらぶらとしていた。とはいえ、普段《ふだん》から真面目な森のこと。街で時間を潰す方法など思いつかなかった。街を彷徨《さまよ》ったあげく結局原の家に向かっていた。

森が玄関の前まで行くと、中から善行が現れた。

「し、司令？」驚いて森が声をあげる。

「あれ、森さん。どうしました？」思いのほか冷静な声で善行も問い返す。

「あ……わたしもいろいろ心配で、先輩の様子を見ようと思って……」

「そうですか。森さんは原さんと長いですから心配ですね」

「あ、あの、先輩いるんですか？」

「いえ、いません。あ、何か調べるのならどうぞ」

他人の部屋に他人を入れるのに、どうぞという善行が可笑《おか》しかった。

「女性の部屋に無断で入るなんて、司令も大胆《だいたん》ですね？」

そう言いながら森は眉をひそめ、笑みを浮かべて冗談ぽく睨んだ。

「あぁ、これも仕事ですから」善行の苦笑を洩らす。

「それで、何かわかりましたか?」

「さて、どうなんでしょう? それをこれから調べてみようかと思いまして。それでは、急ぎますから」

そう言うと、善行は歩き出した。慌てて森が尋ねる。

「あ、あの帰る時は、鍵はどうしましょうか?」

善行が振り返る。

「わたしも持っていません。そのままでいいでしょう。わたしが来た時も開いてましたから」

「えっ、そうなんですか……?」

善行はその質問には答えず、曖昧《あいまい》に笑うとそのまま立ち去った。

森はドアを開け放ち、恐る恐る中に入った。

森は部屋の中まで進み散乱する原の服に目を留めた。森の目はワイヤーに縁取《ふちど》られた下着に釘《くぎ》づけになった。大きいし……わたしのより断然《だんぜん》おしゃれだ。

これを司令も見たのかしら? わけもなく顔が赤らむ。そして、鍵は開けっぱなしにして帰ることを思い出し、床に座り込んで散らばった服を丁寧《ていねい》に畳み始めた。服と服の間に下着類を入れて、入ってきた者の目につかないようにする。

女性が知らない人に散らかった部屋を見られるなんて嫌に決まっている。ましてや下着なんてなおさらだ。できることなら掃除機もかけていきたいとすら思う。しかし、そこまですると先輩のプライドにもかかってくるかと思い、簡単《かんたん》な片づけだけにとどめようと決める。

　立ち上がりキッチンへ行くと、シンクにあった紅茶用のポットとティカップを洗った。台ふきんを持って居間に行き、テーブルの上の本とCDを片づけ台ふきんできれいに拭いた。次に、さっき畳んだ服を片づけようとクロゼットを開けた。カーテンが無造作に突っ込まれた箱があった。その横に雑誌が一冊置いてある。

　それは新井木が好《この》んで読むような、女の子向けの雑誌だった。いつもは専門書ばかり読んでいる原の別の一面を見た気がした。思わず手に取ってみる。表紙にはピンク色の文字で「彼氏と行くなら、ここに決まり！」とコピーが踊っている。この号の目玉は温泉特集らしい。

　パラパラとページをめくっていくと、黒川温泉の記事が目に飛び込んできた。記事自体はなんの変哲《へんてつ》もないものだったが、森の目を惹《ひ》いたのは、カラーペンの大きな丸でその記事が囲《かこ》ってあったことだった。さらに「兵士、学兵たちにも大人気の名湯《めいとう》」とあったことだった。

　森の脳裏にある言葉が浮かぶ……木を隠すなら森の中……。

　部屋でも掃除しようとしない限り見つかりそうもないこの新情報に、森の心は弾んだ。やはり、先輩を見つけるのはわたししかいないのだ。

　クロゼットの扉を閉めると、雑誌を手に原の部屋を飛び出した。

## ●五月七日　午後四時二十五分　熊本市街　ムーンロード付近

純心女子戦車学校での講演と格闘訓練を終えた壬生屋が、校門を出てやっと終わったとため息をひとつついた時に、横手から声がかかった。門の柱に寄りかかるように瀬戸口が立っていたのだ。

さっきの女子学生の話から、またこんなところでナンパをっ、と一瞬気色《けしき》ばんだ壬生屋だったが、瀬戸口の「原と速水の捜索のために待っていた」と言う言葉で我《われ》に返った。

その後、連れ立って市街地まで歩いてきたのだった。

道すがら「中村と岩田は？」という質問に、ひと足先にメーカーへ行ってしまったと説明すると、納得とも不満ともつかない顔をした瀬戸口だった。

帰り際の支度《したく》で足袋がなくなっていたが、汚れた場合にと持ってきていたもう一足を履《は》いてことなきを得たことは話さなかった。

壬生屋は訓練再開の後、女子学生たちに質問攻めにあったが、心の中で「まだ」と言い訳しながら、わたくしには彼氏はいませんの一点張りで押し通した。

しかしふたりきりになると、中村が言った「まだ」のひと言を妙に意識してしまっていた。

「なあ壬生屋、そんなところ探してどうするんだ？」

瀬戸口は呆れたように、真剣な顔で瓦礫の隙間をのぞき込んでいる壬生屋に話しかけた。

「え、だけど……」

壬生屋は振り返ると、目の前にある顔と自分の心中《しんちゅう》が相まって顔を赤らめた。

瀬戸口は壬生屋の顔をのぞき込んだ。

「ははは。おまえさん、わたくしなーんにも考えてませんって顔をしているぞ。猫じゃあるまいしそんなところにいるかよ」

「し、失礼な！　わたくしだっていろいろと考えているんですっ」

壬生屋の甲高い声に、通行人が何ごとかと振り返る。瀬戸口は耳を押さえて、苦笑した。

「下手な考え、なんとやらっていうからな、ははは」

「なんということを！　もっと真面目にやってくださいっ！」

「冗談だって。壬生屋は怒っている顔が一番いいな」

一番いいなと言われて壬生屋は、どう対処していいかわからず、慌てて話題を変えた。

「あ、あの、瀬戸口さんはおふたりのことが心配じゃないんですか？」

「……ああ、大して。原さんも速水も子供じゃないんだから。それにもし、本当にやばい状況に陥《おちい》ってるなら、俺たちじゃ手に負《お》えるわけがない。そうなったら善行司令の仕事だ。だから、俺たちはやれることをやればいいのさ」

「え、ええ……」わたくしは不純だ、と瀬戸口の言葉を聞きながら壬生屋は唇を噛んだ。

ふたりのことを心配だと言いながら、それ以上に、自分は瀬戸口とふたりきりのこの状況を楽しんでいた。瀬戸口はそんな自分のことを見透《みす》かしているのだろうか。

不純で自分のことしか考えない女、と軽蔑《けいべつ》しているかもしれない。こうなったら、すべてをぶちまけて告白しようか？　いや、そんなことは……でもそれではずっと「まだ」のままだ。

「失礼だが……」

ぐるぐると考えている壬生屋の思考が聞き慣れない声で中断された。

見ると、ひとりのスーツの男がふたりの前に立ち塞がっていた。さらに少し離れて、同じような男たちが数人こちらを見つめている。

「なんでしょう？」驚いた様子もなく、瀬戸口が淡々《たんたん》と応じる。

「身分証を」

瀬戸口は身分証を取り出すと、男の鼻先に突き出した。

「5121小隊の瀬戸口だ。こちらは士魂号パイロットの壬生屋百翼長」

「あ、これは……失礼した」壬生屋かもしくは5121小隊のことを知っているらしい男は、目をしばたいた。

「こっちはきちんと対応した。次はそちらの番だ。藪《やぶ》から棒にいったいなんだ？」

男はしばらくためらったが、身分が明らかなこととふたりが名誉のある隊員であることもあって、自分が私服の警察官、つまり刑事《けいじ》であることを明かし、しぶしぶではあるが話し出した。

「……幻獣共生派《げんじゅうきょうせいは》だ。連中《れんちゅう》が学兵の軍服を着て街に潜伏《せんぷく》しているらしい。裏マーケットで学兵の制服を買い占めているブローカーがいるというんで調査していたら……」

刑事がちらりと目を動かした方向を見ると、三、四十メートルくらい先に数人の学兵がたむろしているのが見えた。

「やつらがそうだと？」未だ涼しい声で瀬戸口が聞く。

「隊もばらばらで、学兵だというのに中には三十代の者までいる、間違いない」

「なるほど……」と言った瀬戸口の声に、

「……共生派ですって」と唸《うな》るような壬生屋の声が重なった。

「おまえさん……まさか？」さっきまでとは打って変わって、瀬戸口の口調が慌てている。

壬生屋は瀬戸口の声など聞こえなかったかのように私服警官に言った。

「許しません……刑事さん、わたくし協力します」

え？　っと一瞬呆気に取られていた刑事だったが、「ちょっとお待ちを」と言いおいて、控えている他の刑事の方へ歩いていった。

「おまえさん、本気なのか？」

「瀬戸口さんには迷惑はかけません。わたくしひとりで平気です」

「そうは言ってもなぁ……」ぼりぼりと頭を掻きながら、瀬戸口。

やや小走りに刑事がふたりの前に戻ってきた。

「では、恐縮《きようしゆく》ですがご協力お願いします。実はこの後、ことをどう進めようかと思案《しあん》していたところでして……」

さっきまでの不躾《ぶしつけ》な態度とは変わって、いきなりお客さま扱いの言葉遣いになっていた。

その態度の変化に瀬戸口は眉を寄せたが、壬生屋は一向《いつこう》に気にせず意気《いき》込《ご》んでいる。

「そ、それで、わたくし何をすれば」

「はい、おふたりで何気なく近づいていただいて、やつらの気を逸らしてもらえれば十分です。もしかしたら、そちらの制服に興味を見せるかもしれませんし、そうなったら検挙《けんきよ》する理由が確定しますからなおさらＯＫです」

「やっぱり……」

瀬戸口がひと言。それを聞いて壬生屋が慌てる。

「あ、ご協力するのはわたくしです。この人は何も……」

それを聞くと刑事はふたりを交互《こうご》に見て、最後は驚いたように、「そうなのですか？」と瀬戸口に聞いた。

瀬戸口はふっと鼻で笑うと、「いや、やりますよ、もちろん」とこともなげに言ってのけた。

「あ、でもそれじゃ——」

「良かった。それではよろしく」

壬生屋の言葉を遮るようにそれだけ言うと、刑事はそのまま仲間の方へ戻っていった。茫然と刑事の背中を見ている壬生屋に、瀬戸口が笑って言う。

「刑事なんてあんなもんだ、使えるものは何でも利用する。んじゃ、行こうか？」

瀬戸口に促されながらも、壬生屋は抵抗した。

「わたくしが勝手に言い出したことなのに」

「最初からおまえさんを独りで行かす気なんかなかったよ」

瀬戸口はそう言って笑った。その笑顔を見て壬生屋は、やっぱり自分はこの人のことが好きなのだと思う。そう思うからこそ、なおさら申し訳ないと思った。

「すみません……」壬生屋は言いながら下を向いた。

「気にしなさんな。今はうまくやることを考えよう」

瀬戸口は素早く壬生屋の肩を抱いた。

「な、何を？」

たじろぐ壬生屋を瀬戸口はもっと強く引きつけた。

「さっきのすみませんが本心なら、今はこっちの言うことを聞いてくれ。設定はこうだ。俺たちは終戦ムードに浮かれた恋人同士で、ちょとした喧嘩の最中だ。わかった？」

「えぇ、でも喧嘩……ですか？」

壬生屋は瀬戸口の腕の中で小声で抗議《こうぎ》した。演技でも恋人同士はなんとなく嬉しいと思った。でも、わざわざこんな時に喧嘩なんてことにしなくても。

「怒らないで聞いてくれ。いいかい？　おまえさんは緊張が顔に出るタイプなんで、特にこんな状況じゃほんわかした恋人同士は難しいと思う。それに、どうせ共生派を見たら怒った顔になるだろ。なら、初めから怒っている設定のほうが自然なんだ」

なんてことなのだろうと壬生屋は心の中で驚いていた。この人はわたくしよりもわたくしのことがわかっている。さらに、あの時点で自分が駆り出されること、その場合はどう対処するかまで見通していたんだ。こうなったら、瀬戸口の言うことに従ったほうがいい。それに……

彼に従うのは嫌な気持ちではなかった。

「わかりました。言うとおりにします」

ゆっくりと歩いてきたつもりだったが、共生派たちがいる場所はもう目の前だった。

「いい子だ。それじゃ、そろそろ舞台に上がるぞ。台詞《せりふ》はアドリブでいい。いつもどおりに怒ってくれればいい」

そう言って、瀬戸口はまたにこりと笑った。

「もう、それじゃ、いつもわたくしが怒っているみたいじゃないですか」

壬生屋が本気で言ったその言葉に、小声で「上等《じょうとう》」と瀬戸口は答えると、普通の声の大きさで次の台詞を吐いた。

「いつも怒ってるじゃないか？　俺がいったい何をしたって？」

壬生屋は次の台詞を言い淀《よど》んでいた。傍からはそれもまた演技の一端《いったん》に見えただろう。

「……あの、もう他の子に声をかけたりはしないでください……」

この言葉には一瞬、瀬戸口もびっくりしたようだった。

「そ、それはおまえさんと知り合う前の話だろ……？」

「やっぱり……前はしてたのね……」壬生屋の血が少し頭に昇る。

「やっぱりって、おいおい、かまをかけたのかい？　らしくないなぁ」

すでに、共生派の前に差しかかっていた。ふたりの話が聞こえたらしく「おいおい、彼女泣かすなよ、色男！」といった、下卑《げび》た野次《やじ》が飛んだ。

「それじゃ……あの、このところは浮気はして、いないんですね……？」

「あんなに激しい戦闘の真っただ中で、ナンパなんかする暇があるわけない。おまえさんだって知ってるはずだよ」

ふたりは、共生派がたむろしている場所の真ん前で、立ち止まり、向き合っていた。まるで本当の痴話喧嘩だ。

「それはそうですけど……」

「少しは俺を信じてくれると嬉しいんだがな」瀬戸口は静かに言った。

またまた浮かれた声で「そんな純真《じゅんしん》な子を騙しちゃだめだよ、お兄さん」と共生派の声。

静かにして。こっちは大事な話をしているのにと壬生屋は苛立ってきていた。

「それじゃ、もう、浮気はしないでください」壬生屋の真剣な眼差しが瀬戸口に向けられた。

「浮気って……それは、きちんとつき合ってる男女が言う言葉だろ？」

壬生屋は息を呑《の》んだ。ついにその時が来たのだ。覚悟する。それは恋する女の覚悟だった。

「まだ」に手を伸ばす瞬間。

「そ、それでは……今日から、今日からは浮気をしないでっ、絶対に」

瀬戸口は今の言葉の真意《しんい》を探るように、壬生屋を見つめたまま、考えている。

瀬戸口がついに口を開き、何か言おうとしたその時、共生派から「もったいつけんな兄ちゃん」と野次が飛んだ。直後、壬生屋がどうしても聞きたい言葉を遮ったその大馬鹿者は、当然の報《むく》いを受けることとなった。

「黙りなさいっ！」

そう言った瞬間壬生屋は宙を駆け、神速《しんそく》の回し蹴りを男の側頭部《そくとうぶ》に放っていた。乙女《おとめ》の情念《じょうねん》、恐るべしである。

しかも、その蹴りはすべてのGOサインとなった。

どこに身を潜《ひそ》めていたのか、私服の刑事たちが怒濤《どとう》の如《ごと》く押し寄せ、共生派たちを取り押さえていく。もちろん、共生派に苦々しいものを感じている壬生屋は、回し蹴りの勢いそのままに、立ち回りを続けていた。

瀬戸口はというと、目の前で起こることをただただ静観《せいかん》していた。

それが起こるまでは……。

逃げ延びようと、必死の抵抗を続ける共生派のふたりが、懐《ふところ》に手を伸ばした。もちろん手には拳銃《けんじゅう》が握られている。その銃口《じゅうこう》の先にあるのは、一番派手に敵をなぎ倒している壬生屋だ。

瀬戸口が動いた。ひとりめの銃撃者の腕をそのまま蹴り上げると同時に、もうひとりの銃を上からそのまま握り下に向ける。ほぼ同時に二発の銃声が響き渡ったが誰にも当たらない。

しかし、その銃声は十分な効果があった。逃げる側、捕まえる側のほぼ全員が、音のしたほうを見つめて動きを止めたのだ。全員の注目を浴《あ》びたまま、瀬戸口は銃ごと握った相手の腕を顔色ひとつ変えずに肘《ひじ》から骨ごと折った。次に蹴り上げられた手首を痛そうに握りしめている男の顔に、容赦《ようしゃ》なく肘を打ち込んだ。

ゴキンと嫌な音がして、相手の鼻がその高さのまま内側にめり込んでいた。時間にして数秒という早業《はやわざ》だった。

壬生屋が駆け寄ってくる。

「瀬戸口さんが、あんなことを……？」

「……大事なものを失《な》くすの、もう耐えられないんだよ」

瀬戸口は、あははと照れ笑いをしながらそう言った。

「で、でも、あんなに強いなんて……知らなかった……」

壬生屋が知らない瀬戸口の一面だった。

「昔から、俺は強いんだよ」

「昔って……？」

「忘れちまうくらい、遠い昔さ……それより」

捕《と》り物《もの》が終了したらしく、さっきの刑事が近づいてきた。

「ご協力ありがとうござい――」

「それはそうと……」

刑事の言葉を遮り、瀬戸口は、にかっと笑うと私服の胸ぐらを掴んだ。

「何をするっ！」

「やつらが武装《ぶそう》している可能性があることを、なぜ言わなかった！」

人の命が安い戦時下である。ふたりに何かあっても学兵が共生派のテロに遭《あ》ったと報告書に書けばことは済む。瀬戸口は物騒に笑って胸ぐらを掴む手に力を込めた。

「わざと、隠してたんですか？　許せませんっ！」

壬生屋の声に刑事はのけぞった。その顔には恐怖が張りついていた。先刻《せんこく》の鬼神《きじん》のような壬生屋を見ればさもありなんというところだ。

「落ち着け、壬生屋。こんなやつらを殴ったってしょうがないぞ」

本当は自分が一発食らわすつもりだったが、壬生屋の予想どおりの反応に不本意にもなだめる側へと回ってしまった。瀬戸口は走り去る私服には目もくれずそっと壬生屋を抱き寄せた。

「ちょっと……ちょっと！」

「落ち着くまで離さない。おまえさん、何をするかわからないから」

「わたくしは落ち着いて……いえ、まだ、怒っている……です」

瀬戸口の腕の中で、壬生屋の全身から少しずつ緊張が解けていった。

「そうだな、おまえさん、まだ怒っている」

「……ええ、わたくしを今離すと何をするかわかりませんよ」

しばらくの間、ふたりはそのままでいた。壬生屋は目を閉じて瀬戸口の胸に顔を埋めていた。

自分の心臓の高鳴りを瀬戸口は新鮮に感じた。

「ご機嫌はいかが、姫？」

「まだ怒っています。けれど……その……」

そう言うと壬生屋は瀬戸口から離れた。落ち着いた静かな顔になっている。

そんな壬生屋を見て、瀬戸口が笑った。

「今日から、浮気はしないよ」

壬生屋の目に涙が溜まっていった。

## ●五月七日　午後五時　電信公社熊本支店

森は原の部屋を出ると、大急ぎで電信公社《でんしんこうしゃ》熊本支店のビルに駆け込んだ。備えつけの端末で素早く通信状況を確認する。どうやら黒川温泉への電話網《でんわもう》は無事らしい。

ひとまず安心して、電話をかけようと顔を上げると、窓の外に滝川の顔を見つけた。

滝川は歩きながら笑っていた。その笑顔は隣を歩く田代香織に向けられていた。

なになに？　どういう取り合わせ？　滝川君はさっき、速水君の様子を見に行くって言ってなかった？　それがなんで、こんなところで楽しそうに他の女子と歩いてるの？

初めからそのつもりだったの？　自衛軍でわたしを口説いた後は、街で田代さんとデートなの？　鈍《にぶ》そうな顔してフタマタ……？

そんな森の妄想《もうそう》をヨソに、楽しげなふたりは市街の方に歩き去った。

森は憤《いきどお》っていたが、今はやることがあった。

冷静になるように自分に命令しながら、手に持った雑誌の特集ページから、原が印《しるし》をつけた黒川温泉の宿が掲載《けいさい》されたページを開く。誌面で電話番号を確認し、ダイヤルする。

森は一刻《いっこく》も早く原の所在の確認を済ませ、ふたりを追いたかった。そんな森の気持ちとは裏《うら》腹《はら》に、やけに間延びした番頭《ばんとう》さんらしい声が受話器から届いた。

『はい、こちらは恋人たちの愛の秘湯・ロマン館でございますぅ』

こ、こんなところに……ほんとに原さんが？

「あの、ちょっとお尋ねしたいのですが……」そう切り出して、原と速水の背格好《せかっこう》と人相《にんそう》を説明し、宿泊客《しゅくはくきゃく》の中にいないか尋ねた。

『う～ん、そぉゆ～ことはね～、商売上言えないんだけどね～』

「あ、それはわかっているんですが、すごく重要な急用なんです」

森は隊の名前と自分の名前を名乗り、教えてもらった情報を悪用しないと繰り返した。

『そこまでおっしゃるならいいでしょう』と、根負《こんま》けしたのか情にほだされたのか、番頭は承知してくれた。

『うちの旅館はカップルが多いんですよ。終戦が近いせいもあってか、最近は兵隊さんもカップルで来る人も増えましたからねぇ。でもやっぱり気まずいらしくて、お忍びって言うのかな、兵隊さんは皆そんな感じです……とはいえ、お忍びと言ってもみなさん激しいですがね。声もけっこう大きいし……えへへ』

「いや、その……そういうことは、あまり……」

情報をもらうほうなので、あまり強くも言えないが、さすがに森もこのおじさんトークには赤面して困った。相手も気づいたらしく、照れ隠しに咳払いをひとつして話題を戻した。

『あ、だからその……いらっしゃいました、でも、今朝の早い時間に発《た》たれましたよ。育ちの良さそうな華奢《きゃしゃ》な男子学生と、ショートカットの別嬪《べっぴん》さんですよね。はい、確かに。女性の方が年嵩《としかさ》な感じでしたね、男性の方がちょっとへこへこしてる感じで……』

森はそれを聞いて、間違いないような気がした。だか、番頭の話は続いている。

『……とはいえ、そういったカップルもけっこういらっしゃいますから、本当にそれが目当ての方々なのかは……ま、もし機会があったら、森さんもぜひお越しください……』

しかし、森はその先の番頭の話など聞いてはいなかった。そそくさと礼を言うと、急いで電話を切った。

先輩と速水君はあの宿でエッチなこと……じゃなくて温泉地へ駆け落ちしている。今朝早くにそこを出たということだが、まだそう遠くには行っていないはずだ。森はそう確信した。

その情報を早く伝えなくてはと、善行司令の衛星携帯にかけるが繋がらない。数度のリトライの末諦めて、急ぎ尚敬校へ向かうことにした。すでに滝川と田代のことは頭になかった。

**●五月七日　午後五時　観光ホテル新館**

遠坂が田辺を誘って訪れたのは、閉鎖《へいさ》されたホテルのレストランだった。窓ガラスはひび割れ、壁のそこここに銃弾の跡が残っている。客といえば遠坂と自分のふたりきりだ。閉鎖中であれば当たり前なのだが。遠坂はそんなことは気にする様子もなく、澄ました顔で運ばれてきた料理を味わっていた。遠坂の説明によれば、この食事のためだけに営業されているらしい。

田辺は淡々と、それでいて優雅《ゆうが》に舌平目《したびらめ》のソテーを切り分ける遠坂の手の動きを見守った。

「実は家出をしましてね」

遠坂は悩ましげにかぶりを振って、田辺に微笑んだ。

「家出……」

田辺の知る家出というものは、小遣いを握りしめて友達の家に転がり込み、二、三日親に連絡をしないことだ。運転手兼執事付きのリムジンに乗って、レストランを借り切って食事をすることでは決してない。ましてや閉鎖中のホテルを臨時《りんじ》営業させるなど……。

「ええ。実は父が裏に手を回して、勝手にわたしの除隊申請《しんせい》をしていたらしいんです。親子喧嘩をしまして、これでふんぎりがついたと」

田辺の困惑《こんわく》をよそに、遠坂は説明を続ける。

「ふんぎり……ですか？」

「ええ。家を出て自活《じかつ》しようとね。これからはわたしも皆さんと同じです。学兵の給料だけで生活しようかと……」

け、けれど……と田辺はレストランを見回し、目の前の料理を見た。

「あの……遠坂さん、学兵のお給料っていくらかご存じですか？」

田辺がおずおずと尋ねると、遠坂は考え込んだ。

「そういえば——考えたこともなかったな。ええと、いくらくらいですか？」

「……いや、階級によっても……一概《いちがい》には……」

田辺は小声になった。贅沢《ぜいたく》な生活を見せられて、自分の給料額を言えるわけがない。

「わかっていますよ。こんなところで毎日食事するのは贅沢だって。これからはこのレストランで食事をするのも週に一度二度あればよしとしなければね。あとは中村にでも料理法を教えてもらって自炊《じすい》をします」

自炊……その文字がこれほど似合わない人間もいない。さらに、学兵が給料だけで自炊するという現実が見えていない。この遠坂が、ジャガイモに塩を振ってかぶりついたり、ご飯に醤油をかけて食べたり——もしかしたら代用マーガリンも入れたら美味しいかも、とか工夫したり、ましてやザリガニを茹《ゆ》でて食べる姿など、想像することすら許されないような気がした。駄目だ、遠坂さんは自炊なんてしちゃいけない。田辺の中で意味不明な使命感が燃え上がった。

「いけません！　そんなことっ」

「そんなことって……？」

「わ、わたしが食事つくります！　きんぴらつくるの自信あるし、肉じゃがだって。それから肉屋さんですじ肉ただでもらって、醤油に砂糖、味醂をくわえてよく煮込めば美味しい牛丼《ぎゅうどん》ができるんですよ！　ご飯にたくあんだけなんて生活はさせません！」

珍しく熱っぽく語る田辺を、遠坂は微笑ましげに見守った。

「きんぴら、肉じゃが、牛丼……新鮮な響きですね。しかし、田辺さんはどうしてそんなに優しくしてくれるんです？」

「えっ……？」

田辺は言葉に詰まった。わたしが優しく……？　それに、さっき自分のために大金を払ったのは遠坂のほうである。そっちのほうがよっぽど……とすら思う。

「わたしを哀れに思っている、と。そういうことですね？」

遠坂の声に寂しげな翳《かげ》りが含まれていた。

「え、そんな」

田辺は、どうしたらそんな風に話が飛躍《ひやく》してしまうの？　口ごもると遠坂は食事を中止して席を立った。

「失礼。あなたの優しさに甘えてしまいそうな自分が怖いのです」

肩を落としている。遠坂はそのまま背を向けエレベータに向かって歩き出した。

足というものは勝手に動くのだな、と田辺は遠坂を追いかけながら思った。気がつくと田辺は遠坂とふたりきりでエレベータに乗っていた。

「あの、あの……」

止まったのは最上階だった。てっきり下へ行くものだと思っていた田辺は、それでも遠坂を追いかける。たどり着いた先はスイートルームだった。田辺も中に入ると、遠坂は黙ってドアを閉めた。そして悲しげな眼差しで田辺を見つめた。

「あなたはわたしを哀れんでいるんですね。わたしの家は確かに金はあります。しかしそれだけなんです。父は金の亡者《もうじゃ》で世間体《せけんてい》ばかりを気にしている。わたしには病気の妹がいるんですけどふたりでよく話すんです。今度生まれてくる時は、貧しくても愛がある家庭に生まれたいね、と」

「……ごめんなさい。わたし、ただ遠坂さんのこと」

なんと言ってよいかわからず、田辺はペコリと頭を下げた。

顔を上げると遠坂が自分の足下を見ていた。怪訝《けげん》な表情を向けると、我に返ったように慌てて遠坂は謝った。

「す、すみません。あー、靴下に血がにじんでいます」

「あ、きっと事故の時に。大した傷じゃありませんから」

しかし遠坂は素早く田辺の足下に屈《かが》むと、傷口をあらためた。擦《かす》り傷だ。まず靴下を脱がせて消毒だ。まず靴下を脱がせて——。

「本当に大丈夫ですから」

「いえ、この種の傷は馬鹿にはできません。下手をすると破《は》傷風《しょうふう》になりかねません。手当をさせてください。それと替えの靴下を用意させましょう」

遠坂が屈み込んだまま館内電話を手を伸ばしたその時、不意に轟音《ごうおん》が響き、窓ガラスがビリビリと揺れた。バランスを失って遠坂は床に倒れ、田辺も折り重なるようにして倒れ込んでいた。

田辺を抱え起こすと、遠坂は立ち上がった。北東の窓から濛々《もうもう》とした黒煙《こくえん》が見えた。黒煙に包まれているのは司令部ビルだった。ビルのそこかしこの窓から炎が噴き出している。

遠坂は名残《なごり》惜しそうな顔で、田辺の純白《じゅんぱく》のソックスを一瞥《いちべつ》する。ひと際大きなため息を盛大に吐く。すぐに意を決したように館内電話の受話器を取って、きびきびとした口調で言った。

「圭吾だが。……ああ、そうじゃない。わたしは家を出たんだ。決意は変わらないよ。そんなことではなく、至急《しきゅう》自由に動かせるリムジンを手配してほしい。総軍司令部のビルが攻撃された。大至急、尚敬校に駆けつけなければ」

それと純白のハイソックスを忘れずに持ってきてくれ、と念を押すように遠坂は言った。

# 第三章

●五月七日　午後五時二十五分　九州総軍司令部

不意に大地が揺れた。鼓膜《こまく》を切り裂くような音がビリビリと大気を震わせた。

九州軍総司令部《きゅうしゅうぐんそうしれいぶ》が何者かに爆破《ばくは》された瞬間《しゅんかん》だった。

熊本《くまもと》市内でひと際高い八階建てのビルが炎と煙に包まれ、ゆっくりと崩れ落ちていく。今日の仕事を終え、ビルの外に出た者たちに上空《じょうくう》から瓦礫《がれき》が降り注《そそ》ぎ、人々の頭上を襲った。逃げまどう者たちは恐怖《きょうふ》と痛みを叫《さけ》びに変えたが、爆破の瞬間にその場にいた者は、その自由すらも与えられなかった。

それほど強烈《きょうれつ》で容赦《ようしゃ》のないテロ行動だった。

五月七日午後五時二十五分。

この時を境《さかい》に、なりを潜《ひそ》めていた幻獣《げんじゅう》軍と共生派《きょうせいは》の攻勢は激化《げきか》。

それまで街を賑《にぎ》わせていた自然休戦期《しぜんきゅうせんき》間近《まぢか》の終戦ムードは終わりを告《つ》げ、市内と、そして熊本戦線は未曾有《みぞう》の混乱を迎えることになる——。

## ●五月七日　午後五時二十五分　ムーンロード

不意に大地が揺れ、爆発音が響いた。

はっとして辺《あた》りを見回すと、彼方《かなた》で司令部ビルが凄《すさ》まじい勢いで黒煙を吹き上げていた。往来にたむろしていた兵が騒ぐ。ビルの方角を指差しては何やらわめいている。

たわけ。舞《まい》は苦々《にがにが》しげに吐き捨てた。そなたらは野次馬《やじうま》の通行人か？

これは――舞の頭脳はめまぐるしく回転した。これは人間の手によるものだ。そして司令部ビルを爆破するとしたら答えはひとつしかない――幻獣共生派。

舞は駆け出すと憲兵隊《けんぺいたい》の詰所《つめしょ》を探した。

戦時下《せんじか》のムーンロードにはビルを接収《せっしゅう》した巨大《きょだい》な交番が置かれており、憲兵隊詰所もその中にあった。駆け込むなり、舞は無線機に張りつき善行《ぜんぎょう》を呼び出した。

「ああ、芝村《しばむら》さん。至急《しきゅう》、戻ってきてください。二番機が爆破されました」

善行は低い声で絞《しぼ》り出すように言った。

「なんだと……？」

舞は愕然《がくぜん》として、言葉を失《うしな》った。司令部ビルだけでなく、我々《われわれ》も狙《ねら》われたということか？

「損害《そんがい》の程度は？」やっとの思いで質問を発した。

「わたしも今さっき隊に戻ったばかりでして。現在、修理点検《しゅうりてんけん》をしている最中です。おっつけ結論が出るでしょう」

「共生派のテロか？」

「おそらくは。現場付近は大混乱に陥《おちい》っているでしょう」

「そうだな。念《ねん》のために幻獣側の動静《どうせい》についても調べるとよいだろう」

「すでに調べてあります。現在、阿蘇《あそ》、山鹿《やまが》、益城《ましき》方面で幻獣の数が急激に増えています。どうやら、すんなり休戦とは行かないようですね」

「ふむ」舞は冷静に頷いた。「情報センターの様子はどうか？」

念のためにと舞は尋ねてみた。情報センタービルは司令部から百メートルほど離れたところにある。民間《みんかん》の電信電話《でんしんでんわ》とは別系統《べっけいとう》の、電話、通信、ネットワーク、さらには衛星《えいせい》システム制《せい》御《ぎょ》など軍専門の情報インフラを統括《とうかつ》する部署《ぶしょ》であった。

ここをやられれば、軍の機能《きのう》は完全にマヒする。自分がテロリストだったら、第一目標に挙《あ》げると常々《つねづね》考えていた。

「特に被害はないようですが。とにかく一刻《いっこく》も早く――」

舞は善行の言葉を遮《さえぎ》った。

「わたしはこれから情報センターへ行く。そなたらとはセンター前で落ち合うこととしよう」

「わかりました。くれぐれも無茶《むちゃ》はしないように。あと、原《はら》さんの件ですが確証《かくしょう》はないのですが、居場所《いばしょ》が判明したようです」

「なに？　それで速水《はやみ》は？」

「いや、これも予測ですが、一緒《いっしょ》ではないと思います」

「なんだと……」あまりにも自分が掴《つか》んだ情報と違い、舞は戸惑《とまど》った。

「とはいえ、原さんがここにいるわけではないので、すべては推測《すいそく》の域《いき》を出ませんが……それから明朝《みようちよう》〇五〇〇時に一番機、三番機が到着します」

話が現実的になり、舞は戸惑いを捨てた。

「わかった、二機の稼働確率《かどうかくりつ》は？」

「オーバーホールの直後ですし、問題はないかと。あったとしても森《もり》さんと中村《なかむら》、岩田《いわた》の両名もいますから」

そうなると、後は速水だった。

「了解した。では情報センターで」

通信を切ると、舞は憲兵隊長を呼び寄せた。

「命令は受けているか？」舞は短く尋《たず》ねた。「特には受けておりません」と隊長が応《こた》えると、舞は大きく頷いて、その隊長——少尉《しようい》に告《つ》げた。

「これより情報センタービルへと向かう。動員可能な兵力《へいりよく》を申告《しんこく》せよ」

「しかし……爆破されたのは司令部ビルです。くわえて残念ながら万翼長殿にここでの指揮権《しきけん》はないものと考えております」

万翼長とはいえ、学兵に憲兵隊の指揮権があるかどうかは疑問だった。軍の常識を無視した舞の命令に少尉は困惑《こんわく》して抗《あらが》った。

「ならば命令があるまでここで状況《じようきよう》を座視《ざし》するか？」

「そのつもりです」

「情報センターを破壊されれば、軍は盲目《もうもく》にも等しい状態になる。協力してくれぬか？　わたしは５１２１小隊の芝村舞だ。責任はわたしが持つ」

舞は凜《りん》とした表情で少尉を見つめた。詰所の憲兵たちは固唾《かたず》を呑《の》んで様子を見守っている。しばらくして、少尉は折り目正しく敬礼《けいれい》をした。

「わかりました。これより第二四四警備小隊ムーンロード分遣隊《ぶんけんたい》は情報センタービルの警護《けいご》に向かうこととします。総員は十一名ですが、二名を連絡のため詰所に残します」

「感謝する」

舞は憲兵隊とともに情報センタービルへと向かった。

## ●五月七日　午後五時三十分　尚敬校裏庭

なんということだ――。

狩谷は茫然《ぼうぜん》として炎を上げる二番機を見上げた。

ヨーコが何やら叫んでいた。ヨーコは消火器を手に、鎮火作業《ちんかさぎょう》をしているようだった。その横では、珍《めずら》しく茜《あかね》も必死にヨーコのサポートを行っていた。加藤《かとう》と石津《いしづ》もどこからか消火器を携《たずさ》えて、鎮火に当たっている。

消火液が体を濡《ぬ》らしたが、構わず、狩谷は二番機を見上げ続けた。

僕のせいだ。得体《えたい》の知れないあのふたり組が来た時に気づくべきだった。連中《れんちゅう》に殺されかけたことで浮き足立ち、状況の把握《はあく》を怠《おこた》ったのだ。

みんなが仕事をしないと言って、僕が怒鳴《どな》り散らし、僕が学校から追い出し、その手薄《てうす》な状態を狙われた。

そのせいで、二番機は炎を上げて燃え続けている。

僕のせいだ、僕のせいだ――。

原の部屋から学校に戻り、裏庭に駆け込んだ森の目に、消火作業に奮闘《ふんとう》しているヨーコと茜、加藤、石津の姿が飛び込んできた。

狩谷は放心《ほうしん》したように二番機を見上げている。

「どうしたの、狩谷君？」

森が声をかけると、狩谷は車椅子《くるまいす》ごとゆっくりと振り向いた。その目はうつろだった。

「僕としたことが……抜かったよ。二番機に爆弾が仕掛けられていたんだ。あの時、すぐに調べていれば。僕のせいだ。僕が悪いんだよ」

ぶつぶつとつぶやく狩谷に森は衝撃《しょうげき》を受けた。そして、顔を赤らめると俯いた。

「狩谷君の責任じゃないわ。狩谷君はずっと学校に残って、仕事をしていたんだもの。わたしのほうがもっと悪いかも。原さんを探すだなんて言って、仕事放り出して、街をうろついていただけだもの。わたしがここに残っていたら……」

きっと爆弾は仕掛けられなかったろう。森は悔《くや》しげに唇《くちびる》を噛《か》んだ。

「ごめんね、狩谷君。わたし、悔しくて……」

森が謝ると、狩谷は物憂《ものう》げに顔をしかめた。

「こちらこそ、悪かった。悔しいのは僕も同じさ」

「消火完了しましタ。損傷《そんしょう》は右腕破損《はそん》。肩装甲《かたそうこう》損傷。さあ、機体の確認お願いしまス」

沈み込むふたりの間に、ヨーコが割り込んだ。

森は顔を上げると、平手《ひらて》で自分の頰《ほお》を思いっきりひっぱたいた。

「姉さん……」

茜が駆け寄ると、森はにっこりと笑った。森のふっくりとした頰は赤らんでいた。

「これで反省終了。元気出して行くわよ」

森は二番機に駆け寄ると、丹念《たんねん》に損傷の具合を調べ始めた。茜も姉に続いて二番機に駆け寄った。

「右腕は大破《たいは》。腕パーツごと総とっかえになるわね」

「脚部《きゃくぶ》は異状《いじょう》なしだ。左腕も無事《ぶじ》。ふ。爆弾を仕掛けたやつら、士魂号をプラモデルかなんかと勘違《かんちが》いしてたんじゃないのか？　甘いんだよ」

茜も務《つと》めて声を張りあげる。姉の悔しさが伝染《でんせん》していた。

しかし狩谷は相変わらず、肩を落としたままだった。

「なっちゃん……」

加藤《かとう》が狩谷を見つめた。狩谷に歩《あゆ》み寄ると、車椅子ごと回れ右させた。

「な、何を」加藤の狩谷へのこれまでては考えられない行動に、狩谷は弱々しく抗議《こうぎ》をした。

周りの者たちも一様《いちよう》に驚いた顔を浮かべて、固唾を呑んでいる。

「出撃準備をして！　それがなっちゃんの仕事やん！　今やらんでどないするんの？　わたしが命を救ったんは、そない泣き言ばかり言うなっちゃんやあらへんっ！」

加藤に一喝《いっかつ》されて、狩谷の顔が悔しげに一瞬歪《ゆが》み、そして笑った。

「ふん、そのネタはこの先も長いこと使われるんだろうな……あぁ、やってやるさ！　右腕のパーツは食堂横にある。三十分でなんとかしてやる」

森は狩谷を見て「わかった」と力強く頷いた。

「じゃあ、狩谷君はわたしと一緒に右腕パーツを交換します。ヨーコさんはシステム回りの点検を……」

「俺たちは何をしたらいい？」いつの間にか現れた若宮《わかみや》が森に声をかけてきた。その横にまるで寄り添うように新井木《あらいぎ》が立っている。

「あ、助かります。若宮君はパーツ運搬《うんぱん》・取りつけのためのクレーン操作《そうさ》をお願いします。それから新井木さんは大介《だいすけ》たちと武器、弾薬の運搬・取りつけをよろしくね」

隊員たちは頷くと、それぞれの役割のため散っていった。

**●五月七日　午後五時四十五分　熊本市街　下通付近**

街では銃撃戦が始まっていた。

見晴らしの良い場所に幻獣共生派が配置した機銃《きじゅう》が、司令部ビルに通じる十字路《じゅうじろ》を掃射《そうしゃ》している。強行突破《きょうこうとっぱ》しようとした救急車二台が相次《あいつ》いで被弾《ひだん》し、炎上した。

脱出した救急隊員らが慌てて物陰へと駆け込んだ。

そんななか、瀬戸口と壬生屋は最悪の状態にあった。ふたりは機銃の射程《しゃてい》内にある大通りに面したビルの谷間に身を潜めていた。目の前に横たわる二車線の車道が、もの凄く長い距離に思える。道を渡り反対側にたどり着けば裏道を抜け学校への最短距離になる。

逆方向に進んだとしても、大回りになるものの学校までは行けるはずだ。

司令部ビルの爆破に成功した現在、ここでの共生派の目的は、少しでも混乱を長引かせ、軍の機能を麻痺《まひ》させることだ。そのために最も有効な方法は、爆破された司令部ビル一帯を制圧して、そこに通じる交通・連絡網《れんらくもう》を寸断《すんだん》することだ。

ならば交差点など司令部ビルに通じる交通の要所《ようしょ》に人数を配置し、無数にある裏道には目をつぶるはずだ。

だが、ふたりには逆方向に行けないわけがあった。反対側の路地《ろじ》に東原《ひがしはら》ののみがいたからだ。たぶん、ののみも原と速水のことを、もしくはそれを悩む舞の姿を見て彼女なりに捜索《そうさく》に出ていたのだろう。今は建物の陰にしゃがんで、じっとしている。ののみを置き去りにここを離れるつもりは毛頭《もうとう》なかった。

それにしても援軍《えんぐん》はまだか？　瀬戸口は思った。いくらなんでも、こうも好き勝手にやられっぱなしなのはおかしい。

すると、瀬戸口と壬生屋が身を隠している場所の目と鼻の先に、やっと工兵隊《こうへいたい》の兵士が四〇㎜高射機関砲《こうしゃきかんほう》を持って現れ、ビルの敵機銃座《じゅうざ》に照準《しょうじゅん》を合わせ設置し始めた。

やっと騎兵隊《きへいたい》のお出ましだ。敵の銃座を落とせないにしても、弾幕《だんまく》が張られているうちなら、道を横断できるだろう。瀬戸口はそのチャンスを待った。

工兵たちが作業している場所に、ひとりの学兵が道路を横断して駆け寄った。何かの伝令《でんれい》かと思い、勇気ある学兵を迎えようとした工兵に向けて、学兵は手にしたサブマシンガンの引き金を引いた。絶叫《ぜっきょう》と悲鳴が響く。

瀬戸口は目を見張った。そして絶句した。刑事《けいじ》の言葉が思い出された。

（……幻獣共生派だ。連中が学兵の軍服を着て街に潜伏《せんぷく》しているらしい）

司令部の爆破の成功も、援軍の遅れもすべてがそのせいだったに違いない。

そうなると、ここにいて発見されるのは時間の問題だ。

「瀬戸口さん、わたくし何をすれば……」壬生屋は不安げに問いかけてきた。

瀬戸口は動揺する壬生屋を手で制し黙らせると、「向こうを向いててくれ」と言って、工兵たちの死体をあらためていた学兵の背後に忍《しの》び寄ると、頭を抱《かか》えた。鈍《にぶ》い嫌な音がして、学兵はうつ伏せに倒れ伏した。

素早く瀬戸口が振り向くと、壬生屋と目が合った。壬生屋は目を逸《そ》らさず、真っすぐに見つめ返してきた。

瀬戸口は倒れた学兵から拳銃の入ったホルスターとサブマシンガンを回収《かいしゅう》した。

「敵ですよね？」

「さっきの連中――幻獣共生派と同じだろう。やつら学兵に化《ば》けているから注意しないと」

「おい！」

いきなり背後《はいご》から声をかけられた。瀬戸口は相手に、振り返りざま奪ったばかりのマシンガンの銃口を向けた。目に映ったのは学兵の制服。引き金《トリガー》にかかる瀬戸口の指に力がこもった。

「ダメッ！」

壬生屋の一喝《いっかつ》が瀬戸口の過《あやま》ちを救った。声をかけたのは滝川と田代だった。

壬生屋の声に驚いたものの、ふたりはすぐに近寄ってきた。

目前《もくぜん》で起こっている戦闘《せんとう》に、滝川は真っ青になっていた。その隣《となり》の田代が口を開く。

「大変なことになっちまったな。それよりこんなところで何してる？　裏道で戻る他ないぜ」

「向こう側にののみがいるんだ……それに、渡ったほうが近い」

瀬戸口が短く答える。そして「これ使えるか？」と言って田代にマシンガンを手渡した。

「お～、へっへっへ、なんだか面白《おもしろ》くなってきたぜ」

状況がわかっていないらしく、田代は能天気《のうてんき》にマシンガンを眺《なが》めている。

「戦争なんて終わったはずだったのになぁ」

士魂号《しこんごう》乗りとしては見違えるほど成長したが、こうなると恐怖が先にあるようだった。

「武器は少ない、敵は多い。戦うのは必要最小限。絶対に無理をするな」

瀬戸口の言葉に、滝川はこくりと頷いた。さすがの田代も、瀬戸口の真剣な物言いに素直に頷いた。

とにかく学校に戻ることだ。瀬戸口は十字路の様子をうかがうと、かぶりを振った。十字路は完全に制圧《せいあつ》されている。飛び出したら最後、高所《こうしょ》からの射撃でずたずたにされるだろう。だがののみを置いて帰る気はない。

戦車でも来ないと、状況は変わらない。瀬戸口は冷静に状況を分析《ぶんせき》した。

まず共生派の戦力だが、百から二百の間というところか。熊本城攻防戦後の市内の混乱と治《ち》安《あん》の悪化に乗じて大量に流入《りゅうにゅう》しているはずだ。

不意に袖《そで》を掴《つか》まれた。顔を向けると壬生屋が、凛《りん》とした表情で自分を見上げていた。壬生屋の目に光が戻っている。

「わたくし、戦えますから」

「わかっているさ」

「……変装《へんそう》して不意を打つなんて卑怯《ひきょう》です。だったらわたくしもためらいはしません。瀬戸口さん、わたくしを嫌いにならないでください」

瀬戸口の脳裏《のうり》に何かがひっかかった。いったいなんだ？　困惑《こんわく》した顔で壬生屋に言った。「おまえさん、今なんて言った？」

「え、え、わたくし何か不謹慎《ふきんしん》な発言を……？」

瀬戸口に怒られたと思った壬生屋が慌《あわ》てている。

「違う、そうじゃない……何かが引っかかったんだ。もう一度言ってくれ思い出して」

「あ……ええと、変装して不意を打つなんて卑怯――」

瀬戸口が手を挙げてもういいという仕草をした。壬生屋が黙る。他のふたりも同様だ。

変装……共生派の連中はどうやって仲間を認識している？　さっき命を奪った共生派の死体を見つめた。

自分らと変わりはない。だが、何かあるはずだ……自分らと違う点が。

「どうしたんだ瀬戸口？　黙ってちゃわからねえぞ」

業《ごう》を煮《に》やした田代が食ってかかる。ちょっと待ってくれと言いながら、田代に向けた瀬戸口の視線が固まった。

わかった……ぎりぎりだが突破口《とっぱこう》が見えたと瀬戸口は思った。

「田代。マシンガンを貸してくれ」

おもちゃを取り上げられたような顔をしながらも、田代が「あぁ」と言って、マシンガンを手渡した。

銃を手に工兵の死体に近づくと、腰の弾帯《だんたい》から破砕手榴弾《はさいしゅりゅうだん》を取った。

「これから俺は通りに出る。おまえたちは俺が合図したら手に棒きれでも持って通りを渡れ。そうだな、できればマシンガンかライフルに見えるようなものがいい」

「ご自分が、囮《おとり》になるつもりですかっ？」と壬生屋。

「おいおい、カミカゼアタックなんて今時はやらねぇぞ」と田代。

「棒きれってなんだよ……？」と滝川。

皆の問いに、瀬戸口があはは と笑って答えた。

「俺は死ぬつもりはない。聞いてくれ、共生派のやつらも味方は撃たない。味方は学兵の制服を着てる。俺たちとやつらの違いは、武装していないってことだけだ」

あ、そうなのか？　と滝川がぽつりと言った。瀬戸口が頷く。

「だから俺が、本物の銃を持ってそこいらに敵がいるような演技をして、適当に手榴弾を投げる。そっちのほうに機銃の銃口が向いたら合図《あいず》を出す」

「あ、あのわたくしは……」

ひとり制服を着ていず、さらにはやたら目立つ和装《わそう》の壬生屋が消え入りそうな声で聞いた。

瀬戸口がまた笑った。

「心配しなさんな。合図をしたらおまえさんが最初に飛び出せ。それを追っているように滝川と田代が走る。これでいいか……ま、ダメと言われてもそれしか方法はないが」

「囮の役は俺がやる」田代が言った。断固《だんこ》とした声だった。

「駄目だ、これは年長者の特権だ。おいしいところは渡せない」

田代にウィンクを返し、瀬戸口が軽くいなした。

三人の準備が整った。滝川はうち捨てられて破砕した窓枠《まどわく》の隅《すみ》を折り、サブマシンガンに見立てた。田代は工兵が運んできた機関砲の脚部《きゃくぶ》から適当な長さの鉄の棒を選んでいた。壬生屋は走るだけだ。

瀬戸口が、何も言わず通りに出ていった。

三人が固唾を呑んで見守っている。瀬戸口の推理が間違っていればその場で機銃から銃弾の雨が降り注ぐ……が、銃声はしなかった。

瀬戸口が通りの真ん中で、大きく手を振って敵の銃座に合図をし、そのまま左前方を指差す。何度かそれを繰り返すうちに、やっと機銃の銃口がそちらに動いた。

瀬戸口は自分が指差した方角に、破砕手榴弾を投げた。そのまま振り返り、地面に伏せる瞬間に「GO！」と叫んだ。

手榴弾の破裂音に続いて、敵機銃の連射《れんしゃ》が響いた。

壬生屋が走っていくのを確認すると、瀬戸口は起き上がりサブマシンガンを構えた。

瀬戸口の背後で駆け足の足音がする。

まずい――瀬戸口の予想より早く、敵が気づいたようだった。銃口がこちらを向こうとしている。その距離がマシンガンの射程《しゃてい》なのかどうかもわからず、ただの威嚇《いかく》で十分と腹をくって瀬戸口はトリガーを絞った。そのまま、右後方《こうほう》へ移動を開始する。

道の反対側まであと少し。そう思った瞬間、肩胛骨《けんこうこつ》のあたりに激痛《げきつう》を覚えた。構わず、三人を追って走る。そのまま反対側の路地へ飛び込んだ。

三人が入った路地にあるビルの端《はし》を機銃の銃弾が削っていく。飛び込んできた瀬戸口を壬生屋は立ち止まって待ち受けた。瀬戸口の服を伝《つた》って、路面に染《し》みが広がってゆく。

壬生屋は悲鳴をあげると瀬戸口に駆け寄った。急いで傷口をあらためると、銃弾が瀬戸口の肩を抉《えぐ》っていた、左の肩胛骨のあたりがまでぐっしょりと血で濡れていた。

「瀬戸口さん、その怪我《けが》……！」

「ああ、ちょっとな。けど大丈夫《だいじょうぶ》だ、命《いのち》に別状《べつじょう》はないから」

瀬戸口は、壬生屋に笑いかけると「さあ、行こう」と促した。

「……どちらか、ハサミかナイフを持っていませんか？」

壬生屋は瀬戸口の言葉を無視すると、滝川と田代に尋ねた。ふたりは首を横に振った。

「これでいいか……？」

瀬戸口がキーチェーンについたポケットナイフを差し出した。

壬生屋は黙って受け取ると、勢い良く言った。

「殿方《とのがた》は壁の方を向いていてください」

「な、なんだよ？」

「いいから、早くっ！」

壬生屋は気弱に尋ねる滝川を強引に壁に向かせた。瀬戸口はやれやれというように苦笑すると、同じく壁を向く。

「何をする気だよ。おい、壬生屋……？」

田代の狼狽《うろた》えた声。しかし壬生屋は返事をせず、しゅっしゅっと衣擦《きぬず》れの音だけが聞こえてくる。やがて布を裂く音が聞こえてきた。滝川は首を傾《かし》げ、瀬戸口に話しかけた。

「何やってんすかね、壬生屋」

「さあな。なんなら振り向いてみちゃどうだ？」

激痛を堪《こら》えながらも、瀬戸口は笑みを浮かべて言った。

「もうけっこうです。滝川さん、瀬戸口さんの上着を脱がしてもらえますか？」

ふたりが振り返ると、壬生屋は布きれを手にしていた。胴衣《どうぎ》を裂き、結び合わせてつくった即席《そくせき》の包帯《ほうたい》である。壬生屋の胴衣の右袖がなくなっていた。壬生屋の右の二の腕がむき出しになっている。

白く、きれいだった。「壬生屋……」瀬戸口は思わず壬生屋の名を呼んでいた。

滝川はほけっとそんな壬生屋を見つめていたが、我《われ》に返ると、瀬戸口の上着を脱がせた。壬生屋は傷口を布でしっかりと固定した。これでもかというように、ぎゅっと締めつけられ、瀬戸口はたまらず泣き言を言った。

「これじゃ息ができない」

「このぐらいでちょうどいいんです。学校に着くまでの辛抱《しんぼう》ですから」

そう言うと壬生屋は再び作業に専念《せんねん》した。風が吹いて、艶《つや》やかな黒髪がふわりと揺れた。壬生屋の香りがした。瀬戸口の指はおずおずと髪に触れていた。

「もう！　髪を引っ張らないでください！」

「はは。ごめんごめん。手持ちぶさただったもんだから」

「そんな場合じゃないでしょう。もっと真面目《まじめ》にやってくださいっ！」

怒る壬生屋と、楽しげな瀬戸口を見て、滝川と田代は白《しら》けたように顔を見合わせた。

「俺の髪、触っていいぜ、滝川」

「……遠慮《えんりょ》しとく」滝川はほうっとため息をついた。

「あ、そういえばあいつは……？」田代が珍しく素《す》っ頓狂《とんきょう》な声をあげた。

どこからどう歩いてきたのか、いつの間にか小さな影が、傍《かたわ》らにあった。

「香織《かおり》ちゃん！」

「おめーってやつは」

満面《まんめん》の笑《え》みで田代がののみをガシッと抱きしめた。

「よし、学校まで一目散《いちもくさん》だ」

そう言う瀬戸口を壬生屋が横から支えた。珍《めずら》しく照れくさそうに瀬戸口の頬が赤らんだ。

**●五月七日　午後六時十分　情報センタービル**

情報センタービルは司令部ビルから川を挟んで百メートルほどの距離にある。熊本観光《かんこう》ホテル旧館《きゅうかん》の跡地《あとち》に建設された地上六階、地下三階のインテリジェントビルである。周囲《しゅうい》は見晴らしの良い駐車場になっており、機銃を据えつけた監視塔《かんしとう》が設《もう》けられている。

ビルの玄関はシャッターを降ろして静まり返っていた。太い鉄格子《てつごうし》を連《つら》ねた頑丈《がんじょう》なシャッターである。なまじの攻撃では破ることができない。司令部ビルが爆破されてすぐ、センターの責任者はシャッターを降ろすことを命じたのだろう。

玄関の前には盾《たて》代わりにとビルから閉め出された衛兵《えいへい》が三人、所在《しょざい》なげに立ち尽くしていた。彼らは憲兵を引き連れた舞を認めると一斉《いっせい》に銃を構えた。

「止まれ。近づくと撃つ」

舞は手を上げて憲兵を制すると、単身、衛兵のもとへ歩み寄った。

「わたしは5121独立駆逐戦車小隊《どくりつくちく》の芝村である。司令部ビルが爆破された折、たまたま近くに居合《いあ》わせたもので、憲兵隊と相談しに参《まい》ったしだいだ。異状はないか？」

「は。内部で爆発が数カ所。被害は軽微《けいび》とのことです」

「侵入者は？」

「館内に潜入した犯人は全滅させました」

　舞は詰所に入ると、館内に通じる直通電話で所長を呼び出した。所長は、駆けつけてくれた舞に礼を言い、爆破直後に各階の防火シャッターを降ろしたと語った。

「あと一分遅ければ被害は倍に膨《ふく》らんだろう。ビルが最新の構造でつくられていたことも幸《さいわ》いした。共生派と思われる兵を二名射殺《しゃさつ》、負傷した一名は手榴弾で自爆《じばく》した。こちらは十二名が負傷、現在手当てを受けている」

「今回のこと、どのように分析《ぶんせき》している？」

「幻獣側の攻勢《こうせい》激化に呼応《こおう》しての作戦だろう。二週間前の規模《きぼ》での攻撃は不可能だろうが、こちらも同様に二週間前のような防戦は不可能になっている。共生派は絶好《ぜっこう》のタイミングでテロを仕掛けてきた。指揮系統《しきけいとう》が破壊されれば、我々《われわれ》は破滅だ」

　情報センターの所長だけあって、言葉に重みがあった。

「一週間前の情報インフラを百とすれば、現在はどれくらいか？」

　舞が尋ねると所長は沈黙し、しばらくのち沈痛《ちんつう》な声で言った。

「七十から八十の間というところだろう。失われた数値は戦車随伴歩兵《スカウト》一個師団《いっこしだん》に相当すると我々は概算《がいさん》している。とにかく我々は警戒解除命令《けいかいかいじょ》があるまで籠城《ろうじょう》する」

詰所を出て、舞は軍曹《ぐんそう》を呼んだ。

「警備の者はこれだけか？」

「はぁ、これでも一応小隊なんですけど。一週間前までは定員を満たしていたんですがね。今は補充《ほじゅう》を待っている状況です」

軍曹は投げやりに言った。舞は無表情に頷いた。書類上では小隊、しかしてその実態《じったい》はわずか三名の小所帯《しょたい》。小隊を解散して、彼らを他隊へ転属《てんぞく》させれば済むことだが、そうなるとビルを警備する小隊が消えてなくなるという、事務屋が最も嫌う現象が起きる。後方だし、補充は後回しでもよいと考えての手抜きだろう。

「監視塔の小隊機銃は稼働するか？」

「はい。弾薬にも余裕《よゆう》があります。万翼長殿、探照灯《サーチライト》をつけましょうか？」

どうやら軍曹はやる気になったらしい。監視塔の探照灯を指差した。

ふと、エンジン音が舞の耳に届いた。一両の士魂号Lが路肩《ろかた》に駐車《ちゆうしや》している乗用車を押しのけ、踏み潰しながらこちらに進んでくる。舞は首を傾げ、戦車を見守った。

「救援にしては様子が変ですね」憲兵隊長がささやいた。

非常時とはいえ、一般車両をああも無造作《むぞうさ》に踏み潰すのは、まともな兵のすることではない。

おかしい……何かが違っている……。

舞の頭脳がフル回転し、警告《けいこく》を告《つ》げる。

（最近は学兵の制服を買い取るやつがいるんだよ……）

「敵だっ！　退《さ》がれ、退がるんだ！」

舞が言うが早いか、戦車が停止し砲塔がなめらかな音をたて回転すると、砲身が玄関口《げんかんぐち》へと向けられた。次の瞬間、舞は思い切り身体を地面に投げ出した。アスファルトの地面を無様《ぶざま》に転がりながら、一二〇mm滑腔砲《かっこうほう》の砲声を聞いた。閃光《せんこう》と同時に爆発。爆風を肌に感じ、やられたかと一瞬思った。慌てて身体の異常箇所《かしょ》を点検《てんけん》する。怪我はない。

戦車が徹甲弾《てっこうだん》を使っていたのが幸いしていた。シャッターには大穴が開き、格子は折れ曲がりひしゃげていたがビルの内部で大爆発が起こった気配はない。戦車がシャッターを破るまでには時間がある。

舞は立ち上がり、監視塔の軍曹に降りるように命じてから、武器の有無を尋ねた。

「対戦車兵器はないか？」

「九六式手榴弾なら詰所に二、三個転がっていますけど。戦車には効くかな？」

九六式手榴弾とは対幻獣用に開発された手榴弾である。重量は一kgと重く、ウォードレスの着用を前提《ぜんてい》とした投擲《とうてき》兵器だ。

「Lの腹に転がせば始末《しまつ》できるだろう。わたしがやる」

「だ、駄目ですよ！　そんなにうまく行きっこない」

軍曹が慌てて叫んだ。と、その声を聞いたかのようにLのハッチが開き、乗員が顔を出した。砲塔《ほうとう》上の機銃に手をかけると、銃口を向ける。

「くっ」舞は軍曹を促すと、横っ飛びに飛んだ。ヒュンヒュンと物騒《ぶっそう》な風切り音が耳元で響き、盾代わりの乗用車が機銃弾に切り裂かれ、炎上した。

駄目だ！　まったく歯が立たぬ。武器はなく、敵の行動を止める道具すら見当たらぬ。どうすれば――追いすがる機銃弾を避けながら、舞は必死に頭を働かせた。

●五月七日　午後六時二十分　尚敬校裏庭

「終わった……！」森はレーザーメスのスイッチを切ると、汗をぬぐった。

「右腕人工筋肉、装着完了」狩谷の冷静な声が響く。

「ノズル固定。たんぱく燃料注入準備オッケーデス」

呼応するようにヨーコの声が裏庭に響いた。

「たんぱく燃料注入開始」茜が声を張り上げる。

「あ、若宮君……善行さん、なんて言ってました？」

森は司令室から戻ってきた若宮に尋ねた。

善行は司令室にこもって、状況を把握《はあく》すべく各方面に連絡を取っているようだ。

「司令部ビルが爆破された。被害については現在不明ということだ。それから、司令部ビルの周辺、中心街で銃撃戦が起こっている」

善行から得た情報を若宮は語った。

「銃撃戦って……どういうことだ？」茜が怪訝《けげん》な面持《おもも》ちで尋ねた。

「幻獣共生派の一斉蜂起《ほうき》というやつだろう。相当な数が市街に潜り込んでいたらしい。司令部ビルに通じる道はやつらに遮断《しゃだん》され、救出活動ができないでいるとのことだ」

「それって大変じゃん……」新井木が青くなった。

ビルの爆破で負傷した者はなんの手当ても救援もないままに、放置されていることになる。一刻《いっこく》も早く封鎖《ふうさ》を解かねば、多くの負傷者が命を失うだろう。温泉《おんせん》どころじゃないよねと能天気な新井木にもそれぐらいのことはわかった。

「着いたぁ——」慌ただしい足音がして滝川と東原、田代が裏庭に駆け込んできた。

東原を降ろすと滝川は大の字になって、地面に倒れ込んだ。全員が目を向けると、滝川は「参ったよ、共生派に狙われて……」と倒れ込んだまま、ぐったりと目を閉じた。

「こらこら、報告だ、報告」

若宮は重ウォードレスの腕で、滝川の襟首《えりくび》を掴んで持ち上げた。

「あ、すいません。……瀬戸口さんと壬生屋《こうべた》は遅れて来ます。ウウ、少し休ませてくれよ」

解放されると、滝川はがくりと頭を垂れた。

「滝川君、しっかりして。とっととウォードレスに着替えて二番機に乗って！」

滝川は顔を上げると森を見つめた。なんだか厳しい顔だが、それもまたよしと思う。

「早くして、滝川君」

再度促され、滝川は身を起こすと慌ててウォードレスの保管場所となっている整備員詰所に飛び込んだ。

「あと瀬戸口が怪我をしている」

田代が校門の方角を振り返ると、瀬戸口と壬生屋の姿がようやく見えてきた。

「しっかりしてください、瀬戸口さん――！」

壬生屋は甲高い声で瀬戸口を励ましている。足下がおぼつかない瀬戸口に、壬生屋は肩を貸し、懸命《けんめい》に支えていた。若宮とヨーコが駆け寄って、壬生屋から瀬戸口を引き取った。様子を見ていた石津は保健室へと走った。

「敵の銃弾が……消毒と抗生物質《こうせいぶっしつ》お願いします」

それだけ言うと、壬生屋はぺたりと地面に座り込んでしまった。

「ウォードレス、アサルトライフルの積み込み完了。ヨーコさん、二番機のジャイアントアサルトの弾帯が見当たらないんだけど？」

森が尋ねると、それまでタンパク燃料の注入作業をしていたヨーコが顔を上げた。

「弾帯、ないデス。今日はアサルトは使えませんヨ。だから九二㎜ライフルの砲弾倉《ほうだんそう》を代わりに二番機に装着《そうちゃく》しましたネ」

「あ、そうだった……」

森が頭を抱えると、ヨーコはなだめるように笑いかけた。

「ライフルでも戦えますネ。あとはバズーカもありますから心配ないデス」

「けど……市内ではアサルトじゃないと」

ウォードレスに着替えて戻ってきた滝川が声をかける。

「大丈夫だぜ、森。俺様はベテランパイロットだから。九二㎜でも楽勝で戦える。まあ、威力《いりょく》がでけえから町ごと吹っ飛ばすかもしれねえけどな」

「吹っ飛ばされたら困りますっ！」森は真っ赤になって滝川を睨みつけた。

司令部ビルの方角には未だに黒煙が上がって、月明かりの空を薄墨色《うすずみいろ》に塗り潰していた。相変わらず銃声は響いてくる。

「出撃《しゅつげき》できますか？」

背後からの声に振り返った森の前に善行が立っていた。

森は一瞬、不安げな表情を浮かべた。

出撃の準備とはこんなに大変だったか？　ありとあらゆる苦情、要求、無駄口が自分のところに集まってくる。それでもここでへこたれるわけにはいかない。

「はい。いつでも出撃できます」

懸命に不安を抑えつけ、森はにこっと善行に笑いかけた。

「けっこう。整備主任の役目、ご苦労さまです」善行は微笑《びしょう》すると、眼鏡《めがね》を押し上げた。

## ●五月七日　午後六時五十五分　熊本市街　新代継橋交差点

「ご苦労さまでした。来須君、さっそくウォードレスに着替えてください」

善行は補給車《ほきゅうしゃ》の助手席から顔を出すと交差点で待っていた来須に呼びかけた。

5121小隊の車両群は新代継橋《しんだいつぎばし》に到着していた。

補給車一、トレーラー一、軽トラ一、そして橋の手前で合流《ごうりゅう》した遠坂のリムジン一という奇《き》妙《みょう》な陣容《じんよう》である。トレーラーには二番機が搭載《とうさい》されている。来須《くるす》が黙々とウォードレス武尊《ぶそん》に着替えるなか、四本腕の可憐《かれん》を着用した若宮《わかみや》が付近を警戒していた。

すでに夜の帳《とばり》が降りていた。

電力不足のため街灯《がいとう》は灯《とも》されることなく、闇に包まれた市内に砲声と銃声がこだましていた。明々《あかあか》と空を照らしているところはなお戦闘中の地点を示している。

「敵の動向は？」着替えながら来須は短く尋ねた。

「詳しい状況は不明ですが、市内の共生派は制圧されつつあるようです。市外では、阿蘇、山鹿、益城の各戦区にて幻獣軍の攻勢が激化しているようです」

来須は無表情に頷いた。

兵に変装した共生派のテロは味方を大混乱に陥れたが、人数の少なさが致命的《ちめい》だった。確保《かくほ》した拠点《きょてん》を維持《いじ》することができず、しだいに追い詰められていた。任務終了後に立ち寄った裏マーケットから出たところでテロにあった来須は、ろくな装備もないまま、共生派の武器を奪い、ひとりで新代継橋交差点を制圧してしまった。

とはいえ味方の損害は深刻《しんこく》だった。テロは成功したと言うべきだろう。敵は目的を達成《たっせい》したと善行は思った。

この間、部隊の移動、補充、そして最も肝心《かんじん》な戦力の集中は行われず、戦力がいたずらに待《たい》機《き》している戦区がある一方で、死闘《しとう》の真っただ中にある戦区もあるという状況だった。

早急《さっきゅう》に総軍司令部を再建《さいけん》し、命令系統を回復しなければ、抵抗を続ける各戦区は各個に撃破され、崩壊するだろう。

それにしても……善行は来須を見つめた。

来須はなんら動じることなく、任務を遂行《すいこう》している。これが軍人というものだろう。見ていると気が引きしまってくる。

考えてみれば、一番平和ボケしていたのは自分だった。冷静なつもりだったが、原と速水の失踪《しっそう》に振り回されたあげく、部下を甘やかし、隊を精神的崩壊の危機に晒《さら》した。彼らは自《みずか》らの力によって立ち直り、こうして再び結束《けっそく》を固め、敵に立ち向かおうとしている。

わたしは彼らを誇りに思うだろう。

「準備完了した」

来須が告げると、善行は静かに口を開いた。

「それでは行きましょう。目的地は情報センタービルです」

**●五月七日　午後七時十分　情報センタービル**

舞は路上に伏せたまま、爆発する乗用車を見守っていた。

憲兵隊をオトリとして、Lの機銃が引きつけられている間に、ガソリンのジェル缶を大量に積み込んだ乗用車を戦車に突進させていた。

激突と同時に、乗用車は爆発し、機銃を撃っていた敵は跡形《あとかた》もなく吹き飛ばされた。

やったか？　舞は運転席から飛び降りた際にできた打ち身に顔をしかめ、固唾を呑んで様子を見守った。戦車は炎に包まれて見えた。

が、次の瞬間、猛然《もうぜん》とバックして乗用車を振り払い、砲塔を回転させた。舞は舌打ちすると身を起こし、駆けた。ヒュン。頭上を砲弾が通過する。

「万翼長殿、こちらへ！」

側溝《そっこう》に身を潜めた軍曹が声をかけてきた。しかし、舞は打ち身の影響か、足をもつれさせ地面に膝をついてしまった。

一二〇㎜では仕留め切れぬとみたかL型は器用に向きを変え、舞と対峙《たいじ》した。轢《ひ》き殺す気だ。敵の意図《いと》を悟《さと》って覚悟を決める。次の瞬間、鼓《こ》膜を震わす轟音とともに爆風が吹きつけ、舞は軽々と飛ばされた。ちりちりと音をたて髪が焦げる。Lの砲塔が燃えながら宙を飛んでいく。炎に包まれる装輪式戦車を見つめ、舞はほっと息をついた。

暗がりから二番機が九二㎜ライフルを構えたまま、のっそりと姿を現した。

まったく気づかなかった。音もなく敵に忍《しの》び寄るのも軽装甲《けいそうこう》ならではだ、とほんの少しだけ滝川を見直す気になった。

「大丈夫か、芝村？」二番機の拡声器から滝川が呼びかけてきた。

「たわけ、爆発に巻き込まれるところであったぞ」

感謝する、の代わりにそんな言葉が口をついて出た。

二番機の背後から、来須の武尊と若宮の可憐が現れ、近づいてくる。

「戦車一両だけか？」

来須《す》が舞の前に立つと、手を差し伸べてきた。掴まってゆっくりと立ち上がる。全身に打ち身と擦り傷ができていたが、骨折だけは免《まぬか》れたらしい。舞は深呼《しんこ》吸《きゅう》すると、二度三度と地面を蹴って跳《は》ねた。

まだ体は動く。まだやることがある。二番機のみとはいえ士魂号が来た。ここからが5121小隊の本領《ほんりょう》発揮《はっき》だ。

**●五月七日　午後八時二十分　九州総軍司令部**

最後まで抵抗を続けていた敵の拠点が陥落《かんらく》し、銃声は絶えた。ビルに陣取《じんど》っていた共生派の機銃《きじゅう》座《ざ》は二番機の九二㎜ライフルによって粉砕《ふんさい》され、敵は戦闘を放棄《ほうき》し、夜の闇へと消えていった。

総軍司令部の前には医療車《いりょうしゃ》が駆けつけ、探照灯の光の下《もと》、負傷者の救助作業が行われている。

八階建てのビルは無惨《むざん》に崩れ落ちていた。むき出しになった鉄骨《てっこつ》が、辛《かろ》うじてビルの名残《なごり》をとどめている。瓦礫の下には無数の死傷者が埋《う》まっているに違いなかった。

5121小隊は司令部ビルの正門付近に待機していた。彼方《かなた》にはまばゆいばかりの探照灯に照らされた爆破現場が広がっている。

善行は補給車から降りると、今日四本目のタバコに火をつけた。深刻な、と表現するにふさわしい損害であった。明日以降の九州中部域戦線の戦局《せんきょく》に色濃く影響することだろう。

「惨敗《ざんぱい》だな」

顔を上げると、芝村準竜師《じゅんりゅうし》が苦笑を浮かべていた。副官のウィチタにつき添われ、怪我ひとつなく、善行の前に立っている。善行は慌てて携帯用灰皿にタバコを押しつけた。

「ご無事でしたか」

「会合《かいごう》に出ていてな。悪運しぶとく生き残った。幸いなことに――」

準竜師は言葉を切ると、目を細めた。

「我々は全員が無事であった。偶然というのは恐ろしいものだな」

「我々……」善行は、不思議な生き物でも見るかのように準竜師を見つめた。タバコを持つ手が震えた。我々とは芝村一族のことだ。

「しかしまあ、惨敗には違いないだろう。指揮系統は一時混乱するゆえ、早急に回復を急がねば。今後、俺は情報センターから指揮を執《と》ることになる」

「情報センターは被害が少なかったですね。幸いなことに……」

「うむ。幸いなことにな。そういえば原を狙っていた者たちは死んだようだ。そなたの女も少しは自由に歩けるだろう。どうだ、隊の指揮は我《わ》が従妹《いとこ》に任せて、俺を手伝わんか？」

どこまでが本気でどこまでが冗談か、区別がつかなかった。善行は大きく息を吸い込むと、口許《くちもと》の筋肉を緩め、苦笑を浮かべた。

「ありがたいお話ですが、５１２１の指揮を執ることにしますよ。それにしても、政治の世界とは複雑なものですね」

「何を今さら。そなたはこれからその渦中《かちゅう》に飛び込むのだぞ」

そう言うと準竜師は背を向け、去っていった。まさか共生派と取引を……と善行は考え、すぐにその考えを脳裏からしめ出した。

そんなことは後回しだ。今の自分にできることは、５１２１の隊員を守り、隊員たちとともに前線の将兵《しょうへい》を守ることだ。

「司令。俺、救助手伝いましょうか？」

拡声器から滝川の声が流れてきた。二番機は車両の列を縫って、瓦礫の側に待機していた。

「ええ、お願いします。レスキューの指示に従って動いてください」

「ラジャー」と滝川は応答すると、レスキューに向けて呼びかけた。

「あー、こちら５１２１小隊二番機です。レスキューの皆さん、ご苦労さまです。瓦礫除去《じょきょ》、手伝いますよー。遠慮しないで、どんどん言いつけちゃってください」

滝川の声を聞きながら、善行は苦笑を浮かべ、かぶりを振った。

「司令、我々も救助を手伝えますが」若宮の声がした。

「敵さんはいなくなったようですし、もうひと頑張りしますかね。もっとも俺は重傷《じゅうしょう》の身だから動けませんけど」瀬戸口がことさらに軽薄《けいはく》な口調で言った。

「瀬戸口さんは重傷なんかじゃありませんっ！」壬生屋が食ってかかる声がする。

「ワタシ、なんでもやりますデス」ヨーコが訴えるように言った。

善行は頷くと、いつの間にか自分の周りに集まってきた隊員たちを見渡した。

「それでは各自、レスキューの指示に従って作業をしてください。わたしと瀬戸口君、狩谷君、東原さんは車両を警備します。現場は危険ですからくれぐれも無理をしないように」

●五月七日　午後十時　熊本地区軍刑務所

看守《かんしゅ》が金網《かなあみ》で区切られたドアを開け、先に立った。

憲兵大尉《たいい》に案内され、善行は留置場《りゅうちじょう》に足を踏み入れていた。女子専用の一画《いっかく》だった。被疑者《ひぎしゃ》のものか、金切《かなき》り声が房《ぼう》全体にこだまして、善行は耳を押さえたくなった。

「女子学兵の犯罪は多いのですか？」

善行が尋ねると、大尉は「まあ」と苦笑した。

「窃盗《せっとう》や万引《まんび》きが大部分ですな。それも男子に引きずられてのことが多いです。田代香織のような傷害の常習《じょうしゅう》は希《まれ》ですたい」

「なるほど」

「軍は男社会ですから。下士官《かしかん》、兵の中には腕《うで》っ節《ぷし》の強さを自慢する風潮《ふうちょう》があります。腕力《わんりょく》で劣《おと》る女子学兵は被害者になることが多いですね。今時、腕っ節の強さなど、軍人としての優秀さには関係ないのですがね」

憲兵大尉は、もともとは青少年犯罪専門の弁護士《べんごし》であったという。軍刑務所の所長を務め、傷害事件を繰り返し、収監《しゅうかん》されていた田代香織を自《みずか》らの裁量《さいりょう》で5121小隊に送り込んだ。

善行とはそれ以来の知己《ちき》である。

それにしても、と大尉は呆れたようにため息をついた。

「わたしを名指ししてきた時には驚きました。連絡を受けて駆けつけると、詰所の憲兵と派手にやり合ったそうで。こちらの被害は一名が頰を腫《は》らした、とのことです」

「申し訳ありません」善行は深々と頭を下げた。

「すぐに釈放《しゃくほう》しようとしたのですが、しばらくここに置いてほしいと。善行司令が迎えに来るまで動かないというのですな。事情はわかりませんが、この人が頼むことだからそのとおりにしてやろうと思いましてね」

「ありがとうございます」

善行がもう一度深々と腰を折ると、「なんの」と大尉は微笑した。

「それにしても、よくここがわかりましたね」

「まあ……」善行は曖昧《あいまい》に頷くと、言葉を濁《にご》した。

「驚いたでしょう？」

善行は応える代わりに苦笑した。

憲兵大尉が去るのを待って、善行はドアを開け、部屋に入った。

ＶＩＰ専用というわけか、部屋はそこそこの広さで、ベッドに机、椅子《いす》が一脚《きゃく》。窓は息苦しさを感じないようにと広く取られていたが、外には頑丈な鉄格子がはまっていた。書き物ができるように机にはスタンドが置かれてあった。

部屋の主《ぬし》は机に向かって何やら懸命に書き物をしていた。善行が声をかけようとすると、くるりと振り向いて、

「思ったより早かったのね」にっこりと笑いかけてきた。

「明日《あす》、出撃なので、そろそろ復帰《ふっき》していただきたいと思いましてね。原さん、あなたの休暇《きゅうか》は終わりです」

「残念」

「まったく……残念、ではありませんよ。身を隠すのはけっこうですが、どういう考えでこんなところに潜り込んだのです？」

原素子《もとこ》の部屋で見つけた紙片《しへん》には、Captainとだけ書かれてあった。キャプテン……大尉といえば善行には思い当たる節が多々《たた》あった。芝村舞は大尉待遇《たいぐう》だったし、善行の知り合いの多くが大尉もしくは大尉待遇だ。

しかし、自分と原が共通して知っている大尉といえば、憲兵大尉しかいなかった。

「何かあったら大尉さんのところに逃げ込もうと決めていたのよ」

原はくすくすと楽しげに笑った。

善行は言葉を探していたが、やがて、ふっと笑うと原の顔をのぞき込んだ。

「まあ、あなたはご自分を取り巻く状況の厳しさは理解しているようですし、状況への対応も間違っているわけではないから、よしとしましょう」

原を取り巻く状況はあまりにも過酷《かこく》で理不尽《りふじん》であった。

「それはそうと……」善行は意地悪な笑顔で原を見つめた。

「速水君を巻き込んだのは、いただけませんね」

その言葉にきょとんとした後、原が笑った。

「速水君……あ、あれ見られちゃってたの？　あははは」

「小隊ではふたりが駆け落ちしたという噂《うわさ》で持ちきりでしたよ。芝村さんには可哀相《かわいそう》なことをしましたね……で、いったいどんな経緯《いきさつ》だったんですか？　支障《ししょう》がなければ……」

「別に支障なんてないわ――」そう前置きして原は語り出した。

※

今から三日前。五月四日の夕刻。原素子は闇の中でこわばった笑みを浮かべた。崩れ落ちたビルの廃墟《はいきょ》だった。崩落《ほうらく》した壁の欠片《かけら》がそこかしこに山をつくり、鉄骨はむき出しになっていた。身を隠す場所にはこと欠かないが、照明ひとつない闇の中、原も手探《てさぐ》りで這《は》い進まねばならなかった。

ガラス片を踏みつける微《かす》かな物音がした。相手は三人、なんの変哲《へんてつ》もない自衛軍兵士の制服を着ている。

今の市内で最も目立たないのが軍服だった。ビルの廃墟が建ち並ぶ一画に来てから、彼らは距離を詰めていた。付近は交番も憲兵隊の詰所もなく、人影もない。足を速め、ビルの廃墟に足を踏み入れた途端《とたん》、失敗を悟る。初めからこの一画に追い込むつもりだったようだ。

不思議《ふしぎ》なことに原に恐怖感はなかった。来る時には来るんだな、と他人事《ひとごと》のように感じていた。どうやら相手は焦《あせ》ってはいないようだった。足音がそれぞれ異《こと》なる三方向から聞こえる。悠々《ゆうゆう》とした足取りである。原はバッグから護身用のシグ・ザウエルを取り出した。

不意に足音が慌ただしくなった。

「しまった。裏をかかれた」と男たちの声が響いて、懐中電灯《かいちゅうでんとう》の光とともに足音は遠ざかっていった。そのまま伏せて様子をうかがっていると背後に気配がした。慌てて振り向くと、闇に馴《な》れた目に速水厚志《あつし》の姿が浮かび上がった。

「原さん……」速水はこちらを安心させるように、穏やかに微笑していた。

「速水君？」原は茫然として厚志を見上げた。

訝《いぶか》る原を後目《しりめ》に速水は素早く原の手を取るとささやいた。

「こっちへ」

再び足音が近づいてきた。原は立ち上がると銃を仕舞《しま》い、わけがわからぬままに速水の後を追った。速水に導《みちび》かれるままにビルの廃墟を抜け小道を走った。速水は道をそらんじているようにためらいなく、軽やかに走っている。

「どこに行くの？」

辺りにはなんの変哲もない住宅地を抜け、市街地であるムーンロードに入った。

ずいぶんと走った。息を切らし、原が立ち止まると、速水も足を止め振り返った。

平時《へいじ》に較べれば大分見劣《だいぶんみおと》りするが、中心街の明かりは原の目にはまばゆかった。

「ここいら辺まで来れば大丈夫だと思います」

速水はムーンロード近くの瓦礫の山に登ると、腰を下ろした。

どことなく子供っぽい速水の仕草に、原は微笑を誘われた。

「……ありがとう。助けてくれて」原が礼を言うと、速水は「いえ」と首を振った。

「それで、どうしてあんなところに？」

「僕も同じことを聞きたいですよ」と言いながらも速水は、言葉を探しているようだった。

「風が気持ちよかったんで、散歩をしていたんです。そうしたら原さんが三人組に追われて、廃墟に逃げ込むのが見えたんで……」

「散歩ねえ……」原が怪しむように見つめると、速水は顔を赤らめた。

「そ、それで……僕がオトリになって三人を引きつけたんです。原さんが逃げられるように。けど、なんなんですか、あの人たち？」

「さあ、わたしにもわからないんだけど。痴漢《ちかん》かしら」原は冗談《じょうだん》交じりに言った。

「痴漢……ですか。けど、駄目ですよ、あんな人気《ひとけ》のないところに逃げ込んじゃ。逃げるならなるべく賑やかな場所へ、それから姿を隠すなら……」

「隠すなら？」原は真顔《まがお》になって速水を見つめた。

「ずいぶんしつこい痴漢なんですね……少し歩きましょうか」

そう言って速水は立ち上がった。

ふたりはそのまま脱走兵のたむろする場所へ向かったが、その後は芝村舞が調べたとおり、制服狩りの襲撃に遭い大立ち回りを演じることになる。

結局、安全な隠れ場所を見つけられないまま、ふたりは深夜まで警戒しながら市街地で過ごし、最終的に速水の部屋へ向かったのだった。

その翌朝《よくあさ》、一旦《いったん》自室に戻って機密保持《きみつほじ》のために端末《たんまつ》を隠し、多少の着替えを取るために早朝に速水の部屋を出るところを目撃された。

そして、原は憲兵大尉のもとへ出向いたのだった。

※

「それがことの顛末《てんまつ》よ」

すべてを話し終えた原はそう言って締めくくった。

「なるほど。大変な数日間でしたね」

「あら、それは労《いたわ》ってくれているの？」

原はにこやかに冷やかした。善行は苦笑を洩《も》らしていった。

「ともあれ、あなたはわたしの爆弾ですから。わたしだけの……。行きましょう。夜明けを待って、我々は阿蘇戦区へ出撃です」

原は頷くと、善行を見上げた。

「あ、それじゃ、速水君は戻っていないのね？」

**●五月八日　午前五時　尚敬校裏庭**

空が白々《しらじら》と明け始める。

五月に入ったというのに明け方の空気は冷たく、肌寒い風が吹きつけていた。朝靄《あさもや》が立ちこめる裏庭では、原素子以下、整備班《せいびはん》の面々が士魂号の点検、装備装着に追われていた。原が戻って引きしまった整備班は、久方《ひさかた》ぶりのフル稼働《かどう》状態だった。

善行は眼鏡を押し上げると、苛立たしげにアサルトライフルを点検する舞に声をかけた。

「何をなさっているんです？」

「ふむ。戦闘員が多いに越したことはなかろう」

「むろん。しかしあなたはパイロットですから。あなたにはあなたの戦場があります」

「三番機は動かぬ」

舞はそう言うと、再びライフルの点検を始めた。舞の言葉の意味を察して、善行はそっと舞の持つライフルを取り上げた。

「む……？」

「これはわたしが預かっておきます。彼はきっと来ますよ」

「……たわけたことを。速水は逃げたのだ。わたしのもとから逃げたのだ！」

言ってしまってから舞は、俯いた。感情的な言葉を恥じた。こんなことでは満足に戦えぬと深呼吸して気を静めようとする。

「自分を必要とする者のために全力を尽くす。それが速水厚志という人間の行動原理《こうどうげんり》です。あなたが彼を信じなくてどうします？」

「……少し風に当たってくる」

舞は言いおくと、グラウンド土手《どて》に向かった。

そんな舞の様子を、壬生屋はトレーラーの荷台にあって心配そうに見つめていた。声をかけようとして瀬戸口に止められた。

「そっとしておけ」

「え、ええ。それにしても速水さん、どうしたのでしょう?」

舞のことを思いやって憂鬱《ゆううつ》に俯く壬生屋を、瀬戸口は穏やかに見守った。壬生屋は本当に強くて優しい女だ。

「何かおっしゃいましたか?」何かを察して壬生屋が尋ねた。

「なんでもない。こちらのことさ」

瀬戸口は微笑すると、そっと壬生屋の髪に触れた。

壬生屋は瀬戸口を見上げると、声に出さず、唇だけを動かした。

「何だ?」

「なんでもありません。こちらのことです」

壬生屋はくすりと笑うと、生き生きとした笑顔を瀬戸口に向けた。

「勝手にやってろって感じだよな」

滝川がぼやくと、すぐ側で二番機の点検をしていた森が、「ほんとに」と頷いた。ふっくらした頬が赤らんでいる。実は内心、壬生屋のことが羨《うらや》ましかった。好きな人に髪を触られてときめかない女子なんていないだろう。一途《いちず》に瀬戸口を見つめる壬生屋も絵になっていた。ふたりとも少女漫画から抜け出してきたような鮮《あざ》やかさだ。

「なあ、質問なんだけどよ、あんな風に髪の毛触られると嬉《うれ》しいもんかな？　森は……」

「わ……わたしは嫌《いや》です」

「へえ、そうなんだ。もしかして壬生屋って髪に自信があるのかな。だから怒ったふりして実は喜んでいたり」

「……そんなこと、田代さんに聞いたらいいじゃない」

とんでもなく飛躍《ひやく》した森の答えに、最初滝川は何のことかまるでわからなかった。

「な、なんでそこで田代が出てくるんだよ」

かろうじて言葉を返した滝川を、森はきっと睨みつける。

「わたし見ました。昨日の夕方、滝川君と田代さんが一緒に……この……」声は徐々に弱まり消え入りそうになりながら、しかし森は最後に「う、浮気者……」そう発音した。

「げ……あ……で、でもあれは……」田代がこわくて調子をあわせていた、とはさすがにプライドが邪魔して言えない。

「ふん、だから暴力女に会ったら逃げろと言ったんだ」森の背後から茜が口を挟《はさ》んだ。

「馬鹿大介！　あんたがつまらないこと言って滝川君を惑《まど》わすからっ！」

もはや八つ当たり状態で弟に噛《か》みつく森であった。

「くそっ、どうして僕ばっかり！　もとはと言えば滝川が鈍感《どんかん》なのがいけないんじゃないか。こら滝川、聞いているのか？　僕は君のことを思って……」

滝川はぼんやりと前方を見つめていた。茜も釣られて、滝川の視線を追う。

「速水――」

厚志が立っていた。滝川が身を乗り出して手を振ると、厚志は恥ずかしそうに笑った。制服は薄汚れ、顔も埃《ほこり》と煤《すす》にまみれている。それでも厚志は帰ってきた。

「あっちゃん――」

東原は厚志に駆け寄ると、その腰にむしゃぶりついた。バランスを失って倒れ込む厚志に、茜も駆け寄るとその頭をぽかりとはたいた。

「ふ。君ってやつは。温泉は楽しかったかい？」

「それで――風邪《かぜ》の具合はどうかな？」瀬戸口が冷《ひ》やかすように言った。

「一発ぶん殴ってやりたいところだが、ウォードレスを着ているから勘弁《かんべん》してやろう」

若宮がぶっそうに笑いかけた。嬉しいです、戻ってきてくれて」

壬生屋が手を引っ張って厚志を助け起こした。

「お帰りなさい、速水さん」田辺が優しく微笑んだ。

「僕は……」

口々に歓迎されて、厚志は言葉が見つからず、下を向いた。

滝川が土手の方角を指差した。

「行けよ！　芝村が待っている」

厚志は頷くと、グラウンド土手へと駆けていった。

「ところで——多目的《たもくてき》ミサイルの弾倉《マガジン》がふたつしか残っていないそうだけど……。ジャイアントアサルトの弾倉はゼロ、そのくせライフルの砲弾倉は三十八も。素敵ね」

皆が振り返ると、原素子が不敵な笑いを浮かべて立っていた。

誰ひとり口を開く者はなく、下を向いて貝のように押し黙ってしまった。

「あ、それから、不思議な噂を聞いたんだけど。ジャガイモからたんぱく燃料がつくれるってホント？ なんでもウチの整備が発見した技術らしいけど。ねえ、新井木さん、そんなクレバーな発明家さんはあなたかしら？」

原はますますにこやかに、新井木の顔をのぞき込んだ。

「え、違いますよォ。僕は一介《いっかい》のパシリですから。たぶん森ちゃんが詳しいと思います」

「わ、わたしはそんな……おそらく中村君が知っていると」

森は心の中でごめんなさいと謝りながら、中村の名前を出した。

「ふうん。ま、いいわ。出撃から戻ったら、徹底的に調べるからね。どう、今、自首《じしゅ》すれば刑は軽くて済むわよ。そうね、士魂号全身ワックスがけなんてどうかしら？」

全然、軽くないじゃんと整備員たちは顔を見合わせた。

※

重々《おもおも》しいエンジン音が朝の大気を震わせた。隊員たちが目を向けると、二台のトレーラーが裏庭に進入《しんにゅう》し、停《と》まった。はじめ壬生屋が、次いで原がトレーラーの荷台に駆け上がると防水シートを引きはがした。荷台には一番機と三番機の見慣れた姿があった。

「眠かー。昨日《きのう》から一睡《いっすい》もしとらんばい。一番機と三番機、オーバーホール完了《かんりょう》」

「フフフ、わかってますよ。そんなこと」

それぞれのトレーラーの運転席から中村と岩田が相次《あいつ》いで降りてきた。裏庭に降り立ったふたりを見て、隊員たちは息を呑んだ。

ふたりとも顔面《がんめん》が腫れ上がり、いたるところに青あざをつくっている。

「ど、どうなさったのです？　もしや戦闘に巻き込まれて……」

壬生屋が駆け寄ると、中村と岩田は一瞬《いっしゅん》顔を見合わせ、にやっと笑った。

「壬生屋、アタにはよか夢見せてもらった。ばってん、人間の欲望《よくぼう》には限りがなか、右と左一足ずつ分け合うんじゃ満足でけんて決闘《けっとう》するこつになった」

「はい……？」

なんのことかわからず怪訝《けげん》な顔をする壬生屋に、岩田はささやくように言った。

「わたしと中村は男の夢を懸《か》けて決闘したのです。イイ、とってもイイイイ——！」

奇声《きせい》を発すると岩田はくたりと地面に倒れ伏した。次いで中村の体もぐらりと揺れ、地面に突っ伏した。

「さわやかね。なんだかまうごつさわやかな気分たい」

中村は、にやと笑って力を振り絞《しぼ》って腕を伸ばす。岩田もにやりと応じて懸命に腕を伸ばした。

ふたつの腕が交差し、中村と岩田はがっちりと手を握り合ったまま動かなくなった。

ふたりの漢《おとこ》のあまりの暑っ苦しさを、隊員たちはこわごわ見守るばかりである。

「若宮君、とっととこのふたりを片づけて」

原はふたりの決闘者を冷ややかに見下ろすと、若宮に命じた。若宮の四本腕の可憐に抱えられ、ふたりの姿は整備員詰所に消えていった。

「泣いているんですか、遠坂さん？」田辺が心配そうに尋ねると、遠坂は目元をぬぐった。

「彼らは自分たちの戦いに命を懸けました。さすがだ、中村、岩田」

遠い目になる遠坂に、田辺は微笑みかけた。

「ええ、わかります。ふたりとも命懸けで整備の仕事をしたんですよね。わたし、中村さんと岩田さんを尊敬します」

「あ、そこまでしなくても……尊敬するとしたら彼らから五メートル以上離れて尊敬するようにしてくださいね。ドゥー・ユー・アンダスタン？」

「イ、イエス」遠坂さん、なんだか変と田辺は怪訝な面持ちで首を傾げた。

# エピローグ

## ●五月八日　午前五時十一分　グラウンド土手

舞は桜の木の下に佇んでいた。

木の幹《みき》に手をかけ、梢《こずえ》を見上げ、自分の心の葛藤《かっとう》と闘っているようだった。厚志が隣に立つと、「ふむ」と頷いた。

「戻ってきたか」

「……うん。迷惑じゃなければ、君の側《そば》にいたいと思って」厚志は口ごもり、苦しげな表情で自分の心を表現する言葉を探した。舞はそんな厚志を静かに見守った。

「僕は、君の側にいないと、悪い夢に呑み込まれてしまう。そう思った。だから僕は——。僕は君の側にいていいんだろうか？　こんな僕を君は必要だと言ってくれるの？」

「たわけ」

舞は厚志の葛藤を切り捨てるようにつぶやいた。

「わたしにはそなたが必要だ。そなたがわたしを必要とする以上に。よく聞け、二度とは言わぬぞ。……わたしはそなたをカダヤと決めた。それゆえ、そなたはこの世にある限り、その身が朽《く》ち果て、塵《ちり》と還《かえ》るまでわたしとともにあらねばならぬ」

「君とともに……」

「そうだ。我らは二度と離れてはならぬ」

舞の言葉に、厚志はゆっくりと頷いた。顔を俯け、再び顔を上げた時には、精悍《せいかん》な戦士の顔になっていた。

「ごめん。二度と迷わないと約束する。僕は君の側にいるから。君を守るから」

「わたしもそなたを守るだろう」

舞の差し出した手を、厚志は確信を込めて握った。

「芝村さん、速水君は至急《しきゅう》、三番機に搭乗してください」善行の声が裏庭に響いた。間に合ったんだ……。舞と厚志は頷き合うと、裏庭へと走った。

「そういえばさ」舞の背中を追いながら厚志は声をかけた。なんだ、と怪訝な顔で振り向く舞に厚志は、にっこりと笑って質問を発した。

「カダヤって何？」

……舞の怒声《どせい》が響き、厚志の弁明《べんめい》が聞こえる。延々《えんえん》と追いかけっこを続けるふたりに、見かねた隊員たちが仲裁《ちゅうさい》に入り、さらに騒ぎを大きくする。

「出撃します」の号令とともに、5121小隊は朝靄が立ちこめる街に消えていった。

## 高機動幻想
## ガンパレード・マーチ

| | |
|---|---|
| 機種● | プレイステーション用ソフト |
| メーカー● | ソニー・コンピュータエンタテインメント |
| ジャンル● | GAME |
| 定価● | 5,800円(税抜) |
| 発売日● | 2000年9月28日発売 |

アクション、アドベンチャー、シミュレーション……。ジャンル表記がままならないほど、ゲームのあらゆる面白さを、すべて盛りこんでしまった作品。舞台となるのは異世界から来た幻獣との戦いが激化する日本。プレイヤーは少年兵として軍の訓練校に入学し、パイロットとして腕を磨いていく。ゲームの進行はリアルタイム。学園生活で恋愛するもよし、必死で勉強するもよし、戦闘に明け暮れるもよし。自由度の高いシステムの中で、自分なりの楽しみ方を見つけよう!

## ◉榊　涼介著作リスト

「偽書信長伝　秋葉原の野望　巻の上・下」（角川スニーカー文庫）
「偽書幕末伝　秋葉原竜馬がゆく㈠〜㈢」（電撃文庫）
「アウロスの傭兵　少女レトの戦い」（同）
「疾風の剣　セント・クレイモア」全3巻（同）
「忍者　風切り一平太」全4巻（同）
「鄭問之三國誌〈一〉〜〈三〉」（メディアワークス刊）
「神来―カムライ―」（電撃ゲーム文庫）
「7BLADES　地獄極楽丸と鉄砲お百合」（同）
「ガンパレード・マーチ　5121小隊の日常」（同）
「ガンパレード・マーチ　5121小隊　決戦前夜」（同）
「ガンパレード・マーチ　5121小隊　熊本城決戦」（同）
「ガンパレード・マーチ　episode　ONE」（同）
「ガンパレード・マーチ　episode　TWO」（同）

## ◉芝村庸吏著作リスト

「式神の城II　玖珂家の秘密」（電撃ゲーム文庫）

本書に対するご意見、ご感想をお寄せください。

■

あて先

〒101-8305　東京都千代田区神田駿河台1-8　東京YWCA会館
メディアワークス電撃ゲーム文庫編集部
「榊　涼介先生」係
「芝村庸吏先生」係
「きむらじゅんこ先生」係

■

電撃文庫

# ガンパレード・マーチ

## あんたがたどこさ♪

榊《さかき》 涼介《りょうすけ》／芝村庸吏《しばむらようり》

発行 二〇〇三年十二月二十五日 初版発行

発行者 佐藤辰男

発行所 株式会社メディアワークス
〒一〇一-八三〇五 東京都千代田区神田駿河台一-八
東京YWCA会館
電話〇三-五二八一-五二二二（編集）

発売元 株式会社角川書店
〒一〇二-八一七七 東京都千代田区富士見二-十三-三
電話〇三-三二三八-八六〇五（営業）

装丁者 荻窪裕司（META＋MANIERA）

印刷・製本 あかつきBP株式会社



ISBN4-8402-2533-8 C0193

# 電撃文庫創刊に際して

文庫は、我が国にとどまらず、世界の書籍の流れのなかで〝小さな巨人〟としての地位を築いてきた。古今東西の名著を、廉価で手に入りやすい形で提供してきたからこそ、人は文庫を自分の師として、また青春の想い出として、語りついできたのである。

その源を、文化的にはドイツのレクラム文庫に求めるにせよ、規模の上でイギリスのペンギンブックスに求めるにせよ、いま文庫は知識人の層の多様化に従って、ますますその意義を大きくしていると言ってよい。

文庫出版の意味するものは、激動の現代のみならず将来にわたって、大きくなることはあっても、小さくなることはないだろう。

「電撃文庫」は、そのように多様化した対象に応え、歴史に耐えうる作品を収録するのはもちろん、新しい世紀を迎えるにあたって、既成の枠をこえる新鮮で強烈なアイ・オープナーたりたい。

その特異さ故に、この存在は、かつて文庫がはじめて出版世界に登場したときと、同じ戸惑いを読書人に与えるかもしれない。

しかし、〈Changing Time, Changing Publishing〉時代は変わって、出版も変わる。時を重ねるなかで、精神の糧として、心の一隅を占めるものとして、次なる文化の担い手の若者たちに確かな評価を得られると信じて、ここに「電撃文庫」を出版する。

1993年6月10日
角川歴彦